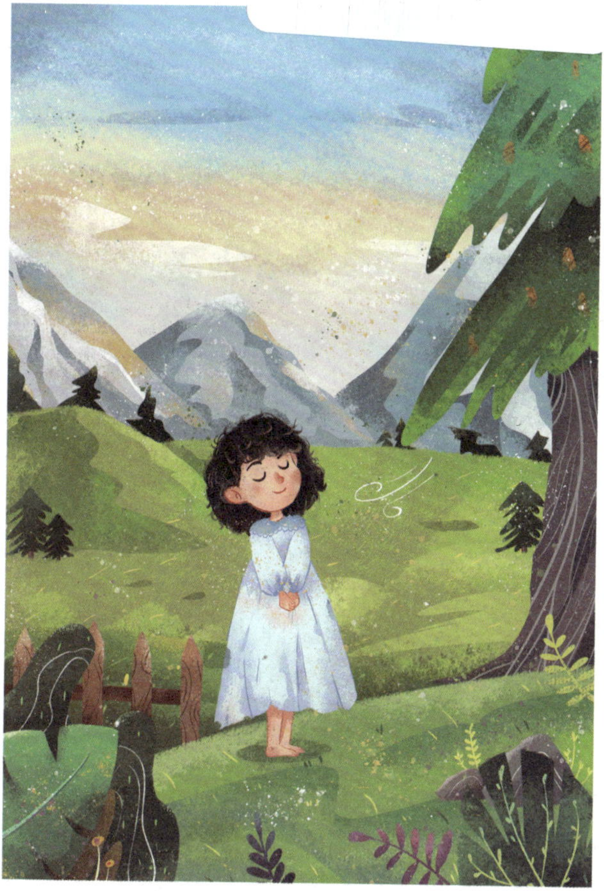

一阵大风吹过，树冠上的枝叶发出“唰唰”“沙沙”的响声，海蒂一动不动地站在那儿倾听着。

小家伙把头靠在海蒂的肩膀上磨蹭着,露出安心满足的样子,不再可怜地悲鸣了。

她就这样一动不动地坐在那儿,同她浓重的思乡之情做着无声的痛苦对抗,直到克拉拉再次让人来叫她。

当黄昏降临的时候,她走过一个房间又一个房间,穿过长长的走廊,还会突然紧张兮兮地看看身后。

"既然他们要你待在那儿,那你为什么不继续待在比家里要好得多的地方呢?"

"因为我无数次觉得,在这个世界上,没有比山上的爷爷那儿更好的地方了。"

她曾经知道和认识的一切,突然之间都变得更加美好了,仿佛有一道光照亮了所有的一切。

海蒂

Heidi

[瑞士]约翰娜·斯比丽 — 著
朱碧恒 — 译

Heidi

译者序

《海蒂》是瑞士作家约翰娜·斯比丽（Johanna Spyri，1827—1901）创作的最受欢迎的作品，自问世以来，已由德文译成五十余种文字，并被改编为电影、电视剧、广播剧、戏剧、音乐剧、动画片及卡通书等，在世界各地广为传播。《海蒂》已经成为一本经典的儿童文学作品、一本世界性的畅销书，其主人公海蒂也为一代又一代的读者所喜爱。

约翰娜·斯比丽本名为约翰娜·路易斯·惠瑟（Johanna Louise Heusser），出生在瑞士苏黎世南部的乡村希尔泽尔，父亲是一名医生，母亲是一位诗人。她从小受到良好的教育。孩提时代，她曾在格劳宾登州的库尔一带度过数个夏天，这里后来成了她多部小说的背景。1852年，25岁的约翰娜嫁给律师约翰·伯恩哈德·斯比丽，搬到苏黎世居住。她的丈夫整日忙于工作，在苏黎世的政治圈日益活跃，并于1868年开始担任苏黎世市政府秘书长。由于丈夫工作忙碌，约翰娜·斯比丽的婚姻生活并不和谐，于是在朋友的鼓励下，她开始进行创作。1870年，她发表了第一部小说《一片来自弗洛尼坟冢的叶子》，受到了人们的欢迎。从1879年开始，约翰娜·斯比丽创作了大量以阿尔卑斯山区为背景的儿童文学作品，这些作品集结在《献给孩子以及那些热爱孩子的人们的故事》一书中。其中，1880年匿名发表的《海蒂的学习与漫游岁月》大获成功。为此，她在1881年写了续集《海蒂学以致用》。这两部书组成了今天众所周知的《海蒂》一书。1884年，她的丈夫与独生子先后离世，孑然一身的约翰娜·斯比丽开始致力于慈善事业。她在1901年去世之前总共创作了近五十部作品。但是，从今天看来，除了闻名于世的《海蒂》，她的其他作品大概更能让关注19世纪社会状况的历史学家，而不是文学爱好者感兴趣。她站在妇女和儿童这样一个独特的位置上，以批判的目光审视着19世纪晚期的瑞士社会。在19世纪的欧洲，儿童通常被看成甚至被调教为成人的小一号或者小大人。因此，约翰娜·斯比丽的作品在一定程度上具有革命性的意义，因为她从儿童本身出发，认为孩子拥有自己的世界，而且拥有与成人迥然不同的广阔世界。

《海蒂》以19世纪的阿尔卑斯山区为背景，描写了一个瑞士小女孩的成长历程。主人公海蒂是个孤儿，但自幼失去父母并没有影响海蒂成为一个天真活泼、心地善良的小女孩。海蒂的姨妈为了能在法兰克福干出一番事业，将五岁的海蒂送到山上，跟性情古怪的爷爷住在一起。在山上，海蒂为如画的风景着迷，为淘气的羊儿求情，为失明的奶奶流泪，她深深地爱上了这里的一切。然而，海蒂在山上的生活因姨妈的突然到来戛然而止，她被送到法兰克福，陪伴有残疾的富家小姐克拉拉。在城里虽然衣食无忧，但女管家对她苛刻严厉，女仆也瞧不起她。最重要的是，这里没有高山牧场，看不到群山雪峰，海蒂因此患上了严重的思乡病。最后，海蒂终于回到了山上。热爱生活、热爱自然、富有爱心的她深深感染并影响着身边的人，还创造了一个奇迹。

　　《海蒂》是一部以迷人景色吸引读者的文学名著，作者通过真实感人的生活情节、细腻生动的笔触，描绘了阿尔卑斯山如诗如画的自然风景和朴实淳厚的民风民情。《海蒂》也是一部以情动人的经典作品，作者以深厚真切的感情，体会孩子的感受，感知孩子的生活，塑造出一个天真烂漫、纯真善良的女孩形象。书中的海蒂仿佛就是自然之子、爱之化身,她走到哪里,哪里就充满光明、希望和欢乐。海蒂俨然成了瑞士的代名词,而海蒂的家乡也成了一个著名的旅游景点,吸引着无数来自世界各地的读者。迄今为止,《海蒂》依然是瑞士文学史上最受大众欢迎的文学作品之一。

朱碧恒

2010年8月

目录

第 1 章 到高山牧场的奥姆大叔身边去 _ 001

第 2 章 在爷爷家 _ 019

第 3 章 和羊在一起 _ 030

第 4 章 在老奶奶家做客 _ 049

第 5 章 接二连三的来访及随后发生的事情 _ 067

第 6 章 新篇章,新生活 _ 082

第 7 章 罗特迈耶小姐不平静的一天 _ 094

第 8 章 赛斯曼家乱成一团 _ 115

第 9 章 赛斯曼先生听到了新鲜事 _ 130

第 10 章 一位老奶奶 _ 139

第 11 章 海蒂在得失之间 _ 153

第 12 章 赛斯曼家出现了幽灵 _ 161

第 13 章 高山牧场上的夏日夜晚 _ 177

第 14 章 礼拜天的钟声 _ 200

第 15 章　旅行的准备 _ 219

第 16 章　高山牧场来了一位访客 _ 228

第 17 章　报　恩 _ 241

第 18 章　德夫里村的冬天 _ 254

第 19 章　漫长的冬天 _ 270

第 20 章　来自远方朋友的消息 _ 282

第 21 章　在爷爷家生活的延续 _ 305

第 22 章　发生了意想不到的事情 _ 317

第 23 章　离别在即 _ 338

第1章　到高山牧场的奥姆大叔身边去

在一个古老而风景宜人的山村——梅恩菲尔德,有一条弯弯曲曲的乡间小路,穿过碧绿的原野,一直延伸到山脚下。矗立在旁边的是巍峨险峻的高山,它居高临下地俯瞰着谷底的景致。沿着小路攀缘而上,地势逐渐开阔,四周芳草萋萋,山花烂漫,沁人心脾的芳香弥漫着整个山野。这是一条直接通往山顶的山路。

六月里一个晴空万里的早晨,在这条狭窄的山间小道上,一个身材高大、体格健硕的姑娘牵着一个小女孩往山上走去。小女孩的脸蛋儿热得红扑扑的,被阳光晒黑的皮肤透出红光来。令人奇怪的是,尽管是六月的骄阳天,这个小女孩却被裹得严严实实的,似乎要抵御刺骨的寒风。小女孩看起来也就五岁左右,可从表面一点儿也看不出她的身形,因为很明显,她穿了好几件衣服,一件套一件,脖子上还一圈一圈地围着条红色的棉质大围巾。那副滚圆的打扮,再加上那双笨重的、钉了钉子的登山靴，使小女孩冒着酷热吃力且缓慢地往上走着。两人就这样从山谷往山上走了约一个钟头，终于来到半山腰一个叫作"德夫里"的小村子。一进村，几乎所有的村民都跟她们打招呼，有些人从窗口或家门口向她们问好，有些人在路上跟她们寒暄问候，原来这里是那个姑娘的家乡。不过，那个姑娘并没有在路上停留，她一边回答着熟人们提出的各种问题，相互问候，一边向前走去。她们来到村子的尽头，这里零星地散落着几户人家，一个声音从一家房门口传来：

"等一下，迪特，你要是继续往上走，我也跟你一道去吧！"

听见了招呼声，迪特停下脚步。小女孩一下子挣脱了她的手，一屁股坐到地上。

"你累了吧，海蒂？"迪特问道。

"不累，只是热得要命。"小女孩答道。

"我们很快就能到山顶了。你得再坚持一会儿，快点儿走好吗？再有一个钟头就到了！"迪特鼓励小女孩说。

这时，刚才跟她们说话的那个看上去挺慈祥的妇人从屋里走出来，跟她们两人结伴同行。两个熟识的大人走在前头，小女孩跟在后头。两人很快就攀谈起德夫里村里村外所有村民的情况来。

"说真的,你这是要把孩子带哪儿去?"路上刚加入进来的妇人问,"我想她是你姐姐的孩子吧?"

"是啊!"迪特回答,"我要领她上奥姆大叔那儿去,她得留在那里。"

"什么?你让孩子跟奥姆大叔住在一起?你没搞错吧,迪特!你怎么能这么做呢?你和那个老头儿一说,肯定会被他撵回来的!"

"他不能这样做,他是孩子的爷爷,他必须为这个孩子尽尽义务了,我可是一直照顾这孩子到现在。芭贝尔,不瞒你说,这次我找到活干了,我实在不想因为孩子错过这么好的机会。所以,该轮到她爷爷尽义务照顾她了。"

"是啊!要是他跟别人一样就没什么可担心的了,"热心的胖芭贝尔一本正经地说,"但是,你也知道他是什么人哪!他哪懂得照顾孩子,而且还是个这么小的孩子!这孩子跟他一起生活能受得了吗?还有,你到底要上哪儿去干活?"

"到法兰克福,我在那儿找到一份不错的工作。"迪特解释说,"那户人家去年夏天来山下泡温泉时,正好是我负责打扫他们的房间。那时他们就说希望我上他们那儿干活,可是当时我没法儿去。现在他们又来了,再次说希望我去。

这次我一定要去，我想你能理解！"

"唉，幸好我不是那孩子！"芭贝尔无可奈何地叫嚷道，"根本没人知道山上那老头儿到底怎么回事。他跟谁也不来往，一年到头也没见他踏进教堂一步。即使他偶尔从山上下来那么一次，人们也会躲开他和他的大粗棍子。远远地看到他，就会瞧见那颜色花白的大粗眉，还有那特别吓人的大胡子，人见人怕。他看起来简直就跟异教徒差不多，人人都怕在路上撞见他。"

"唉，那又怎么样？"迪特固执地说，"他毕竟是孩子的爷爷，照顾她是理所当然的。他应该不会待她太差，要是真有什么，也应该由他来负责，而不是由我来承担。"

"我只是想知道，"芭贝尔继续打听道，"那个老头儿到底在良心上有什么过不去的，才让他有今天，像个修道士似的一个人住在山上，离群索居，几乎没人见到他。关于他，真是什么说法都有。不过，迪特，你肯定从你姐姐那儿多少听说了一些，对不对？"

"你说得对，我确实知道一点儿，但是我现在不想说些什么，要是传到他的耳朵里，那麻烦就大了。"

可是，芭贝尔老早就盼着打听奥姆大叔的事了，她不明白他为什么这么厌恶世人,坚持独居,而人们又为什么一谈起他来就吞吞吐吐的,仿佛害怕说出什么有损他的话,但又不愿意奉承他。而且芭贝尔也不懂,为什么德夫里村的人都称呼他"奥姆大叔",他压根儿不可能是这里所有人的大叔呀。然而,芭贝尔是不久前才嫁到德夫里村的,所以她也只能入乡随俗地跟着其他人称呼老人为大叔。芭贝尔之前一直住在山下的普来蒂高,所以不大了解曾住在德夫里及其附近地方的人,对这里发生过的事情也不大了解。相反,迪特是个土生土长的德夫里人,直到一年前她母亲去世才离开村子去了拉加兹温泉。她是那儿的一家大旅馆里负责打扫的女服务员。今天早上,她一路领着孩子从拉加兹过来,路上碰到熟人赶着拉干草的马车,就搭便车到了梅恩菲尔德。于是,芭贝尔打定主意,为了满足自己的好奇心,绝不能错失这个千载难逢的好机会。她亲密地挽着迪特的手臂说:"村里流传的那些说法是真是假,我想你肯定知道得一清二楚。你一定知道事情的来龙去脉。你就告诉我吧:那个老头儿到底是怎么回事?他以前是不是就这么孤僻,还特别讨厌其他人?"

"我也说不清他是不是一直都是这个样子,想想我现在

005

也才二十六岁，而他至少有七十岁了，你就别指望我知道他年轻时的样子了。不过，要是能保证这些话不被传得整个普来蒂高的人都知道，我就把关于他的事情全告诉你。我妈出生在多姆莱斯克，那老头儿也是。"

"这不废话嘛，迪特，你说什么呢！"芭贝尔有些不快地回道，"在普来蒂高哪有这么爱嚼舌根的人哪！再说了，就算有什么事，我也会把它烂在肚子里。"

"行，那我就告诉你，可你得说话算数。"迪特又警告了一遍，她回头想瞧瞧孩子是否离得太近，会不会听到她讲的话。可是，哪里还有孩子的影子，两人只顾着说话，压根儿没注意到孩子已经有段时间不在后面跟着了。迪特停下脚步，四下张望起来。小路迂回蜿蜒，不过俯瞰下去几乎一眼就能望到德夫里村，可是视野里连一个孩子的影子都没有。

"啊！她在那里！"芭贝尔大声叫道，"看，就在那里！"她一边指向远离山路的一方，一边说道，"她正跟着牧羊人彼得和他的山羊往那边的斜坡上爬呢！真奇怪，彼得今天怎么这么晚才赶羊群上山？不过，这倒正好，有他帮着照看孩子，你也能安心跟我讲话了。"

"哦，至于照看嘛，"迪特说道，"倒不需要牧羊人这么做。别因那孩子才五岁就小瞧了她,她可精着呢。她什么都懂,就像我平常说的那样,这将来肯定会给她带来好处。不过,那老头儿现在除了他那两只山羊和小屋,就什么都没有了。"

"他以前有过很多东西吗?"芭贝尔问。

"他?我想他是有过的。"迪特轻松地答道,"他曾在多姆莱斯克拥有一个非常大的农庄。他是家里的大儿子,还有个老实规矩的弟弟。但由于他逞强摆阔,横行乡里,跟一伙来路不明的人混在一起,还喝酒赌博,整个农庄很快就被他挥霍一空了。他的爹娘得知这个消息之后,悲恸欲绝,不久就接连去世了。他的弟弟也被弄得身无分文,一气之下离家出走了,到现在也没个音讯。大叔自己呢,除了不光彩的恶名,就一无所有了,接着也消失不见了。曾有一段时间,谁也不知道他的去向,后来有人发现他到那不勒斯当兵去了。之后有十二或十五年之久,再也没人听到过他的消息。可突然有一天,他又在多姆莱斯克出现了,还带着个半大的孩子。他本来打算把孩子托付给亲戚照顾的,可是每一家都当面拒绝了他,没人愿意再跟他有什么牵扯。被人这么对待,他气极了,发誓以后再也不踏进多姆莱斯克一步。

后来，他就和孩子一起生活在德夫里村。他的妻子可能是格瑞登人，肯定是那老头儿不知在山下哪儿碰上的，结婚后很快就死了。当时那老头儿手上好像还有几个钱，他让儿子托拜厄斯去当木匠学徒。那是个可靠的小伙子，德夫里村人都很喜欢他。不过那老头儿可没人信得过，甚至有传闻说他是从那不勒斯军队里逃出来的，更糟糕的是，有可能他杀了人，你知道吗，不是在战场上，而是在打架时。尽管如此，我们还是跟他保持着亲戚关系。我妈妈的奶奶，也就是我的曾外祖母，跟他的奶奶是姐妹，所以我们叫他大叔，而且德夫里村的大部分人都跟我父亲的家族有亲戚关系，所以大伙儿也都跟着叫他大叔了。后来，他搬到高山牧场去住，大家就跟着叫他'奥姆大叔'了。"

"那个托拜厄斯怎么样了？"芭贝尔关切地问。

"别急，马上就讲到这儿了，这又不是能一口气讲完的。"迪特答道，"托拜厄斯在迈尔斯当学徒，学成后他回到了德夫里，然后跟我姐姐阿德莱德结婚了。他们俩很久以前就很要好，婚后也非常幸福。可惜好景不长，结婚才两年，他便死了。他在干活的时候被房梁砸到，当场就死了。人们把托拜厄斯运回家，阿德莱德一见到她丈夫那被砸得变形的尸体，又惊吓又悲痛，不久就发起了高烧，再没好起来。她的身体本来就不太好，还患有一种古怪的病，发作的时候都分不清她是醒着还是睡着。托拜厄斯入土还不到两个月，姐姐就随他去了。后来他们两人的悲惨遭遇就传开了，无论是私底下还是公开的，大家都觉得这是大叔一直违背上帝得到的报应，甚至还有人当面跟他这么说。我们的牧师也尽力规劝他重拾良知，为过去忏悔，但是那老头儿却变得更加暴躁、顽固、不近人情了。大伙儿见到他时，也只能尽量躲得远远的。没过多久，我们就听说他搬到高山牧场上去了，并且再也不打算下山了。打那以后，他就带着对上帝和世人的憎恨，一个人生活在山上。妈妈和我则照顾着阿德莱德留下的小不点儿，那时孩子才一岁。去年，妈妈去世了，我便到山下的拉加兹温泉挣点儿钱，多亏有邻村的乌赛尔老奶奶照看着这个孩子。好在我也懂得缝纫和织补，所以不难找到事情做，就连冬天也能在温泉找到活干。一入春，我原先服侍过的法兰克福客人又来了，这不，他们又说要带我走。我们后天就动身，我敢肯定这是个好机会。"

"所以，你打算把孩子托付给山上那老头儿？迪特，这太叫人意外了，你怎么会有这种想法！"芭贝尔用充满责备

009

的口吻说道。

"你胡说些什么呀？"迪特反驳道，"我已经为孩子尽力了，现在还要我怎么样！我不可能带着五岁大的孩子去法兰克福。不过，芭贝尔，你这是要上哪儿去？去高山牧场的路都走一半了。"

"我去的地方就要到了，"芭贝尔回答说，"我有事要去老牧羊人的妻子那儿，在冬天，她常帮我纺纱。再见了，迪特，祝你好运！"

迪特跟芭贝尔握了握手，然后继续站在那儿，看着芭贝尔向一间黑漆漆的小屋走去。小屋建在离山路不太远的山坳里，是个避开山风的好地方。从德夫里算起的话，小屋正好位于高山牧场的半道上。这屋子现在还能留在那里，多亏找了这么个避风的好地方。小屋年久失修，破旧不堪，要是南面来的风暴袭击这座大山，恐怕住在里面就危险了。风一大，小屋所有的东西，如门哪，窗户呀都会晃来晃去、咯咯作响，而那些年久失修的横梁更是摇摇欲坠，发出嘎吱嘎吱的声响。牧羊人的小屋要是坐落在毫无遮拦的山腰上，大概一眨眼的工夫就会被直接吹翻到谷底去。

那是小牧羊人彼得的家，他是个十一岁的男孩，每天早晨都会下山去德夫里村，然后把他放牧的山羊赶上山。那些山羊在高山牧场可以吃到新鲜美味的青草，直到日落才回来。

彼得和他那些脚步轻快的山羊跑着跳着回到山下，到了德夫里村后，他用手指吹起响亮的口哨。于是，山羊的主人们都会出来，将自己家的山羊领回去。山羊个个都很温驯，一点儿也不吓人，响应彼得哨声的大多是小男孩和小女孩。这个时候也是彼得在夏季的每一天中唯一可以和他的同龄朋友们相聚的时候，因为在白天其余的时间里，他只能孤零零地跟那些山羊待在一起。彼得家里虽然有妈妈和失明的奶奶，但是他每天总是早早地出门，晚上也很晚才回家，因为他要在德夫里村跟别的孩子闹够了、玩够了才回来。所以彼得只有在早晨吞下面包和牛奶、晚上吃下类似食物的那点儿时间里在家，再有就是躺在床上睡觉的时候了。他的父亲同样是个牧羊人，可是几年前在伐木时出事故死了。因此，彼得母亲虽然叫布丽奇特，却被称作"牧羊人大婶"，而附近的男女老少都管失明的奶奶叫"奶奶"。

迪特站在那儿左看右看，足足等了十来分钟，可怎么也没看见孩子们和山羊的影子。为了看清楚点儿，她只好爬

011

到高一点儿的地方，以便更好地俯瞰下面的山坡和谷地。她继续伸长脖子四处张望，脸上渐渐显出不安的神色，不断地在原地徘徊。与此同时，孩子们正在一条又远又绕的路上爬着。因为彼得熟知哪些地方有灌木丛和花草，而这些正是山羊们爱吃的东西，所以他才习惯领着山羊们绕道走。那小女孩呢，她穿得那么鼓鼓囊囊，加上天气又热，连步子都迈不开，整个人累得气喘吁吁的，所以光是跟在彼得身后就费劲儿极了。但她一声不吭，只是目不转睛地看着前面的彼得和他的山羊们。彼得赤着脚，穿着一条宽松的短裤，轻轻松松地蹦来蹦去。那些山羊更是轻盈，它们用那细长漂亮的腿越过石块和灌木丛，轻松地跑上斜坡。走了一会儿，小女孩突然一屁股坐到地上，用小手麻利地脱下靴子和长袜，然后又站起来，摘下厚厚的红围巾并扔了出去，跟着把外衣解开，迅速地脱下来，接着又马上解开另一件衣服。迪特为了少带行李，所以让孩子把礼拜天穿的礼服套在了平常穿的衣服外面。平时穿的便服被她三两下就脱掉了，现在小女孩只穿着里面轻巧的小衣裙。她站在那儿，快活地把露在衣服外面的胳膊使劲儿向上伸了伸，然后把脱下来的衣服全部整齐地叠放在一块儿后，蹦蹦跳跳地跟上了彼得和山羊，那样子比谁都欢腾轻松。小女孩落在后面那会儿,彼得一点儿也没留意她到底干了些什么。当小女孩穿着这身轻便的衣服跟在他后面跑跳时,彼得回头一瞧,不由得高兴地咧嘴笑了起来。当他注意到不远处堆着的一堆衣服时,更是笑弯了腰,嘴几乎咧到了耳根底下,不过他还是什么话也没说。此时小女孩感觉身上既轻巧又灵便,便和彼得搭起话来,彼得也开口回答了各种问题。因为他的伙伴太想知道,他一共有多少只羊、要带它们去哪儿、到了那儿又干些什么等等。

不久后,孩子们终于跟山羊们来到了半山腰的小屋跟前,这才进入了迪特阿姨的视线。可是,一看到他们爬上来,迪特便立刻大喊大叫起来:"海蒂,你这是干了什么?你看看自己现在像什么样子!两件外套,还有那条围巾,你都弄到哪儿去了?还有我给你新买的登山靴、新织的袜子呢?全都弄丢了吧!海蒂,你到底都干了些什么?东西都丢哪儿去了?"

小女孩平静地用手往山下一指,说:"在那儿呢。"迪特顺着她手指的方向望去,果然那边有一堆什么东西,上面还有一点儿红色,那肯定是围巾。

"你真是个傻瓜!"迪特阿姨大发脾气地说,"你脑子

013

里都在想什么？为什么把衣服都脱掉了？你想干什么？"

"我又不需要它们。"小女孩振振有词地说，似乎刚才的行为并没让她感到丝毫后悔。

"唉，真是个不懂事的苦命孩子！难道你一点儿感觉也没有吗？"迪特又是责备又是哀叹，"谁到下边给你拿回来？这可要花上大半个钟头呢！彼得，要不你快点儿下去帮我拿上来吧，别光站在那儿冲我发愣，你怎么像是脚底下生了根似的！"

"我的时间来不及了。"彼得慢吞吞地说，他把两只手插进兜里，一动不动地站在原地，听迪特气急败坏地喊叫。

"你光站在那儿瞪着大眼睛顶什么用？"迪特冲彼得说，"快去，我给你好东西，你看。"迪特掏出一枚崭新的硬币给他看，那硬币在太阳底下显得明晃晃的。彼得一下子蹦了起来，沿着陡峭的山路，抄近路往下面冲去，不消片刻就跑到了那堆衣物旁。他一把抱起衣服，一溜烟地跑了回来。迪特立即把硬币给了他，还夸了他一句。彼得急不可待地把它放进兜里，眉飞色舞，一脸的欣喜，因为这对他来说可是一小笔不同寻常的财富。

"你就帮我直接把这些衣服拿到大叔那儿去吧，反正你也走这条路。"迪特说着,准备登上牧羊人小屋后的陡峭斜坡。彼得乖乖地听从了,光着脚跟在她后面,左胳膊下夹着一捆衣服,右手挥着赶羊的枝条。海蒂和山羊们又蹦又跳,乐滋滋地跟在一旁。四十五分钟后,他们到达了高山牧场的山顶。山顶凸出的一端上,立着大叔的小木屋。这里虽然风很大,但阳光十分充足,从这儿还能饱览底下山谷的景致。小屋的后面是三棵老枞树,未修剪过的枝叶显得异常枝繁叶茂。在枞树的那边又是一条向远处延伸的山路,较低的地方是繁茂的花草,那上面是灌木丛生的山石斜坡,并一直延伸到光秃秃的岩石峭壁顶部。

在小屋面朝山谷的一侧,大叔添置了一条长椅。此时,老头儿正坐在那儿,嘴里叼着烟斗,双手放在膝盖上,不动声色地望着突然闯进他视野的两个孩子和一群山羊,还有迪特阿姨。最先到达山顶的是海蒂。她一上来就直奔老头儿那儿,伸出手说:"您好,爷爷。"

"嗯,你是哪家的孩子啊?"他生硬地握了一下孩子的手,粗声粗气地问了一句。他浓密的眉毛下射出锐利的目光,盯着小女孩看了好一会儿。海蒂则毫不畏惧地回视他。爷爷的脸上留着长长的胡子,两条长长的灰眉毛浓密地长在一起，就像一簇矮树丛，看起来怪怪的，所以海蒂的眼睛没法儿从他身上挪开。这时，迪特和彼得也一起上来了，彼得静静地站在一边，看着他们。

"大叔，您好，"迪特打着招呼走上前去，"我把托拜厄斯和阿德莱德的孩子给您领来了。您大概认不出她来了吧，这也难怪，您从她一岁起就再没见过她吧？"

"噢，把孩子领到我这儿来干什么？"老头儿问完，又冲彼得喊道，"快领走你的山羊，你今天来晚了，把我的山羊也牵走！快点儿，赶快离开这儿！"

彼得立即顺从地离开了，因为老头儿正瞪着他，那目光让他一刻也待不下去。

"请让这孩子留在您身边。"迪特回答说，"四年来，我想我已经为孩子做了我能做的一切，现在该轮到您了。"

"噢，是这么回事。"老头儿冷冷地盯着迪特说，"要是这孩子闹腾起来，哭着要找你，或者弄出其他麻烦，我该拿她怎么办？"

"那就是您的事了。"迪特还嘴说，"我只知道当初这孩子被交到我手上时还是个婴儿，当时我和我妈妈自己的事情就已经忙得腾不开手，但我们还是毫无怨言地照顾了她。

现在，我要到外面去工作了，而您是这孩子最亲的亲人，您愿不愿意照顾她，都随您的便。可万一孩子有个好歹，您当然要负责任，不过我想，您没必要再给您的良心增加什么负担！"

其实，迪特的内心完全不像她嘴上说的那么轻松，对自己的做法，她总感觉有点儿过意不去，结果一激动就气冲冲地把那些想也没想过的话都倒了出来。大叔一听到她的最后一句话，立刻站了起来。他紧盯着她，以致她不得不后退了几步，然后他手臂一挥，命令道："立刻给我下山，回你来的地方去，不要让我再看到你！"不用老头儿说第二遍，迪特立刻说："那好，再见。还有你，海蒂。"一说完，她就飞快地转身朝山下跑去。直到安全抵达德夫里村，她才松了一口气，刚才那股冲劲儿就跟身上安装了蒸汽发动机差不多。

德夫里村的人和迪特都很熟，而且又都熟知孩子的身世和发生在她身上的事情，所以人人都好奇这孩子到底怎样了。家家户户的房门和窗户都传来询问声："那孩子现在在哪里？""迪特，你把孩子送到哪儿去了？"迪特越来越不耐烦，只回答道："送到奥姆大叔那儿去了。她跟奥姆大叔在一起了。你们都听到了吧？"可是，那些女人开始不断地责备她。有人先大声喊道："你怎么能做出这样的事情来！"跟着又是："想想把那样一个无依无靠的小家伙扔到山上多么残忍！"类似的话一句接着一句。"多么可怜的小家伙啊！多么可怜的小家伙啊！"这些话一直紧追着她不放。最后迪特实在忍无可忍了，只好逃开，一口气跑到什么也听不到的地方去了。但一想起这件事，迪特心里就不痛快，因为母亲临终时曾嘱托她要好好照顾孩子。不过，迪特又宽慰自己，往后一定要挣很多钱，尽力多为孩子做一些事。一想起自己马上就要离开这些小题大做的村里人，她就感觉轻松了不少。更何况，现在她自由了，有一份工作在等着她，她不禁手舞足蹈起来。

第2章　在爷爷家

迪特走后，老头儿又坐回到长椅上，默默地盯着地面看，烟斗里冒着烟。海蒂则沉浸在新环境带来的兴奋之中。她左顾右盼，发现小屋紧挨着一个小屋棚，那是羊儿们待的地方。她朝里面望去，只见里面空荡荡的。她继续着她的探索之旅，不久来到小屋后头的几棵老枞树底下。一阵大风吹过，树冠上的枝叶发出"唰唰""沙沙"的响声，海蒂一动不动地站在那儿倾听着。声响逐渐平息下来，她才又迈开脚步，转过小屋的另一角，绕回到了爷爷跟前。可爷爷仍是一动不动，跟她离开时的姿势一模一样。她走上前去，站到爷爷面前，两手放到身后，双眼直勾勾地盯着爷爷看。见孩子一直这样一动不动地站在跟前，爷爷终于抬起头问："你想干什么？"

"我想看看您屋子里有什么。"海蒂回答。

"来吧！"爷爷站起身，带着她朝小屋走去。

"去把你那包衣服也带上吧。"他吩咐走在后面的海蒂。

"那些东西我已经不再需要了。"海蒂毫不犹豫地说。

爷爷转过头,用锐利的目光盯住她。海蒂黑亮的眼睛则对将要在屋里看到的东西充满了好奇和期待。"这孩子好像还挺机灵。"爷爷轻声嘀咕了一句,接着大声说,"为什么不再需要这些衣服了?"

"因为我很想像山羊那样走路,它们的长腿多轻巧啊!"

"这样啊,你要那样也行。"爷爷说道,"不过这包衣服还是得拿进来,我们可以把它们放到橱柜里去。"

海蒂听从了爷爷的话。爷爷一打开门,海蒂便跟了进去。她发现里面是一个很大的房间,而且整座房子也就这样一个房间。屋子里有一张桌子和一把椅子,房间的一角放置着爷爷的床,另一角放着炉子,炉子上架着一只很大的水壶,最里面的墙壁上则有一扇大门——那是橱柜。爷爷打开橱柜,里面是他的衣物,有的挂了起来,衬衫、袜子、围巾之类的东西则叠放在架子上;另一个架子上摆放着餐具、茶杯、酒杯,最上面则搁着熏肉、奶酪和一个圆面包。看来奥姆大叔每天所需的生活用品，全都放在这个大橱柜里。一看到爷爷打开橱柜，海蒂就连忙跑过去，把自己的那包衣服塞进去，并尽量往爷爷的衣服后头塞，那样就没那么容易被找到了。然后，她仔细地在房间里四下打量起来，还问："爷爷，我该睡在哪儿？"

"喜欢睡哪儿就睡哪儿。"爷爷回答。

一听这话，海蒂高兴极了。哪里才能睡得最舒服呢？她立刻开始查看房间的角角落落。在爷爷床铺附近的角落里，她发现有一架梯子靠在墙上。海蒂爬上去一看，原来是放干草的阁楼。那里堆放着一大摊刚收进来的干草，散发着清香。透过一扇圆圆的小窗户，还可以俯瞰整个山谷的风景。

"我要睡在这儿，"她冲下边喊道，"这儿真漂亮，爷爷，快上来。上来看看，这儿多漂亮啊！"

"哦，我知道。"下面传来爷爷的声音。

"现在我来收拾我的床铺。"小女孩又向楼下喊了一句，就开始来来回回地忙碌起来，"不过，您得帮我拿条床单才行。床上是一定要铺床单的，不然就没法儿睡觉啊。"

"是啊！"爷爷说道。不一会儿他就去橱柜里乱翻了一阵儿，终于在里头翻出一块长长的粗布，只有拿它充当床单

021

了。爷爷拿着它登上阁楼，他看到海蒂已经收拾出一张非常可爱的小床。她在枕头的一方多垫了些干草，这样一躺下，她就可以轻易地从敞开的圆窗户往外望了。

"干得漂亮极了！"爷爷说，"这回我们该铺床单了，不过先等一下。"他走过去从干草堆里再抱起一大捆干草，把床铺厚些，好让孩子睡得更软和舒服些，"好了，把那个拿过来。"海蒂拿起床单，可这对她来说太沉了，几乎拿不动。不过，这倒也是好东西，又厚又密实，尖尖的草梗肯定穿不透，那样就不会刺痛她了。于是两个人一起把床单铺到干草床上，床单过宽过长的地方，海蒂就把边沿使劲儿掖到床铺底下。这样一来，一张整洁舒适的床算是如愿做成了。海蒂站在它前面，仔细地打量着自己的杰作。

"爷爷，咱们还忘了些东西。"她沉默了片刻说。

"忘了什么？"爷爷问。

"盖的被子呀，睡觉的时候得钻到床单和被子中间才行啊。"

"哦，大概是这样的，不是吗？可要是我没有的话，那该怎么办？"爷爷说道。

"噢，那也没关系，爷爷，"海蒂用安慰的口吻说道，

"那我就拿干草当被子好了。"她又连忙转身从干草堆里抱起一大抱干草,但是爷爷拦住了她。"等一等。"爷爷说完便再次下了梯子,走到自己床边。等他回到阁楼时,带回了一条又大又厚的亚麻布袋,往床上一放,说:"这难道不比那些干草好吗?"

海蒂使出浑身的力气想把它展开,想把它拽平拉直,可是她小小的双手实在摆弄不了这沉甸甸的东西。后来,在爷爷的帮助下,她终于把它整整齐齐地铺好了。海蒂欣喜不已地站在自己的新床前,这一切看起来是多么漂亮、温馨和舒适。"这被子太棒了!"她说,"看我们做的床多漂亮!我真希望现在就是晚上,这样我就可以马上躺进去了。"

"我想,咱们现在好像应该先吃点儿什么,"爷爷说,"你觉得怎么样?"

海蒂只顾着兴奋地收拾新床,把其他事儿忘得一干二净。直到爷爷说起吃饭,她才突然感到肚子饿了。因为这一天,她就吃了一片面包,喝了一小杯淡咖啡当早饭,那之后便再没吃什么东西,加上还走了那么长的路,所以她对这个建议是完全赞同的:"是的,我想也是。"

"要是咱们两人意见一致的话,那就下去吧。"老头儿说着，跟在海蒂后面下了梯子。他走到锅灶那儿，挪开大锅，把挂在链子上的小锅放上去，然后坐到火炉前的圆形三脚凳上，用嘴吹旺火苗。锅里的奶很快就煮开了。这时，老头儿用一根长长的铁叉子叉起一大块奶酪放到火上，来回翻转，直到把它的两面烤成金黄色。海蒂在旁边新奇地看着这一切。忽然，一个主意跑进她的脑袋里，她猛地跳了起来，跑到橱柜那儿，在里面翻来翻去。过了一会儿，爷爷起身拿着罐子和奶酪来到桌子旁，发现圆面包、两个盘子和两把餐刀已经整整齐齐地摆在那里。海蒂早就把橱柜里的东西看得一清二楚，她也清楚他们吃饭可能会用到哪些东西。

"嗯，干得不错，自己就能想到了，"爷爷边说边把烤过的奶酪放到面包上，"不过，是不是还缺点儿什么？"

海蒂留意到罐子里冒着腾腾的热气，就连忙跑到橱柜那儿。一开始，她看见架子上只有一个小碗，不过她没犯难多久，因为很快她就发现后头还有两只杯子。所以，她毫不迟疑地拿起这两只杯子和小碗跑过来，并把它们摆到桌上。

"好样的，看来你知道该怎么做了。只是，你要坐在哪里？"房间里唯一的一把椅子由爷爷坐了。海蒂飞快地跑向炉边，把那只三脚凳拖到桌子边，坐到上面。

"这倒是个办法，有位置坐了，不过就是太矮了，"爷爷说，"可是，就算坐我的椅子，你坐上去也太矮，够不到桌子。不管怎么说，吃饭要紧，快过来。"

爷爷说着站起身来，往小碗里倒上羊奶，把碗放到自己的椅子上，然后连椅子一起挪到海蒂的三脚凳跟前。这样，海蒂就有一张自己的桌子了。爷爷又给了她一大块面包和一片烤得金黄的奶酪，让她快吃。然后他自己坐在大桌子的一角，开始吃午饭。海蒂双手捧起碗，咕咚咕咚一口气把羊奶喝个精光。可想而知，经过长途跋涉，她有多渴。一喝完，她就大口大口地喘着粗气，因为刚才她只顾着拼命地喝，一直没工夫喘气。

"羊奶好喝吗？"爷爷问。

"我还从没喝过这么好喝的奶呢。"海蒂回答。

"那就多喝点儿吧。"爷爷又倒上满满一碗，放到海蒂面前。她迫不及待地把烤过的跟奶油一样软滑的奶酪涂到面包上，一边美滋滋地啃着香甜的面包，一边喝着浓浓的羊奶，一副心满意足的样子。吃过饭后，爷爷出去收拾羊圈，海蒂则在一边兴致勃勃地看着。爷爷先用扫帚清扫一遍羊圈，再铺上新鲜的干草，为山羊们准备好睡觉的地方。然后爷爷走进旁边的一个小棚子，在里头削了几根一样长的圆木，还有一小块圆形木板，并在木板上凿了几个洞，再把那些圆木揳进去，于是一只三脚凳竟像变魔法似的做好了，只是"个头"比爷爷的三脚凳高点儿而已。海蒂傻傻地站在那儿看着凳子，惊讶得说不出话来。

"你看这是什么，海蒂？"爷爷问。

"这么高啊，那肯定是我的椅子喽。怎么一眨眼就做好了呢！"海蒂惊奇而钦佩地感叹道。

"这孩子一看就懂，真是机灵。"爷爷一边暗自嘟囔着，一边继续围着小屋转圈，这儿敲敲，那儿打打，然后再往门上钉点儿什么。就这样，爷爷手拿锤子、钉子和木片走来走去，根据需要或修补或清理。海蒂跟在爷爷后面，专心致志地盯着爷爷的一举一动。对她来说，爷爷的一举一动都太新奇太有趣了。

时间过得很快，夜晚转眼就降临了。山风开始大作，那几棵老枞树比往日响得更加起劲儿。这声音传到海蒂的耳朵里、心里，竟都变成了美妙无比的音符。海蒂快活极了，围着老枞树又蹦又跳，仿佛这就是她最快乐的时候。爷爷站在棚子的门口，望着这情景。

突然，响起一阵尖亮的口哨声。蹦蹦跳跳的海蒂停了下来，爷爷也循声走了出来。山羊们一只接一只地从山上跑下来，彼得被羊群挤在中间。海蒂欢呼着跑进羊群，向那些今早刚刚结识的朋友们一一问好。羊儿在小屋前齐齐站住，羊群中走出两只漂亮苗条的母羊，一只是褐色，一只是白色，它们跑到爷爷身边，舔起他的手来。和平常一样，爷爷总会在傍晚两只山羊回来的时候，手里握上一些盐巴。不久，彼得跟他的羊群便消失得无影无踪了。海蒂跑来跑去，温柔地抚摸两只小羊，一会儿摸摸这只，一会儿揉揉那只，跟这些小动物在一起让她欢快无比。"这是咱们家的羊对吗，爷爷？这两只都是我们的？它们是住在那个小棚子里吗？它们一直和我们住在一起吗？"

海蒂的问题倒豆子似的一个接着一个，爷爷想答话也插不进来，只能一个劲儿地说："是啊，是啊。"等山羊们舔完了盐巴，爷爷让海蒂把她的小碗和面包拿过来。

海蒂按照爷爷的吩咐拿来了东西。爷爷从白山羊身上挤了满满一碗羊奶，然后撕下一片面包对海蒂说："吃吧，这是你的晚餐。"他继续说："吃好了就去睡觉。你迪特阿姨还拿来了一个小行李包，里边有睡衣什么的，你要是需要，它就放在橱柜下面。我待会儿还得把羊赶进羊圈,好了,晚安。"

"晚安,爷爷!晚安。这两只羊叫什么名字?爷爷,它们的名字是什么?"海蒂边喊边跟在离开的爷爷和山羊后面。

"白色的叫'小天鹅',褐色的叫'小熊'。"爷爷回答说。

眼看山羊们要跨进羊圈,海蒂敞开嗓门儿喊道:"晚安,'小天鹅'!晚安,'小熊'!"然后,她才坐到椅子上边吃边喝。可是风太大了,几乎能把她刮走。于是她赶紧吃完,回到屋里就爬到床上,不消片刻便甜甜地进入了梦乡,仿佛那床就跟年轻公主的丝绸睡床一样舒适无比。

没过多久,天还没有全黑的时候,爷爷也上床睡觉了。爷爷习惯每天日出时就起床,在夏季,太阳从山那边升起来的时间总是格外早。入夜后山风吹得更加猛烈,在它的撞击下,整个小屋都摇晃起来,老房梁全都发出嘎吱嘎吱的响声。大风号叫着刮进烟囱,发出的声音像是有人在哀号呻吟。大风还怒卷着老枞树,它们发出了响亮的呼啸声,甚至刮断了几处树枝,枝叶也掉得满地都是。半夜里老头儿起身，小声地自言自语道："那孩子大概会害怕。"他安好梯子登了上去，来到孩子床边。

外面的月光照亮了天空，可不一会儿，一片翻滚的乌云挡住了月光，四周暗了下去，如此反复。现在，皎洁的月光正好透过圆圆的窗户照射在海蒂的床上。她躺在沉甸甸的被子下方，小脸蛋睡得红扑扑的。她的头安安稳稳地枕在她圆圆的小胳膊上，那张娃娃脸看上去是那么幸福快乐，仿佛梦到了什么好事情似的。老头儿站在那儿，一直望着这个熟睡的小女孩，直到月亮再一次被云遮住，再也看不见东西，才重新回到自己的床上。

第3章　和羊在一起

第二天一大早，海蒂被一阵嘹亮的哨声唤醒了。她睁开眼，只见阳光透过圆圆的窗户照在她的床上，那一大堆干草上也洒满了金黄色的光，阁楼里的一切看起来都金光闪闪的。海蒂惊奇地看着周围的一切，甚至好一会儿都想不起自己这是在哪儿。这时，外面传来了爷爷低沉的嗓音，她一下子明白过来：自己已经离开原先的乌赛尔老奶奶家，现在跟爷爷一起住在山上。那位老奶奶的耳朵几乎什么都听不见，还很怕冷，所以整日不是坐在厨房的炉火边，就是坐在起居室的暖炉旁，而海蒂也不得不待在离奶奶不远的地方。因为如果自己不在奶奶的视野范围内，耳聋的她是没法儿知道自己在哪里的。可对海蒂来说，被关在房里难受极了，她常常盼着跑出去。因此，在现在这样一个新家里醒来，海蒂高兴极了。她想起昨天见识了那么多新鲜有趣的东西，而且今天还能看到它们，尤其想到那两只可爱的小羊，甭提有多开心了。海蒂连忙从床上跳下来，没几分钟就把昨天的衣服全套上了，反正昨天穿的衣服也不多。之后，她爬下梯子，跑到小屋外面。彼得已经和他的羊群站在外面了。爷爷正把两只小羊牵出羊圈，领进羊群里。海蒂跑向爷爷和羊群，向他们问好。

"你想跟彼得和山羊们一起去牧场吗？"爷爷问。海蒂巴不得去呢，高兴得一蹦老高。"不过，去之前得先把脸洗干净，好好整理一下，否则会被头顶上亮闪闪的太阳公公笑话的。看，东西都给你准备好了。"爷爷说着，指了指门口太阳底下满满的一大盆水。海蒂跑过去，哗啦哗啦地又洗又搓，直到脸上干净得闪闪发亮。这边，爷爷走进屋里，招呼彼得带着他的布袋一起进来。彼得惊讶地听从了，走进屋里放下他装午饭的小布袋。

"打开它。"老头儿说，然后把一大块面包和一块差不多大的奶酪塞到里面。彼得连眼珠子都瞪大了，因为那两样东西中的任何一样都比自己带的午饭大上一倍。

"行了，这回该放小碗进去了。"爷爷说道，"这孩子可不会你那种喝法，她也不习惯直接从山羊那儿喝奶。吃午饭的时候，你得给她挤上两大碗奶。她要跟你一起去，直到晚上下山都和你在一起。小心别让她从石头上掉下去，听到了吗？"

这时，海蒂跑了过来。"这下太阳公公不会笑话我了吧，爷爷？"她心急地说。爷爷在脸盆边挂了一条手感粗糙的毛巾，因为担心被太阳公公取笑，她便用这条毛巾拼命地擦拭她的脸、胳膊和脖子，结果她站在爷爷跟前时就像一只煮熟的龙虾，整个儿红通通的。爷爷微微笑了一下。

"当然不会，现在太阳公公不会再笑你了，"爷爷肯定道，"不过，傍晚回来的时候，你得像鱼儿那样在木盆里泡上一会儿，知道吗？因为你要像山羊那样走路，脚丫子肯定会变得黑乎乎的。好了，现在可以出发了。"

海蒂开开心心地上路了。大风在夜间已经把云朵吹得一片不留。天空湛蓝湛蓝的，太阳明晃晃地照射着牧场绿油油的山坡。牧场里开满了蓝色、黄色的小花，一朵一朵都朝着太阳绽开了笑脸。海蒂开心地叫着跑着，她刚瞧见这里长着一簇美丽的红色樱草花，马上又发现那边可爱的龙胆草开着蓝色的小花，在上面还有一大片花瓣娇柔的金色岩蔷薇，它们在阳光下微笑地点着头。这片随风摇曳、色彩斑斓的花田把海蒂完全迷住了，就连彼得和羊群也被她抛到九霄云外去了。她自顾自地向前跑着，不知不觉走上了岔道。因为她发现了红的、黄的花儿透射出美丽的光泽，吸引着她走了一条又一条路。才一会儿的工夫，海蒂就采摘了一大捧花放在自己的围裙里，那样她就可以用这些花儿把卧室装扮得跟外面的草地一样美丽了。彼得不得不转动着他那不太灵活的圆眼睛，警惕地四下张望。看来他这双眼睛今天要超负荷工作了，因为山羊们都跟海蒂一样活跃。它们四下乱跑，彼得只能又是吹口哨，又是大喊大叫，还要拼命挥舞手中的枝条，好把四散的山羊全都赶回来。

"你到底上哪儿去了，海蒂？"彼得有点儿生气地大叫起来。

"在这儿。"不知从哪里传来了一声回答，彼得仍没见到人影。原来海蒂坐在一个小山丘的山脚下，那里长满了散发着甜香的夏枯草，四周的空气中弥漫着这种诱人的草香。海蒂觉得她从未闻过如此好闻的气味。她被鲜花包围着，深深地呼吸着这香甜的空气，久久不愿离开。

"快跟上来！"彼得又喊道，"你可别从石头上掉下去呀，你爷爷可是这么吩咐来着。"

"那石头在哪里？"海蒂反问道，她仍在原地一动不动地坐着。每当有微风吹过，就会有更香甜的气味徐徐向她飘过来。

"在上面，还在上面呢。我们还有一大段路要走，快过来！在最高处还有大猛禽，还会叫呢。"这句话发挥了作用。海蒂马上跳了起来，兜着满满一围裙的鲜花，跑到彼得身边。

"现在花摘够了吧？"彼得说着，又带着海蒂继续往山上走去，"要是你一直待在那儿没完没了地摘花，你会把花全摘光的，那么明天你就没有花可摘了。"

最后一句话似乎对海蒂有些说服力，另外，她的围裙里已经装得满满当当，再也装不下更多了，再说也不能把明天的花全都摘完。于是海蒂跟着彼得一起往上走，羊群也比刚才乖多了，因为羊儿们已经远远地闻到高山牧场上它们钟爱的青草芬芳，所以一步不停地急着往上爬去。在高高的山岩脚下，是一大片牧场，彼得经常和羊群在那里度过一整天。那块山岩的下方覆盖着灌木丛和枞树，到了上面就是光秃秃的石头，凹凸不平地向上耸立着。如果从高山牧场的另一侧来看这块山岩，就可以看到一条很大的裂缝，这让人觉得爷爷提醒彼得的话非常有道理。到了休息的地方后，彼得拿下自己的布袋，小心翼翼地把它放在低洼处。要不然大风一来，他那点儿宝贝"财产"就会倏地一下被席卷到山下。放好之后，他在晒得暖洋洋的牧场上躺成一个"大"字，刚才那一番折腾可把他累坏了。

此时，海蒂解下自己的围裙，把包着花的围裙仔仔细细地卷好，放到低洼处彼得口袋的边上，然后在横躺着的彼得身边坐下并举目四望。远处的山谷沐浴在上午的日光下，闪闪发光。在她的前方，连绵的雪峰耸立在湛蓝的天空下。在雪峰的左边，高高地耸立着光秃秃的山峰，上面乱石丛生，仿佛要刺穿蓝天，又仿佛在用威严的目光俯视着海蒂。海蒂屏气息声地坐着，注视着周围的一切。四周一片寂静，只有轻巧的蓝色风铃草和金光灿灿的岩蔷薇在微风的温柔吹拂下晃动着，仿佛在愉快地点头示意。刚才的劳累让彼得睡着了，而羊儿们都跑到上面的灌木丛里去了。海蒂感觉自己以前的日子从未像现在这般快活，她一边沐浴着金色的阳光、呼吸着清新的空气、闻着甜美的花香，一边幻想着要是能永远如此就好了。就这样，海蒂久久地凝望着远处的群山，那些山仿佛有自己的面孔，像老朋友似的亲切地俯视着她。突然，头顶上传来刺耳粗犷的尖叫声，她仰头一看，是一只她从未见过的大鸟，舒展着宽大的翅膀在空中一圈一圈地盘旋。它每次经过海蒂的头顶，都会发出高亢尖锐的鸣叫。

"彼得，彼得，快醒醒！"海蒂大声喊道，"快看，那是老鹰，你看，你看！"

彼得随着叫声醒来，和海蒂一起抬头看那只老鹰。老鹰渐渐地飞上蓝天，越飞越高，直到最后消失在灰色的岩石山峰后面。

"它到哪儿去啦？"海蒂问道，她一直聚精会神地注视着老鹰。

"回巢去了。"彼得回答。

"它住在那么高的地方吗？哇，住那么高的地方多棒呀！它为什么发出那样的叫声呢？"

"因为它想那么叫。"彼得解释说。

"咱们爬上去，到老鹰住的地方去看看吧。"海蒂提议道。

"噢！噢！噢！"彼得大叫起来，他的每一声叫喊都是对这个建议的强烈反对，"那可是连山羊也上不去的地方，再说了，大叔不是说过不要从那些岩石上掉下来吗？"

这时彼得突然吹起口哨，并大声叫嚷起来，可海蒂一点儿也搞不明白到底发生了什么事。不过显然山羊们明白了，它们一只接一只地跑下山岩，全体聚集在绿油油的山坡上。它们有的继续细嚼着肥美多汁的青草，有的四下撒欢儿地跑着，还有的互相顶角嬉戏。

海蒂跳了起来，跑到羊群中间。看到羊儿们如此聚在一起玩闹，她感到新奇极了，跟羊儿们一起嬉戏更让她体会到一种无以言喻的快乐。海蒂逐个认识它们，因为对她来说，每一只山羊都与众不同，它们的行为有着属于自己的独特风格。就在这时，彼得从低洼处拿起口袋，将里面的面包和奶酪呈四角摆放好，两片大的放在海蒂那一边，小的放在自己这一边，因为他清楚哪个是海蒂的，哪个是他自己的。然后，他掏出小碗，从"小天鹅"那里挤出新鲜美味的羊奶，再把它放到四个角的正中央。接着，彼得催促海蒂过来，可是叫她比叫山羊还费劲儿，因为海蒂跟她的新朋友们正玩耍得忘乎所以，根本看不见也听不见其他事情了。不过，彼得已经学会该怎么做了，他用能让岩石产生回声的声音大喊着。海蒂终于出现了，她看见地上摆放着的诱人的午餐欢呼雀跃起来。

"别跳来跳去了，到午饭时间了，"彼得说，"来，坐下吃吧。"海蒂坐了下来。"这奶是我的吗?"海蒂问道,然后又兴奋地看了一遍摆得整整齐齐的四角形和正中央的小碗。

"对啊!"彼得回答,"那两块大的也是你的。你喝完这些,我会再从'小天鹅'那儿给你挤上一碗,然后我再喝。"

"你会挤哪只羊的奶喝呢?"海蒂询问道。

"挤我家那只呗,就是那只带花斑的。来,快吃吧。"彼得再次催促她说。于是海蒂拿起小碗把奶喝光了,然后把空碗往旁边一放,彼得就起身给她挤来第二碗。海蒂跟着撕下一片面包,可剩下的那块面包还是比彼得的大。于是,她把这片面包和那一整块奶酪一起递给了她的伙伴,说:"这些东西给你,我已经够了。"

彼得惊讶得说不出话来,呆呆地望着海蒂,因为他长这么大还没人跟他说过这样的话,更没人送过东西给他。他迟疑了一下,不敢相信海蒂是真心的。但是海蒂使劲儿把东西塞给他,由于彼得没有接,她干脆直接把东西放到他的膝盖上。彼得这才相信她真要这么做。他拿起海蒂送给他的礼物,带着感激之情重重地点了点头,然后大快朵颐,这可是他做牧羊人以来最丰盛的一餐了。这会儿,海蒂帮着照看羊群。"这些羊都叫什么名字,彼得?"海蒂问道。

对山羊的名字,彼得可是了如指掌。彼得脑子里需要记住的东西本来就不多,所以记住每只羊的名字对他来说倒不太难。他报出一连串的名字,并指给海蒂看。海蒂聚精会神地听着,不一会儿,她就能辨认出每一只羊,而且能清楚地说出它们的名字。因为每只山羊都各有特点,所以要记住它们并不难,只需要细细查看就行,而海蒂就做到了这一点。长着一对结实犄角的山羊名叫"土耳其大汉",它总喜欢用自己的羊角去顶撞别的山羊,以至于大多数羊一见它靠近就赶紧躲开,不想理会这个特别蛮横霸道的同伴。只有"金翅鸟"这只苗条敏捷的小山羊敢直面它,有时还十分主动地又快又狠地连续攻击它四五次。"金翅鸟"常常以一副好斗的模样站在"土耳其大汉"跟前,而且它头上的羊角格外尖利,往往弄得"土耳其大汉"惊讶地站在那里,不敢再轻易攻击它。还有一只小个子的白色小羊,叫"小雪",它凄惨哀怜的样子似在低声诉说。为此,海蒂好几次跑到它身边,抱住它的头不住地安慰它。就在这时,海蒂又听到了它那孩子般稚嫩的恳求声,便连忙跑了过去,把胳膊绕在小家伙的脖子上，用极富同情心的口吻问道："怎么了，'小雪'？为什么叫得这么无助？"小羊信任地依偎在海蒂身上，逐渐安静了下来。仍坐在那里狼吞虎咽的彼得开口说道："它那样哀叫，是因为那只老羊不能再和它在一起了。那只老羊前天被卖到了梅恩菲尔德，所以再也不能上高山牧场来了。"

"那只老羊是谁？"海蒂问。

"当然是'小雪'的亲娘啦。"彼得回答。

"那它的奶奶呢？"海蒂又问。

"它没有奶奶。"

"它爷爷呢？"

"也没有。"

"唉，真是可怜的'小雪'！"海蒂大声说着，轻轻地抱住小羊，"不过，以后可别再那么叫了啊。你看，我每天都会和你在一起，这样你就不再孤单了，如果你有什么事尽管来找我。"

小家伙把头靠在海蒂的肩膀上磨蹭着，露出安心满足的样子，不再可怜地悲鸣了。现在，彼得总算吃完了午饭，加入海蒂和羊群中来。在此之前，海蒂又对羊群进行了一番仔细的观察。在羊群中，最英俊、最出众的要数爷爷的两只小羊，它们俩看上去有一种独特的气质，而且又总是在一起散步，特别是碰上"土耳其大汉"时，它们更是不屑一顾，显得神圣不可侵犯。

山羊们又开始往山岩那边走去，每只寻找草丛的山羊走起路来都有自己独特姿态：有的在到达目的地前只管越过一切；有的步步为营，路上的嫩叶一片不落；"土耳其大汉"则到处横冲直撞；"小天鹅"和"小熊"则轻盈地向上跑去，毫不费力地找到最好的灌木丛，然后用它们漂亮的四肢优雅地站在那里，细嚼慢咽地吃起来。海蒂双手背到身后，目不转睛地望着羊儿们的一举一动。

"彼得，"海蒂冲又躺在草地上的彼得说，"所有羊里面最漂亮的就数'小天鹅'和'小熊'了。"

"当然，我觉得也是，"彼得回答，"奥姆大叔给它们又是刷毛又是洗澡的，还喂盐给它们吃，甚至给它们盖了一个漂亮的羊圈。"

突然，彼得猛地跳起来，拼命向羊群追去。海蒂急忙跟上去，她明白肯定是发生了什么事。彼得穿过羊群，朝山崖飞奔过去。那嶙峋乱石的下面就是深谷，若任何一只小羊冒冒失失地靠近，很可能会掉下去，摔个断腿断脚。彼得刚才就是看见那只喜欢盘根究底的"金翅鸟"往那个方向跑去了，幸好他及时赶上，那只小羊正要跑向悬崖边。彼得所能做的就是扑上去，一把逮住了小羊的一只后腿。因为突然被人抓住腿，小羊咩咩地怒叫起来，不满它的行程被人中断。"金翅鸟"挣扎着要挣脱开来，固执地努力往前冲，于是彼得大声叫海蒂过来帮忙，因为他跌倒了站不起来，几乎要把"金翅鸟"的腿扯断了。

跑上来的海蒂一见场面如此惊险，连忙拔起几棵甜丝丝的青草，伸到"金翅鸟"的鼻孔底下，甜言蜜语地哄道："过来，过来，'金翅鸟'，你要听话才行哦！你看，要是你从那里摔下去会断腿的，而且还会很疼呢！"

没想到小羊很快就转过身来，愉快地吃起海蒂手上的青草。彼得趁机赶紧起身，一把抓住"金翅鸟"脖子上挂着小铃铛的绳套，海蒂则从另一侧紧紧抓住了它。就这样，两人总算把逃出来的小羊又带回了正乖乖吃草的羊群中。彼得见他的小羊安全了，就挥起鞭子想狠狠惩罚它一下。"金翅鸟"一看这架势便害怕地往后缩。海蒂见了大叫："不，不要，彼得，你不能打它，你看它多么害怕呀！"

"它该打！"彼得吼道，抬手就要打小羊。海蒂扑上去抓住他的胳膊,愤愤不平地喊道:"你不能这样打它,多疼啊,快放下鞭子!"彼得吃惊地瞪着下命令的海蒂,她的黑眼睛里似有怒火,于是不情愿地放下了鞭子。"好吧,我放过它,不过,你明天得再给我些奶酪才行。"彼得说,他决定为自己今天所受的惊吓要点儿补偿。

"那些奶酪可以全给你,不只明天,还有以后的每一天,我一点儿都不要。"海蒂答应他说,"我也会再给你些面包,就像今天给你的一样大。不过你得答应我再也不打'金翅鸟''小雪',或是其他任何一只小羊。"

"那好吧,"彼得说,"反正我无所谓。"彼得算是答应了海蒂提出的条件。于是,他放开"金翅鸟","金翅鸟"高兴地跳回它的伙伴中。

不知不觉,一天过去了,太阳在群山后缓缓落下。海蒂坐到地上,静静地凝视着夕阳下的蓝色风铃草,缕缕金光让这些花草一闪一闪的,连上边的大岩石也都开始金光闪烁。海蒂倏地跳了起来,大叫道:"彼得!彼得!山上着火了!岩石全都燃烧起来了,大雪山和天空也烧起来了!看!看那儿!那块高高的岩石也被烧得通红!哦,还有那些好看的雪,也都燃烧起来啦!彼得,快站起来呀!快看,火都烧到老鹰家了！你看那里的石头！还有那些枞树！所有的一切都燃烧起来了！"

"经常这样的，"彼得若无其事地说，继续剥着他鞭子上的皮，"但这不是什么真的火。"

"那这是什么？"海蒂叫道，她来回跑着跳着，看看这边，望望那头，她感觉她怎么也看不够这美丽的景色。海蒂一遍又一遍地叫着："这是什么，彼得，这是什么啊？"

"本来就是这样的。"彼得解释说。

"看哪，快看！"海蒂又是一阵激动，"它们都变成淡红色了！瞧，那块积着雪的、高高的、尖尖的石头！这山叫什么名字来着？"

"山哪里有什么名字。"彼得说。

"啊，真美啊！瞧，那些深红色的雪！啊，还有上面的石头，长着好多玫瑰花！噢，现在慢慢变成灰色了。噢！噢！现在全都消失不见了！全消失了，彼得。"海蒂一副茫然若失的样子，她坐回地上，仿佛一切真的完了似的。

"明天还会变成这样的，"彼得说，"起来吧，咱们该回家去了。"他吹响口哨召唤他的羊群，然后他们一起走上回家的路。

"以后每天都会这样吗?要是我们带羊群来这儿,每天都能看见吗?"海蒂一边问着,一边吃力地和彼得往山下走去。她迫切地期待能得到一个肯定的答案。

"嗯,大多数时候都会这样。"彼得回答。

"那明天肯定还有吧?"海蒂还是不肯罢休。

"是的,是的,明天肯定会有!"彼得保证道。

海蒂一听这话又高兴起来,她的小脑袋里浮现的全是今天新奇的所见所闻,一路上安安静静的,直到抵达小屋。爷爷正坐在枞树下,他在这里安装了一条长椅,像往常那样等着自己的山羊从山这边下来。

海蒂跑向爷爷,后面还跟着"小天鹅"和"小熊",因为它们都认识自己的主人和小屋。彼得在后面大声叫道:"明天记得来啊,晚安!"他有不止一个理由希望海蒂明天跟他一起去。

海蒂又马上跑回去和彼得握手,保证明天一定会去。然后她跑到正要离开的羊群里,又一次抱住"小雪"的脖子,并亲密地慰藉它说:"晚安,'小雪',明天我还会跟你一起去的,你别再伤心地叫了哦。""小雪"友好而感激地望着她,然后欢快地跳跃着去追赶它的同伴。

海蒂回到枞树下。"爷爷,"她还没跑到爷爷跟前就叫开了,"真是太美了。大石头上的火光和玫瑰花,还有蓝的花、黄的花,您看,我给您带来了什么!"海蒂在爷爷脚下打开包着花的围裙,要展示给爷爷看。可是那些可怜的花儿都成什么样子了!海蒂几乎认不出它们来了。它们看起来就跟干草似的,没有一朵花还盛开着。"咦,爷爷,这是怎么回事?"海蒂大吃一惊,叫嚷起来,"早上它们还好好的,怎么现在都变成这个样子了?"

"它们喜欢在外面被太阳公公照着呀,它们不喜欢待在围裙里。"爷爷说。

"那我以后再也不把它们摘下来了。可是,爷爷,老鹰为什么用那种声音叫呢?"海蒂又急切地问起来。

"现在,你该洗个澡,我去挤点儿羊奶。吃晚饭的时候,我再说给你听。"

海蒂照爷爷的吩咐做完这些之后,就坐在她高高的凳子上,面前是装着羊奶的碗,爷爷就坐在她旁边,她又提起了刚才的问题:"爷爷,为什么老鹰冲着下面的我们那样尖叫呢?"

"那是它在嘲笑住在底下村子里的那些家伙,他们那么多人挤在一起，没完没了地搬弄是非，还竞相说坏话干坏事。所以它才大声说：'如果你们各自分开，各走各的路，也像我一样住在这么高的地方，你们就会更幸福一些。'"爷爷说这话的声音近于粗鲁，以至于海蒂仿佛又听到了老鹰的叫声，声音是那么清晰。

"为什么这些山都没有名字？"海蒂又问。

"它们当然都有名字，"爷爷回答说，"如果你能描述出山的样子，还能让我明白的话，我就能告诉你它的名字。"

于是，爷爷兴致勃勃地听着海蒂详尽地描述一座有两个山峰的石头山。"没错，我知道那座山，"爷爷说出了它的名字，"你还看见别的什么山了吗？"

然后，海蒂又向爷爷讲起了大雪覆盖的山峰，如何像火一样燃烧起来，跟着又变成淡红色，最后突然暗淡下来，所有的颜色也跟着不见了。

"那座山我也知道，"爷爷又说出了山的名字，"你喜欢跟羊群一起上山吗？"

海蒂接着把这一整天看到的一切全说给爷爷听，特别是说起傍晚时分起火时美丽的一切，甭提有多开心了。这样，爷爷也正好可以说说这是怎么回事,因为彼得看上去好像对此一无所知。

爷爷告诉她这是太阳公公干的。"当太阳公公向大山说晚安的时候,它会把它最美的阳光投照到山上,那样大山就不会忘记它,直到明天它再来。"

海蒂很喜欢这样的解释,她几乎等不到明天跟羊群一起上山了,一心想去看太阳跟大山说晚安。不过,她必须先去睡觉。这一晚在她的干草床上,海蒂睡得非常安稳,梦里尽是闪闪发光的群山和那上面红色的玫瑰。在梦中,还有"小雪"快乐地蹦蹦跳跳,跑来跑去。

第4章　在老奶奶家做客

第二天清晨，太阳照常早早地升起。彼得又带着羊群出现了，两个孩子再次向高山牧场进发。日子就这样一天天过去，海蒂每天都在青草和鲜花之间度过，皮肤被太阳晒成棕色，身体也变得结实健壮，没有生过一次病。她犹如森林里绿树丛中的小鸟，每一天都自由自在、无忧无虑地生活着。不久，秋天到了，大风开始呼啸起来。于是，爷爷对海蒂说："今天你就待在家里吧，海蒂。像你这样的小孩子，大风会猛地一下把你吹到山谷下面去的。"

当彼得得知自己只能一个人上山时，变得垂头丧气，因为他知道自己将面临窘境：没有海蒂，他该如何忍受这漫长无聊的一天。还有，丰盛的午饭也没有了，而且这些天来羊群也变得不听话，他要花上比平时多一倍的力气来对付它们。因为这些山羊已经习惯和海蒂在一起了，所以当海蒂不在时，它们就不乖乖地往前走，还四处乱跑。海蒂却一点儿也不难过，因为她是一个无论在什么地方都能找到快乐的孩子。当然，她最喜欢的还是和彼得一起上山，到鲜花盛开、老鹰翱翔的牧场上，和性格各异的小羊们一起去经历各种事情，一起去发现种种趣事。不过，看着爷爷拉锯子，或是用锤子敲敲打打地干木匠活，对海蒂来说也很有意思。如果正好碰上爷爷做又大又圆的山羊奶奶酪，那么观看这个奇妙的制作过程，对海蒂来说也是一种特别的享受。每当那时，看着爷爷把两只袖子挽起来，用手在一个大大的锅里搅拌着，海蒂就格外兴奋。然而，最吸引海蒂的是最近刮大风的日子，小屋后面的三棵老枞树摇来晃去，不停地发出咆哮声。它们一响起来，海蒂不管正在干什么，都会跑到树底下。她觉得再也没有比从这高高的树枝上传下来的奇妙动听的响声更神秘莫测的了。大风刮过时，海蒂就会跑到树下仰起头，看着大树剧烈地弯曲摇晃，不厌其烦地倾听着树梢发出的"沙沙"的怒号声。这时候太阳已经不像夏日那么灼热了，天气也渐渐转凉，所以海蒂就从橱柜里找出厚一点儿的袜子、鞋子和外衣。站在枞树底下的海蒂，如同一片微不足道的小树叶在风中摇晃。但即便如此，一听到枝叶摇摆的声音，她就禁不住又跑过去。

天气越来越冷，一大早上山的彼得不住地往两只手上哈气来取暖。不过，他很快就不用上山了。因为有天晚上，下了一场大雪，第二天整座大山到处都是皑皑白雪，甚至看不到一小片绿叶。那天，彼得没有上山来。海蒂则惊奇地站在小窗户那儿望着外面，因为又开始下雪了。大片大片的雪花一刻不停地落着，越积越厚，一直堆到窗沿底下，可雪还是不停，直到最后连窗户也无法打开，海蒂和爷爷都被堵在了小屋里。海蒂却乐在其中，她从一扇窗户跑到另一扇窗户，想看看接下来会变成什么样子：雪会不会把整个屋子都埋住，那样他们白天也得点灯了吧？然而情况没有严重到那种程度。第二天早晨，雪就停了。爷爷出门铲开屋子周围的积雪，被铲走的积雪在小屋边上堆成一座座小山。现在，窗户和房门都能打开了。晚上，当海蒂和爷爷舒服地坐在火炉边各自的三脚凳上时，突然传来敲门声，跟着是一阵踏门槛的声音，最后门开了。原来是彼得，刚才的声音是他把沾在鞋上的雪跺掉弄出来的。实际上，他整个身上都盖满了雪，因为一路上到处都是随风飘落的雪块，有的雪块甚至已经冻结在他身上。可是彼得没有屈服，他坚决要上小屋来，因为他和海蒂已经有一周没见面了。

"晚上好！"彼得说着走进屋，尽量靠近火炉坐下，然后就不再开口说什么了。可是从他的脸上能够看出，他为能到这儿来感到高兴。海蒂则惊奇不已地盯着他的脸。因为彼得靠近火炉，身上的积雪开始融化，所以他整个人看上去就像流着水的瀑布一样。

"山羊将军，现在感觉怎么样？"爷爷开口道，"这一阵子没有山羊军队可带，该啃笔头了吧？"

"他为什么要啃笔头呢？"海蒂立刻好奇地问。

"一到冬天，他就必须去学校，"爷爷解释给她听，"在那里学习读书写字。这常常会很难，但对以后会有好处。是不是这样啊，山羊将军？"

"嗯，是这样的。"彼得赞同道。

海蒂的兴趣又被彻底唤醒了，她对学校的一切充满好奇，比如在学校都干些什么，能遇到或听到什么，等等。谈话持续了好半天，以至于彼得的衣服上上下下都干透了。对彼得来说，要把自己的想法转变成语言，可是相当费劲儿的事，而且今天又格外困难。因为他刚想好一个问题的答案，海蒂立即又接二连三地提出新的问题，而这些往往要用长句来回答。

爷爷在他们俩说话的时候一直保持沉默,只是偶尔咧咧嘴角,表示他一直在听。

"好了,山羊将军,你现在已经暖和过来了,需要来点儿点心,过来跟我们一起吧。"说完,爷爷站起身,到橱柜去拿晚饭。海蒂把凳子挪到桌子边。现在,爷爷在靠墙的地方也安装了一条长椅,爷爷已经不是一个人生活了,所以他在各个地方都安装了这种双人椅。海蒂有个习惯,不管爷爷到哪儿,她都在旁边坐着或站着,总之,就是要跟在爷爷身边。于是,三个人都舒服地坐在位子上。当彼得看到爷爷把一大块干肉放在一块厚厚的面包上递给自己时,他圆圆的眼睛瞪得更大了。他已经好久没吃过这么丰盛的晚饭了。吃完这顿愉快的晚餐,天快黑了,彼得准备动身回家了。说完"晚安"和"谢谢"之后,正要出门时,他转过头来加了一句:"下个星期天我会再来的,就是下周的今天,奶奶让我告诉你,请你什么时候也到我们那儿去玩。"

到别人家做客,这是海蒂从未想过的事情。这个念头立刻抓住了海蒂的心,所以第二天她跟爷爷说的头一件事就是:"我今天一定得去奶奶家,奶奶在等着我呢。"

"雪积得太厚了。"爷爷没让她去。可是海蒂并没有改变主意，既然奶奶那么说了，就一定要去。不到一天的时间，海蒂反反复复跟爷爷念叨了五六遍："我今天必须得去，奶奶在等我呢。"

到了第四天，外面仍然寒气逼人，每走一步，地上就会"咯吱咯吱"直响，四处的雪层冻结成硬硬的一大片，但是仍有灿烂的阳光照进小屋，照在海蒂那高高的凳子上。正在吃午饭的海蒂又旧话重提："今天我一定要去奶奶那儿，否则让她等这么久可不好。"

爷爷从桌边站起来，爬上放干草的地方，把那个做了被子的厚袋子取下来，说道："来，走吧！"小女孩兴高采烈地跟在他后面，蹦蹦跳跳地出门了，走进了银装素裹的冰雪世界。

老枞树现在静悄悄的，枝头上都积满了白雪。在阳光的映照下，树上到处都亮晶晶的，美丽极了。看到这些，海蒂高兴得手舞足蹈，蹦蹦跳跳地连声喊着："快来这儿，爷爷，快来这儿呀！枞树都变成金色和银色的了！"爷爷刚才走进了小货棚，出来时搬出了一架很大的雪橇。雪橇前面固定着一根横杠，里面有个矮平的座位，人坐在上面可以把脚伸到前面，蹬在雪地上掌握前进的方向。爷爷先是和海蒂一起绕着枞树看了一圈漂亮的枞树,然后坐上雪橇,把海蒂抱到膝盖上,又用那个袋子把她的身体团团包住,好让海蒂暖和一些。爷爷左手紧紧抱住海蒂,因为这在途中是很有必要的,右手抓住横杠,两脚一蹬地面,雪橇便像离弦的箭一样向山下冲去。海蒂感觉自己就像鸟一样在天上飞,不停地大声欢呼。不一会儿,雪橇一个急刹停住了,就停在牧羊人彼得家的木屋前。爷爷放下海蒂,解开包着她的袋子,说:"到了,进去吧,记住天快黑时必须回家。"然后,爷爷把雪橇掉转方向,拉着它向山上走去。

海蒂打开那间小屋的门,走进一个小房间,里面黑咕隆咚的,只有一个炉灶和一个摆着几只碗的木架子,原来这是一个小厨房。海蒂打开另一扇门,又是一个不大的房间。这地方不像爷爷家那样只有一间大屋和存放干草的阁楼。这只是一间陈旧的村舍,里面又狭窄,又拥挤,又寒酸。门边是一张桌子,海蒂进屋就看见一个妇女坐在那儿,正在缝补一件上衣,海蒂一眼就看出那衣服是彼得的。屋子的一个角落里,一个上了年纪的驼背老奶奶正坐在椅子上纺纱。海蒂马上明白了,她就是彼得的奶奶,便冲着纺车走过去,说:"您好,奶奶,我终于来到您这里了。您大概以为我很久以后才会来吧?"

奶奶抬起头,摸索着,终于找到了海蒂向她伸出的小手。她抓住海蒂的手,想了一会儿,才说:"你是跟奥姆大叔住在一起的孩子吧?你就是那个海蒂吧?"

"是呀,是呀,"海蒂回答,"我刚和爷爷坐雪橇过来的。"

"这是真的?你的小手怎么这么暖和!布丽奇特,真是奥姆大叔送这孩子来的?"

彼得的妈妈放下手上的活儿,站起身来,用好奇的目光把海蒂上上下下打量了一番,说:"我不知道,妈,谁知道是不是大叔送过来的。这很难让人相信,孩子自己没准儿都搞不清楚呢。"

然而海蒂却用肯定的目光看着这个女人,根本不像没有把握的样子,说:"我很清楚是谁把我包在被子里送过来的,那个人就是我爷爷。"

"那么,彼得整个夏天讲的那些关于奥姆大叔的事全是真的了?当时我们还以为他搞错了呢。"老奶奶说,"不过,谁也不会相信,居然有这种事。我还寻思来着,孩子在山上待不过三个星期。这孩子长什么样,布丽奇特?"

布丽奇特把海蒂从头到脚、前前后后打量了一番,好向她的母亲描述:"和阿德莱德一样苗条匀称,不过她的眼睛是黑色的,头发跟她的爸爸还有山上的老头儿一样卷曲,和他们俩长得一模一样。"

海蒂也没闲着,她打量着四周,把能看到的东西都仔仔细细地观察了一遍。海蒂突然说道:"奶奶,有一扇百叶窗已经在吧嗒吧嗒响了,要是爷爷在,会马上钉上钉子不让它松动。不然的话,不知什么时候,玻璃就会被打碎的。看,一直都在吧嗒吧嗒响呢。"

"哎呀,真是好孩子。"奶奶说,"我的眼睛看不见,可耳朵还听得清,不光百叶窗,别的地方也都这样。风一吹,整个屋子到处都在嘎巴嘎巴响,哪儿都有风吹进来。一到晚上,他们两个都睡着了,我又害怕又担心,房子要是倒了,我们三个人不都被压死了吗?可是没办法啊,谁也不会修,彼得也不行。"

"奶奶为什么看不见百叶窗来回碰撞呢?看,又开始了,看,在那儿呢!"海蒂用手指着那扇百叶窗。

"唉,孩子,我不光看不见那扇百叶窗——我什么都看不见,一点儿都看不见。"奶奶悲叹道。

"如果我到外面去把百叶窗全打开，屋子里就会亮些，那样您就能看见了，是不是，奶奶？"

"不行，不行，那也不行，没人能让我再看见了。"

"要是您到外面去，到白晃晃的雪地上去，您肯定会觉得很亮堂。跟我一起出去，奶奶，一起去看看吧。"海蒂牵起奶奶的手，领着她，因为她开始担心奶奶在什么地方看到的都是一片黑暗。

"快让我坐下，你这个好孩子，不管是在雪地上还是在太阳底下，我眼前都是黑漆漆的，什么光都进不了我的眼睛。"

"奶奶，夏天也是这样吗？"海蒂说着，着急起来，一心想找到解决的办法，"当火辣辣的太阳下山时，它会跟群山说'晚安'，一座座山全像着了火似的通红通红，黄色的花儿也会一闪一闪地发光。那样，您的眼睛就会亮起来，看得清清楚楚了。"

"唉，孩子，我再也看不见什么通红的山、黄色的花儿了。这辈子我在世上除了能看到漆黑一片，什么都看不见了。"

海蒂一听大哭起来。她心里难过极了，忍不住抽泣道："到底谁能让奶奶重新看见东西呢？谁也不能吗？真的谁都不能吗？"

老奶奶试着安慰孩子，可这真不容易。海蒂平常不怎么爱哭，可是一旦哭起来，就很难从悲伤中恢复过来。老奶奶想尽各种办法让海蒂平静下来，因为听她哭得如此伤心，老奶奶心里感到很难受。最后，她说："过来，好海蒂，到这边来，我跟你说说话。要是人们什么都看不见了，就喜欢听一些有趣的事情，奶奶一听你说话，心里就高兴了。过来，坐到我身边，跟我说说话。给我讲讲你在山上都做些什么，爷爷又都做些什么。我以前跟他很熟，可最近几年除了从彼得那儿听到一点儿他的消息，就什么都不知道了，而彼得又很少讲给我听。"

海蒂心里又冒出了一个新主意，她急忙高兴地擦去眼泪，安慰道："奶奶，先等一下，我要把这里的一切都告诉爷爷，他肯定会让您再看见的，还会把屋子修好，那样屋子就不会塌了，爷爷会帮您把什么都弄好的。"

奶奶没有说话，于是，海蒂又开始绘声绘色地描述起她和爷爷的生活，还有在牧场上放羊的日子，以及现在过冬的经历，还说起爷爷会用木头做成各种东西，譬如长椅、凳子及给"小天鹅"和"小熊"喂干草用的饲料槽，此外还有夏天洗澡用的大水盆，甚至包括新的奶碗和勺子。渐渐地，海蒂说得入了迷，把爷爷怎么用木块变魔法似的做出各种精巧东西的经过，以及自己怎么站在爷爷身旁观看，还有自己想试着做那些东西的想法一股脑儿全讲给奶奶听了。

奶奶认真地听着，还不时地问上彼得的妈妈一句："你也在听吗，布丽奇特？你在听她讲大叔的事吗？"

突然，对话被重重的敲门声打断了。彼得大大咧咧地走进来了，可他一看见海蒂，就一动不动地站住了，惊讶得连眼睛都睁大了。海蒂冲他眉开眼笑地打招呼道："晚上好，彼得！"

"怎么，已经到彼得放学的时间了吗？"奶奶吃惊地叫道，"这些年来还从来没有哪个下午过得这么快。彼得，书念得怎么样啊？"

"老样子。"彼得回答说。

奶奶轻轻地叹息："唉，是吗？我还以为日子久了，你会有点儿长进呢。到二月份你就满十二岁了。"

"您为什么希望他有长进呢，奶奶？"海蒂立刻很感兴趣地问。

"我只是觉得，他现在还是应该多学点儿东西。"奶奶接着说,"在那上面的架子上有一本很古老的祈祷书,里面写着很多优美的赞美诗,我好久都没听过了,几乎都要忘光了,我盼着彼得早点儿学会读书,这样就能不时地读给我听。可是,他觉得读书太难了。"

"得点上灯了,天黑得我都看不见了。"一直在专心致志缝补彼得衣服的妈妈说,"我也觉得今天下午时间过得特别快,几乎都不知道怎么过的。"

海蒂一听天黑了,立刻从小椅子上蹦了起来,一边向奶奶伸出手,一边说:"晚安,奶奶,天一黑我就必须回家。"然后海蒂向门口走去,也同彼得和他的妈妈说再见。奶奶放心不下,喊道:"等等,等等,海蒂,你一个人回去可不行,让彼得跟你一起回去。彼得,照顾好她,别让她摔着,还有别在路上停下来,不然她会被冻僵的。你听到了吗?那孩子戴厚围巾了吗?"

"我没戴围巾,"海蒂回头喊道,"不过我肯定不会被冻僵的。"说着便朝门外跑去,速度快得彼得都赶不上。可奶奶仍然很担心,着急地喊道:"快追上去,布丽奇特,这么冷的晚上,那孩子肯定会被冻着的。带上我的围巾,快点儿去!"

布丽奇特也跟着跑了出去。可是，海蒂还没走几步，就看见爷爷从上面走下来了。不一会儿，爷爷就迈着大步来到了他们旁边。

"干得不错，海蒂，很听话！"爷爷说完，就用袋子把海蒂紧紧裹住，抱起她来向山上走去。这一切正好被布丽奇特看见了，她跟彼得一回到屋里，就把刚才的奇迹告诉了奶奶。奶奶也非常吃惊，一个劲儿地说："感谢上帝，他能对孩子这么好，真该感谢上帝！我想知道他会不会再让孩子来这儿！这孩子让我多高兴啊，心肠多好的孩子呀，讲起故事来多有趣呀！"直到睡觉前，奶奶还一直沉浸在对海蒂的愉快回忆中，口中不断念叨着："要是她能再来玩就好了！这样也让我觉得这世上还有让我高兴的事儿。"布丽奇特完全赞同母亲的话。彼得也不住地点头表示同意，高兴地咧嘴说："我早知道会是这样的！"

与此同时，海蒂在袋子里也喋喋不休地向爷爷讲述着。由于她被外面的厚袋子一圈圈包裹住了，声音透不出去，所以爷爷一点儿都听不清她在嘀咕些什么。于是他说："等一下我们到家了你再跟我说，好不好？"刚一进小屋，海蒂就从袋子里钻出来，立刻打开了话匣子："爷爷，明天我们必须带上锤子和长钉子,下山把奶奶家的百叶窗钉紧了,还有好多地方都得钉钉,那屋子里到处都晃来晃去,嘎巴嘎巴地响。"

"我们必须去?谁跟你说的?"爷爷问。

"谁也没有跟我说,我自己这么想的。"海蒂回答说,"那屋子里所有地方都松动了,发出的声响让奶奶害怕得不得了,晚上都没法儿睡觉,总觉得屋子随时会塌下来压在自己头上。还有奶奶的眼睛什么都看不见,她觉得没人能让她重见光明。不过,我相信爷爷您肯定有办法。想想看,总是活在黑暗中多可怕啊,整天担惊受怕,还没人能帮她,当然除了爷爷。我们明天就去帮助她。我们会去的,是吧,爷爷?"

海蒂紧紧抓住爷爷,用充满信赖的目光望着他。爷爷一句话也不说,低头瞧了海蒂一阵儿,然后讲道:"好吧,海蒂,我们去帮奶奶修屋子,不让它再嘎巴嘎巴响了,这点儿事我们还能行。明天我们就下山去做吧。"

海蒂一听,高兴得满屋子跳来跳去,不停地喊:"我们明天就去!我们明天就去!"

爷爷遵守了他的承诺。第二天下午,两人又坐着雪橇滑下山，然后就像昨天一样，爷爷又在老奶奶家门前把海蒂放下来，并说："快进去吧，记得天黑就回家。"之后，他把袋子往雪橇上一放，开始绕着屋子走来走去。

海蒂刚一推开门就跑进屋里，奶奶在屋角叫了起来："这孩子又来了！是她来了！"奶奶欣喜地放下手里的纱，停下纺车，伸出双手欢迎海蒂。海蒂跑向奶奶，立刻拉过来一只矮凳子紧挨着她坐下，然后说这问那的。突然，小屋的墙壁传来沉沉的敲击声，奶奶吓得跳了起来，差点儿把纺车给掀翻了，她颤抖着叫道："啊！我的上帝啊，现在又开始了，屋子快塌下来了！"海蒂却紧紧地抓住奶奶的手，安慰说："不，不是，奶奶，别怕，那是爷爷在用锤子呢。他会把一切都修好的，那样您就不用再烦恼、害怕了。"

"天哪！这是真的吗？真的会有这种事？看来，上帝还没有忘记我们！"奶奶喊道，"你听见了吗，布丽奇特，你听到那是什么声音了吗？你听到孩子说的了吗？对，我听到了，这是锤子的声音！布丽奇特，快出去看看，要真是奥姆大叔，就请他进来一下，我一定要谢谢他。"

布丽奇特走出屋子，看见奥姆大叔正把一些新木头片使劲儿钉进墙里。她走到他身边说："大叔，下午好，您这样帮助我们，我和我妈妈都很感谢您，妈妈希望您进屋一下，她想亲自向您道谢。从来没有人帮我们干这些活，真得谢谢您，实在是——"

"不用说那么多了，"爷爷打断她的话，"你们是怎么看我这个奥姆大叔的，我一清二楚。快进去吧，哪儿需要修理我自己能看得出来。"布丽奇特立刻听从了，因为大叔有一种气场，就是没人可以轻易反驳他。爷爷继续在屋子四周敲敲打打，随后爬上窄窄的楼梯到屋顶上修修钉钉，直到带来的钉子全都用光了。天色也在不知不觉中暗了下来，他从屋顶上下来，刚拖出羊圈后面的雪橇，海蒂就从屋里出来了。爷爷就像昨天那样用袋子裹好海蒂，把她抱在怀里，然后用另一只手拉雪橇上山，要是让海蒂一个人坐在雪橇上，他担心万一袋子掉下去，她就会被冻僵的，所以还是把她暖暖和和地抱在怀里。

冬天就这样一天一天过去了。老奶奶多年来毫无乐趣的生活终于有了一些欢乐。她的日子过得不再无聊乏味、漆黑漫长，不再是日复一日的毫无快乐，也毫无变化。现在，总会有什么东西让她期待着。第二天一到来，老奶奶就竖起耳朵等待着海蒂急促的脚步声，当孩子真的打开门跑进来时，老奶奶总会喊着："感谢上帝，她又来了！"海蒂会坐到她身边，把所有知道的事情都津津有味地讲给老奶奶听，以至于老奶奶都忘了时间，也忘了像先前那样问布丽奇特："天还没有黑吗？"现在，每当房门在海蒂的身后关上，老奶奶就会问："为什么下午过得这么快呢，布丽奇特？"布丽奇特就会回答说："可不是嘛，我才刚收拾完午饭的碗呢。"老奶奶又会接着说："愿上帝保佑那个孩子能一直过来，奥姆大叔也能同意让她过来！那孩子长得结实不，布丽奇特？"布丽奇特回答："她长得像苹果一样又漂亮又红润。"

海蒂也非常喜欢奶奶，当她一想到谁也不能让奶奶重见光明时，心里就会很难过。可奶奶总是对她说，只要她在身边自己就一点儿也不难受了，所以整个冬天，只要天气好，海蒂就会坐着雪橇到奶奶那儿去。爷爷从不多说什么，总是默默地送她下山，甚至还常在雪橇里放上锤子和别的什么工具，一下午都在牧羊人彼得家的小屋子周围敲敲打打。没过多久，屋子就不再整晚都嘎巴嘎巴地响了。奶奶总是说，很久没在冬天的晚上睡得这么安稳了，她绝不会忘记大叔的热心肠。

第5章
接二连三的来访及随后发生的事情

时光一晃，送走了冬天，第二个快乐的夏天也飞快地过去了，一个新的冬天也即将过去。海蒂依然像天上无忧无虑的快乐小鸟，正一天比一天更急切地期盼着春天的到来。暖和的南风会把枞树吹得哗哗作响，吹走它们身上的积雪。温暖的太阳会把蓝色和黄色的花儿召唤出来，令人渴望的牧场生活也会再次开始。这一切对海蒂来说，是大地赐予的最大幸福。海蒂现在已经八岁了。她从爷爷那儿学会了各种有用的知识，她还懂得怎么把山羊照顾好。"小天鹅"和"小熊"总是像两只忠实的小狗一样跟在她身后，而且只要一听到海蒂的声音，它们就会立刻高兴得咩咩直叫。其实这个冬天，彼得已经为德夫里村学校老师传过两次话，意思是奥姆大叔应该把海蒂送来上学，她早就过了入学年龄，实际上去年冬天她就该去学校了。奥姆大叔也曾让彼得带话回去，如果老师有什么事想跟他谈，就亲自上这儿来说，不过他是不会让孩子去上学的。彼得把话原原本本地传了回去。

三月的太阳融化了山坡上的积雪，山谷里到处都是冒出头儿的雪花莲，枞树们早已抖落了身上厚厚的积雪，树枝重新在风中快乐地摇摆着。海蒂欢快地来回跑着，从羊圈跑到枞树下，又从枞树下跑到家门口，这样好告诉爷爷树下的草长了多少。然后她又跑出去看看，因为她迫不及待地盼着这一切都能变成绿色，美丽的夏天又会给整座大山穿上完美的花草衣裳。

一个阳光明媚的早晨，海蒂又是这样跑来跑去，水槽已经被她跨过了十多次。突然，海蒂吃了一惊，差点儿坐个屁股蹲儿，因为一个上了年纪的绅士站在她的面前。他穿着一身黑衣，一脸严肃地盯着海蒂。当绅士看出海蒂受到惊吓时，他和颜悦色地说："你不用怕，我非常喜欢小孩子。来，我们握握手吧！你就是海蒂吧，我听说过你。你爷爷在哪儿呢？"

"他正坐在桌旁做一把圆勺子呢。"海蒂边说边把门打开。

这个人是德夫里村的老牧师，好些年前大叔还住在山下的时候，两人曾是邻居，所以彼此都很熟悉。牧师进了小屋，径直走到正弯腰干活的爷爷身边，说："早上好，老邻居！"

爷爷惊讶地抬起头，马上直起身回答说："早上好。"然后把椅子推到牧师跟前，说："要是您不介意坐木椅的话，就请坐吧。"

牧师坐下说："好久没见到您了。"

"彼此彼此。"爷爷回答。

"我今天来是想和您商量一些事。"牧师继续说，"我想您已经知道我为什么来这儿了吧。"牧师说话的时候看了看站在门口的海蒂，她正惊奇地盯着这个陌生人。

"海蒂，去看看山羊，"爷爷说，"带点盐喂喂它们，在那儿等着我。"

海蒂马上离开了。

"这孩子在一年前，准确地说，刚过去的这个冬天就该上学。"牧师说，"老师让人带话给您，可您一直没有回答他。老邻居，您对这个孩子到底是怎么打算的？"

"我已经决定了，不让她去上学。"这是爷爷的回答。

牧师吃惊地看着爷爷，爷爷双手交叉坐在长椅上，看起来毫不让步。

"那您打算让孩子怎么样？"他问。

"没什么打算，就让她和山羊、小鸟一起快快乐乐地长大。跟它们在一起，孩子不会受到伤害，也不会学坏。"

"可是，孩子既不是山羊也不是小鸟，她是一个人啊。如果她没有从她的伙伴那儿学到坏东西，那她同时也学不到什么别的东西。她不能没有知识地长大，是时候让她学点儿什么了。现在我来这儿，请您好好考虑一下，这个夏天也好做安排。这是她最后一个可以自由撒欢儿的冬天了。下个冬天她必须每天都去上学。"

"恕我不能从命。"爷爷固执地说。

"您觉得我们没有办法让您明白过来吗？您怎么就这么一意孤行、固执己见呢？"牧师有点儿生气地说，"您曾经周游世界，阅历丰富，我还以为您是最明事理的人呢。"

"真的吗？"爷爷回答说，可他的语调泄露了他内心的秘密，他好像不如刚才那般镇静从容了，"尊敬的牧师先生，您真的认为我会从下个冬天开始，在冰天雪地的早晨，顶着暴风雪走上两小时，把这么柔弱的孩子送下山，然后晚上再接上山吗？要是狂风大作，连我们这样的人都几乎会被刮倒，甚至被埋在雪里，更何况这么小的一个孩子呢！牧师不会忘了这孩子的母亲阿德莱德吧？她有梦游症，经常发作。难道您也想让这孩子因为过度劳累而患上这种病吗？谁要是来这儿强迫我这么做，我就跟他一起到所有的法庭去评评理。我倒要看看，到底谁能强迫我这么做！"

"您说得也对，老邻居。"牧师的语调温和下来，"让孩子从这儿去学校，我也觉得不可行。但是，我也看到了，您是真的爱这孩子。可您要是真为她着想，您早就该这么做了：回到山下的德夫里村，重新和大家一起生活。您过的是孤独无助，对上帝和世人心怀怨念的生活！要是你们在山上有个意外，谁来帮助你们呢？我简直不能想象，你们整个冬天都闷在屋子里，居然没有被冻坏，都不知道这孩子是怎么熬过来的！"

"这孩子拥有年轻的血液，还有一床好被子，我再告诉牧师先生一点：我知道哪里有木柴，也知道什么时候去伐木最合适。牧师先生可以去我的小货棚看一下，整个冬天我的小屋都没断过火。至于下山生活的事，我不想考虑。那些家伙瞧不起我，而我也看不上他们。这样分开住，对我们大家都好。"

"不，不，这对您并不好。我清楚您需要什么。"牧师诚恳地说，"山下的人对您的嫌恶，并没有您想象的那么严重。相信我，老邻居。您要祈求上帝的宽恕，从那里您才可以获得平静。而您可以下山看看，您将看到大家会用不同以往的眼光来看您，您会感到非常愉快的！"

牧师站起身来，向他伸出手，再一次诚心诚意地说："老邻居，我保证下个冬天您会重新回到我们中间来，我们还能像以前一样做好邻居。我不愿意看到您承受压力。咱们来握握手吧，算是说定了，您将会下山和我们生活在一起，重新与上帝及村里人和好。"

奥姆大叔也伸手同牧师握了握，但仍用平静而坚决的语气说："您的确是为我着想，可我还是不能照您说的去做，我再明明白白地告诉您，我不会送孩子去学校，也不会回到山下生活！"

"但愿上帝能保佑你们！"牧师说完，失望地走出屋子，下山去了。之后奥姆大叔变得无精打采。

这天下午，当海蒂像平常那样建议说："我们现在能去奶奶那儿吗？"爷爷只说了一句"今天不行"，就一整天都不再说话。第二天早上的时候，海蒂又问同样的问题，他只是说"到时候看"。然而还没收拾好午饭的碗盘，就又来了一位客人，这次是迪特阿姨。她头上戴着一顶插着羽毛的漂亮帽子，穿着一条拖尾长裙，裙子的下摆长得能扫地。这间牧羊人小屋里什么东西都有，可就是没有一样东西能配上这条裙子。

爷爷把迪特从头到脚仔细打量了一番，什么都没有说。而迪特打算和他进行一次友好的交谈，于是先开始赞美起海蒂来，说海蒂看起来好极了，差点儿认不出来了，一看就知道她在爷爷这里过得很快活，也被照顾得很好。接着，她说自己从未放弃重新要回孩子的念头，因为她深知这孩子会给爷爷添麻烦，可是当初她实在是没办法。然而，从那时起，她就日夜琢磨着把孩子安顿在哪儿才好，所以她今天过来，就是为了这件事。因为她刚刚听说了一个能给海蒂带来好运的机会，而且好得叫人难以置信。她的主人家有一个非常非常有钱的亲戚，住在几乎是全法兰克福最漂亮的宅子里。他们只有一个女儿，年纪轻轻却身有残疾，要一直坐在轮椅上。所以她总是孤孤单单的，上课时也是一个人，这让小女孩感到十分寂寞、无聊。所以小女孩的父亲经常跟迪特的女主人提起要给孩子找个玩伴的事。这位女主人很同情这个孩子的遭遇，盼着能在这件事上帮上忙。小女孩家的女管家说，不是随便什么样的小孩都行，要心地纯洁善良，个性独特，并且有自己独立思想的。于是，迪特一下子就想到了海蒂，并且立刻跑到女管家那儿去，把海蒂的情况讲给她听，她马上就答应了。迪特接下来又说，这么一来，谁也无法想象将来会有多么幸运的事降临到海蒂身上，因为海蒂一旦过去，大家就会喜欢上她，而且万一那家的孩子有个三长两短——那孩子太体弱多病了，要是永远开不了口了——这户人家一定会再想要个孩子，这种意想不到的幸福可能会……

"你还没有说完吗？"一直沉默不语的爷爷打断了迪特的话。

"啊！"迪特把头高高仰起，大声说，"大叔怎么这么无动于衷，好像我说的事情再普通不过了。听到我带来的这个好消息，整个普来蒂高没有一个人不感谢上帝的。"

"你爱把这个消息告诉谁就告诉谁，我不想听这种事。"

迪特一听大叔这样说，就像火箭一样暴跳起来，她大喊道："如果这就是你要说的，那就让我来说说我是怎么想的。这孩子现在都已经八岁了，可是什么都不会，什么都不懂，因为你什么都不让她学，也不让她去学校、去教堂，德夫里村的人都已经跟我说了。不管怎么说，她总是我唯一的姐姐的孩子，我要对她的事情负责。现在幸运找上门来，那些不会关心别人、不想别人好过的人才会错失良机。但是我要告诉你，我是绝不会屈服的，德夫里村的人都会站在我这一边，没有一个人不支持我、不反对你的！要是你想上法庭打官司的话，那就好好考虑考虑。那样的话，大叔，你不想听的一些旧事，甚至连大家已经遗忘的事情也都会被重新提起来呢。"

"闭嘴！"大叔大怒，眼里冒出了怒火，"走，把她带到那儿去吧！再也别把她领到我这儿来了。我永远不要看见她像你今天这样戴个插着羽毛的帽子，说着满嘴无聊透顶的话！"说完，他大步流星地走出小屋。

"你惹爷爷生气了。"海蒂用黑亮的眼睛冷冷地瞪着迪特说。

"他很快就会好的。来，咱们现在走吧。"迪特阿姨催促她说，"你的衣服放在哪儿了？"

"我不走。"海蒂说。

"胡说什么呀！"迪特阿姨说，接着又换了一种口气，半是哄骗半是生气地说，"快，快走吧，你不知道有的地方比爷爷这儿好多了。你会拥有做梦也想不到的好东西。"接着她走到橱柜那儿，拿出海蒂的衣服，打成一个包裹，"现在该走了，拿上你的小帽子。虽说不好看，不过现在也只能凑合着戴。快戴上，我们马上就走。"

"我不走。"海蒂重复道。

"不要这么笨，简直跟山羊一样顽固。我想你肯定是跟山羊学的。听我说，你看，你爷爷现在生气了，说再也不想看见咱们了，他希望你现在就跟我一起走。现在，你可不能再去惹爷爷生气了。你根本不了解法兰克福有多漂亮，在那儿你能看到好多好多东西呢。要是你不喜欢那儿也可以再回来，到那时，爷爷就不会再生气了。"

"我马上就能回来吗？今天晚上就能回家吗？"海蒂问。

"你都说的什么呀，快走吧！我不是说了吗，你想什么时候回来就什么时候回来，今天我们得赶到梅恩菲尔德，明天早晨我们接着坐火车。如果你想回来，坐上火车，你马上就能回家，火车快得像飞一样。"

迪特阿姨把衣服包裹夹在腋下，另一只手拉着海蒂，两个人向山下走去。

因为还没到把山羊带上牧场的时节,所以彼得仍要天天去德夫里上学,而且必须去。可是他时不时地会偷懒不去,因为他觉得读书毫无用处,还不如到处走走,找一根大枝条,没准儿哪天能用得上,甚至还能找个好活。就在迪特和海蒂走近老奶奶家的小屋时,她们在拐弯处碰上了彼得。他的肩上正扛着一大捆又长又粗的榛树枝,很显然这是他今天的战利品。他站在那儿,注视着走近的两个身影。两个人一靠近,他就大声说:"你们这是去哪儿啊,海蒂?"

"我要和迪特阿姨去法兰克福做客。"海蒂回答说,"我要先去看一看奶奶,她在等着我呢。"

"不,不行,不许去,现在只赶路都已经来不及了。"迪特阿姨紧紧拽住海蒂要挣脱的手说,"你下次回来的时候再去,来,赶紧走吧。"迪特阿姨边说边使劲儿拉着海蒂的手不放开,她担心海蒂这一去,就不想走了,奶奶也肯定会帮着她。彼得跑进屋,把那捆枝条使劲儿往桌上一扔,震得四处一抖。奶奶被吓了一大跳,惊叫着从纺车边跳了起来。彼得觉得心里的烦躁必须这样发泄出来才行。

"到底怎么了?发生了什么事?"奶奶担心地嚷道。正坐着的母亲也被彼得惊得站了起来，可她仍耐心地说："怎么了，彼得？怎么这么粗鲁？"

"因为她把海蒂带走了。"彼得解释说。

"谁？谁把海蒂带走了？带到哪儿去了？彼得，她去哪儿了？"奶奶着急地问道，心里更不安了。但是，她一下子就猜出了什么。布丽奇特不久前曾告诉她，看到迪特上奥姆大叔那儿去了。奶奶慌忙地站了起来，双手颤抖着打开窗户，恳求似的喊道："迪特，迪特，别把孩子从我们身边带走！别把她带走！"

正在快步下山的两人听到了喊声，迪特显然明白其中的意思，她把孩子的手握得更紧了。海蒂使劲儿地挣脱，叫喊着："奶奶在叫我，我要去看她。"

可迪特怕的就是这个，她一个劲儿地安慰海蒂：她们现在必须加快速度，不然就晚了，明天就不能去法兰克福了。到了法兰克福，她一定会喜欢上那儿的，迪特确定海蒂到了那儿就再也不会想回家。不过，海蒂要是想回家，马上就能回来，而且还能给奶奶带回一些她喜欢的东西。这句话倒正合海蒂的心意，于是迪特终于可以毫不费力地带走她了。

几分钟的沉寂后，海蒂问道："给奶奶带点儿什么礼物好呢？"

"当然是好东西啦！"阿姨回答说，"又大又软的白面包，她肯定会喜欢的，现在她已经咬不动硬硬的黑面包了。"

"嗯，是呀，她经常把面包给彼得，说太硬了没法儿吃，这可是我亲眼看到的。"海蒂确认道，"那咱们快点儿走吧，那样我们就能很快从法兰克福回来，今天就可以把白面包给奶奶吃了。"海蒂开始跑起来，腋下夹着衣服包裹的迪特几乎都追不上她了。不过，迪特十分高兴。但走这么快一下子就能到德夫里村，那里会有很多熟人跟她们交谈和问好，这很可能会让海蒂改变主意。所以她立即径直穿过村子，紧紧地拉住海蒂的手，以至于村里人都以为迪特是被海蒂催着走的。一路上各种问题和询问接踵而来，她都只回答说："我现在没法儿停下来啊，你们都看到了，这孩子着急，我得跟上她呀，再说我们还有很长的路要走呢。"

"你要带走孩子吗？""她是从奥姆大叔那儿逃出来的吗？""真是个奇迹，她居然还活着！""而且她的小脸蛋还红扑扑的！"这样的话从四面八方传来，但令迪特高兴的是，她不必拖延，也不必跟他们细细诉说。海蒂也一言不发，只知道拼命加快脚步急匆匆地向前赶。

从那天开始，奥姆大叔每次下山经过德夫里村的时候，脸上的神情都比以前更阴沉可怕。他不和任何人打招呼，后背背着满满的奶酪，手里拿着吓人的粗树枝，皱着粗粗的眉毛，样子可怕极了。母亲们都对孩子这么说："小心点儿！路上碰到奥姆大叔就快躲开，谁知道他会对你们干出什么事来！"

奥姆大叔在穿过村子到下面山谷平地的一路上，对任何人都毫不注意，只是在那儿卖掉奶酪，买回足够他生活的面包和肉。每当他经过的时候，村里人就会聚成一堆在他身后指指点点，而且每个人都会说上一点儿关于奥姆大叔的事。譬如说这个老头儿越来越叫人看不懂了，还有现在他不再理会任何人，不过他们一致认为，孩子能从他那儿逃出来实在是太幸运了。他们那天全都注意到孩子匆匆忙忙从奥姆大叔那儿逃出来的样子，像是怕他从后面追上来，再把她拉回去。只有双目失明的老奶奶坚定地站在老头儿那边，要是村里有人来求她纺线或是来取成品，她总要跟他们说奥姆大叔待那孩子有多好，以及大叔给自己和家人帮了多大的忙，说大叔好多个下午都过来帮着修理房子，要是没有他的帮助，这房子肯定早就压到他们头顶上了，等等。这些话在下面的德夫里村传开，可是大多数村里人都认为老奶奶上了年纪，老糊涂了。她既听不清，又看不见，一定是搞错了。

也是从那时起，奥姆大叔再也没去过老奶奶家。可是，他已经把房子修得牢牢的，很长一段时间都不会再摇摇晃晃了。双目失明的老奶奶这阵子又开始叹息着度过每一天，而且没有一天不唉声叹气，总是抱怨咕哝："唉！咱们所有的幸福、所有的快乐，都和那孩子一起走了，没有比现在的日子更漫长更乏味的了！求求上帝，就让我死前再见一次海蒂吧！"

第6章 新篇章，新生活

在法兰克福赛斯曼先生的家里，他们年纪轻轻的女儿克拉拉整日坐在轮椅里，从一个房间被推到另一个房间。现在，她坐在书房里，这里摆放着各式各样的物品，整个房间看上去很舒适，家人们都爱在这里坐着。看到那个带玻璃门的精美大书柜，就会明白这儿为什么叫书房，不用说也知道小姑娘每天就是在这儿上课。

克拉拉脸形消瘦，面色苍白，有一双温柔的蓝眼睛，此时正盯着墙上的大挂钟。她觉得今天挂钟走得特别慢，平时很少急躁的她，现在等不及似的问道："怎么时间还没到，罗特迈耶小姐？"

被问及的女士身体笔直地端坐在桌前，正忙着刺绣。她穿着一身显得神秘兮兮的宽大外套，上衣的领子大得吓人，头发绾成高高的发髻，样子就像高高的圆屋顶，这让她看上去更加庄重严肃。自从几年前这户人家的女主人去世，罗特迈耶小姐就受赛斯曼先生的委托管理家务，并监督家里所有的用人。赛斯曼先生经常出门在外，便把家里的事全权托付给罗特迈耶小姐，但有一个条件，那就是无论什么事都要先听听他女儿的意见，而且绝不许做他女儿不喜欢的事情。

当焦急的克拉拉再次不耐烦地问罗特迈耶小姐时，迪特牵着海蒂来到了大门口。迪特向刚从马车上下来的马车夫询问，现在去见罗特迈耶小姐会不会太晚。

"那可不是我的事，"车夫嘟囔着说，"你可以按走廊里的门铃，招呼塞巴斯蒂安下来。"

迪特照他的话做了，塞巴斯蒂安来到了楼下。他吃惊地看着迪特，眼睛睁得又圆又大，和他外套上圆圆的大纽扣差不多。

"现在是不是太晚了，能不能麻烦你帮我通报一下？"迪特再次问道。

"那可不关我的事，"那人回答，"你拉下铃铛，唤一下女仆蒂奈特吧。"塞巴斯蒂安说完就离开了。

迪特再次拉响了铃铛。这次是头戴一项白得晃眼的小帽的蒂奈特出现在楼梯上，一脸瞧不起人的样子。

"什么事？"她居高临下，站在楼梯上说。迪特又把事情重复了一遍。蒂奈特消失了,不过很快又回来了,仍站在上面喊道:"上来吧,等你们好久了!"

迪特和海蒂一起到了楼上,跟着蒂奈特进了书房。迪特礼貌地站在门边,手紧紧地牵着海蒂,担心她在这个陌生的地方会做出什么事情来。

罗特迈耶小姐慢慢地站起来,走过来仔细打量起小姐的新伙伴。她似乎对海蒂的打扮不太满意。海蒂穿着朴素的棉布衣服,头戴一顶破旧的皱巴巴的草帽。帽子下露出她那张天真无邪的脸,毫不掩饰她对罗特迈耶小姐头上高高耸立的头发的好奇。

"你叫什么名字?"罗特迈耶小姐打量了这个目不转睛地盯着自己的孩子几分钟后,问道。

"海蒂。"海蒂用清脆响亮的声音回答。

"什么?什么?这可不是基督教的名字。你该不会是还没受过洗礼吧?受洗礼时给你取的是什么名字?"罗特迈耶小姐接着问。

"我不记得了。"海蒂回答。

"怎么会有这样的回答!"罗特迈耶小姐摇着头说,"迪特,这孩子到底是脑子简单,还是粗鲁无礼?"

"对不起，如果夫人允许的话，就让我来代她说吧，这孩子还不习惯见陌生人。"迪特悄悄地捅了捅回答得不太适宜的海蒂，继续说，"这孩子当然不笨，也不是无礼，她只是对此一无所知。她只是怎么想就怎么说了。今天是她第一次来到一位绅士的家里，根本不懂什么礼节，但是她非常乖巧，而且学习能力也强——如果夫人愿意接纳并教诲她的话。这个孩子接受洗礼时获得的名字叫阿德莱德，跟她母亲也就是我已经去世的姐姐的名字一样。"

"这还不错，这才像个可以称呼的名字。"罗特迈耶小姐说道，"不过，我必须告诉你，迪特，我觉得这孩子的年纪好像太小了。我不是跟你说了吗，克拉拉小姐要一个和她差不多大的同伴，这样才能和她一起上课，一起做其他事。克拉拉小姐已经十二岁了，这个孩子有多大？"

"对不起，夫人。"迪特巧舌如簧地接着说，"我记不清这孩子的确切年纪了，不过她的确比小姐小一点儿，但不会相差太多。我记得不太准确，我想大概有十岁或更大一些。"

"我现在八岁，爷爷这么说的。"海蒂插嘴道。迪特又捅捅她，海蒂却不懂她的意思，仍旧不慌不忙地说着。

"什么？才八岁！"罗特迈耶小姐有些生气地叫起来，"足足小了四岁呢！这怎么可以呢！那你过去都学了些什么？你上课用的是什么书？"

"什么都没有。"海蒂说。

"什么？这是怎么回事？那你是怎么学习阅读的？"女管家接着问。

"我什么都没有学过，彼得也一样没有学过。"海蒂说。

"仁慈的上帝啊！你根本不会阅读！这是真的吗？"罗特迈耶小姐惊恐万分地喊道，"这怎么可能——居然还不会阅读？那你到底学过什么？"

"什么都没学过。"海蒂老老实实地回答。

"迪特，"罗特迈耶小姐停顿了一会儿才从震惊中恢复过来，开始说，"这和预先约好的完全不同。你怎么能给我带这么个孩子来呢？"

不过，迪特并没这么容易就退缩，她急切地辩解说："请您允许我解释一下，我认为，这个孩子就是您想要的类型。您向我描述了希望孩子应该是怎么样的，她必须是个与众不同的孩子，我觉得没有比海蒂更合适的了。因为我们那里再大一点儿的孩子都是些普通孩子，个个都差不多，因此我才把她领来的。可是，现在我必须得告辞了，我的主人还在那儿等着我呢。如果我的主人同意的话，以后我会抽空过来看看这个孩子怎么样了。"迪特说完，屈膝行了个礼，便连忙走出房间，匆匆跑下楼去。罗特迈耶小姐站在那儿愣了一会儿，急忙跟着迪特跑出去。如果这个孩子真的留在这儿，她还有好多事情要跟迪特商量，毕竟孩子已经来了，而且更重要的是，她已经清楚地知道，迪特是无论如何都要把孩子留在这儿的。

海蒂像刚进来时那样，一直站在门边。克拉拉一直坐在轮椅里默默地看着她，这时她冲海蒂招了招手，说："来，请到这边来！"

海蒂朝她走去。

"你喜欢别人叫你海蒂还是阿德莱德？"克拉拉问。

"我只叫海蒂，没有别的名字。"海蒂立即回答。

"那我也这么叫你吧，"克拉拉说，"我觉得这名字很适合你。虽然我从没听说过这样的名字，而且我以前也没见过像你这样的小孩子。你的头发总是这样短短的、卷卷的吗？"

"嗯，我想是这样的。"海蒂说。

"你喜欢到法兰克福来吗？"克拉拉接着问。

"不喜欢，我明天就要回家去，把白面包带给奶奶。"海蒂解释道。

"天哪！你还真是个好笑的孩子！"克拉拉大声说，"你特地被送到法兰克福来，是要和我待在一起，陪我读书的。对了，你根本就不识字，到时就有趣了，肯定会出现一些新情况，因为平时上课都乏味透了，似乎一个上午都熬不到头。你想想看，我的家庭教师每天上午十点钟就会过来，然后就开始上课，要一直学习到下午两点钟，真是太漫长了！有时候连老师自己也会把书凑到脸前，好像眼镜突然浸湿了一样，其实他是在书后面打哈欠。罗特迈耶小姐也一样，她经常掏出大手绢捂住脸，仿佛是听了我读的书而大为感动，我知道，其实她只是在张大嘴打哈欠罢了。我也常常想打哈欠，可总是忍着，因为罗特迈耶小姐要是看见我打哈欠，就会马上跑去拿来鱼肝油，说我的身体太虚弱了，必须得服用才行，可是没有比鱼肝油更让我讨厌的了，所以我宁可忍着不打哈欠。不过以后读书肯定会很有意思，我坐在一边看你学认字就可以了。"

海蒂一听到要学习念书，就毫不迟疑地直摇头。

"哦，你可不能胡闹，海蒂，你可不能不学习念书，谁都得学。我的家庭教师非常和蔼，从来不发脾气，而且会把一切都教给你。不过，你要知道，即使他讲解了，你也可能还是听不懂。但是你一定要什么都不说，不然的话他会讲解得更详细，而他越解释你会越不明白。可是，等你以后学到更多东西的时候，你自己就会渐渐地懂得老师讲的意思了。"

这时，罗特迈耶小姐回到了屋子里。因为没能追上迪特，她显得非常恼火。因为她需要了解这孩子的详细情况，好证实这孩子和事先说好的是多么不一样，多么不适宜当克拉拉的同伴。可她现在根本不知道该怎么做，也没有办法回到原来的状态，更让她生气的是，她自己得负这个责任，是她同意把海蒂送过来的。处于心烦意乱之中的罗特迈耶小姐，在书房和餐厅之间走来走去，跟着开始训斥起塞巴斯蒂安来，他正郑重其事地站在那儿查看桌上摆的那些饭菜是不是有什么差错。

"你就别这么装模作样了！快让大家来吃饭，不然今天都不用吃了。"

然后她又急匆匆地叫起蒂奈特，声音中有说不出的严厉，而女仆蒂奈特却迈着比平时更小的步子，那副高傲的样子连罗特迈耶小姐都没敢骂她，只是让她心里更憋气了。

"去看看给新来的孩子准备的房间，"女管家费了好大劲儿才平静下来，说，"如果都收拾好了，就把灰尘掸一掸。"

"这可真值得我费力。"蒂奈特一边嘲讽一边走了出去。

这时，塞巴斯蒂安正把书房的双重门往左右两边打开，门发出了很大的响声。因为他心里憋着火，可是又不敢和罗特迈耶小姐面对面痛痛快快地吵嘴。他努力让自己平静下来，这才走进书房去推轮椅。当他把轮椅后面的把手掰正时，海蒂跑到他跟前，目不转睛地看着他。塞巴斯蒂安见状，立刻气急败坏地嚷道："喂，这有什么好看的吗？"要是罗特迈耶小姐在场的话，他肯定不敢这般说话。巧就巧在罗特迈耶小姐此时正好出现在门口，正要走进来。海蒂回答他说："你看起来和牧羊人彼得长得特别像。"罗特迈耶小姐一听，惊恐万状似的站住。"天哪！这怎么可能！"她口吃般地嘟囔道，"这孩子跟仆人说话居然像朋友那样称呼，怎么会有这么没有教养的孩子？"

塞巴斯蒂安把轮椅推到餐厅，然后抱起克拉拉把她放在桌前的椅子上。罗特迈耶小姐坐到克拉拉旁边的椅子上，并示意海蒂坐到她对面。因为就三个人坐在桌子上吃饭，还各自离得远远的，所以塞巴斯蒂安可以轻松方便地摆放盘子。在海蒂的盘子旁边，放着一块漂亮的白面包，小海蒂盯着它看，满心欢喜。因为海蒂发现这家的仆人很像彼得，所以海蒂对他非常信任。她一直默不作声地坐在那儿，一动不动，直到塞巴斯蒂安把一只大盘子放到她跟前并往里面放了一条炸鱼，她才指着那块面包问："这个可以给我吗？"塞巴斯蒂安点了点头，斜眼看了看罗特迈耶小姐，因为他想知道女管家听了这句话会有什么反应。海蒂迅速抓起面包放到自己的口袋里。塞巴斯蒂安扮了一个鬼脸，差点儿扑哧笑出声来，可他知道这不是能大笑的地方。他只能强忍着不动声色地站在海蒂跟前，因为在海蒂用完晚餐前，他既不能说话也不能离开。海蒂奇怪地看了他一会儿，然后问道："我也可以吃这个吗？"塞巴斯蒂安又点了点头。"那就给我一点儿吧！"海蒂说着，若无其事地瞟了自己的盘子一眼。可是塞巴斯蒂安的鬼脸更叫人担忧了，他两手拿着的大盘子开始危险地抖动起来。

"你可以把盘子放到桌上,等一下再过来。"罗特迈耶小姐一脸严厉地说。塞巴斯蒂安迅速消失了。"你,阿德莱德,看来我必须从头开始一件一件地教你才行了!"女管家深深地叹了口气说,"我先来教你怎么用餐吧。"说完,罗特迈耶小姐手把手仔细地教海蒂该如何做。"然后,"女管家又接着说,"我要特别向你说明的是,吃饭的时候不许和塞巴斯蒂安说话,平时除了必须问或者有什么事,也不许和他说话。你只可以称呼他为仆人,别的叫法统统不行!对蒂奈特也是如此,对我你就像大家那么叫就行了。你怎么称呼克拉拉小姐,则由小姐自己决定。"

"当然叫克拉拉。"克拉拉说。然后,女管家又说了一大堆繁文缛节,如什么时候起床、什么时候睡觉,以及出入房间、开关门、保持整洁的注意事项等。可是海蒂听着听着,眼皮就粘在一起了,也难怪,她今天早晨不到五点就起床了,然后又走了很长的路。就这样,海蒂靠在椅背上睡着了。罗特迈耶小姐总算要结束这番说教了:"好了,都记牢了吧,阿德莱德!你全都明白了吗?"

"海蒂早就睡着了。"克拉拉满脸愉快地说,她已经好久没经历过这样有趣的晚餐了。

"哎呀，居然有这样的孩子，真叫人忍无可忍！"罗特迈耶小姐愈发生气地喊道，然后使劲儿拉铃。蒂奈特和塞巴斯蒂安一起跑了进来，尽管这么吵闹，海蒂也没被吵醒。他们费了好大的劲儿才把她叫起来，带回卧室睡觉。去那里要先穿过书房，再经过克拉拉的卧室和罗特迈耶小姐的起居室，最后才能到达拐角处为海蒂准备的房间。

第7章　罗特迈耶小姐不平静的一天

来到法兰克福的第一个早晨，海蒂睁开眼睛，一点儿也搞不清楚这是怎么回事。她使劲儿揉了揉眼睛，重新打量一遍周围，还是摸不着头脑。海蒂发现自己正坐在一张高高的白色大床上，眼前是一个很大很宽敞的房间。阳光照进来的地方挂着长长的白色窗帘，窗帘旁边放着两张大花图案的沙发椅，还有一个同样图案的大沙发靠墙放着，它的前面是一张圆桌。在屋子的另一角，有一个海蒂从没见过的摆着各种东西的盥洗台。这时，她突然记起自己是在法兰克福。于是，海蒂一件一件地回忆起昨天发生的所有事情，最后还想起罗特迈耶小姐的一通说教，她睡前听到的那些话，她都记得清清楚楚。海蒂忙从床上跳了下来，梳洗妥当，然后从一扇窗户走到另一扇窗户，忙个不停，因为她非常想看看外面的天空和世界。站在巨大的窗帘后面，海蒂觉得自己就像被关进了鸟笼似的。可是，海蒂的力气太小，拉不开窗帘。她只好钻到窗帘后边,想站到窗户边上看一眼,可窗户也太高了,她的脑袋刚刚够到窗沿,虽然可以看到外面,但还是看不到她想要看的东西。海蒂从一扇窗户跑到另一扇窗户,然后又跑回第一扇窗户,但眼前出现的除了窗户和墙,还是窗户和墙,这让海蒂心里感到恐惧不安。

现在时间还很早,在高山牧场时,海蒂就养成了早起的习惯,起床后她会马上跑出屋子去看外面怎么样了,天是不是蓝的,太阳公公是否已经升起来了,枞树是否在哗哗地响,花儿们是不是醒来了。而此时,海蒂就像一只第一次被关进精美笼子里的小鸟,试着飞过来飞过去地撞栏杆,看看是否能够从栏杆之间钻出去,飞向自由。于是,海蒂不断地从一扇窗户跑到另一扇窗户,看看哪扇窗户能打开。她想,要是能打开一扇窗户,就一定能看见墙和窗户以外的东西,一定还能看到下面的大地、绿色的草原、山坡上未融化的积雪。海蒂十分渴望能看到这些。可是尽管海蒂使尽浑身解数,即便她把小手指伸到窗框底下试着往上推,窗户仍然关得严严实实的。所有的窗户都坚如钢铁,纹丝不动。用了好长时间,海蒂发现无论用什么法子都打不开窗户,于是她不得不放弃了自己的计划。可她又细细地思考了一番,想着出去到屋后的草地上转转，会怎么样呢？因为她想起昨天晚上来这里的时候，是通过屋前的石头路进屋的。正在这时，响起了敲门声。接着，蒂奈特探进头来，板着脸说："早饭已经准备好了！"海蒂听了，并没有觉得她是在招呼自己去餐厅。蒂奈特那傲慢的样子似乎更像是一种警告，让她别靠近自己，而根本不像一种客气的邀请。海蒂从蒂奈特的脸上明显看出了这个意思，并照着做了。她从桌底拉出小凳子，放到屋子的一个角落里，然后坐下安静地等着吃早饭。过了一会儿，外面传来了一阵嘈杂声，罗特迈耶小姐出现了。她的脸色很难看，冲着屋里的小海蒂大嚷起来："你到底是怎么回事，阿德莱德？你难道不懂什么是吃早饭吗？快过来！"

海蒂这才明白是怎么回事，马上跟在她后面去了餐厅。克拉拉已经坐在餐桌前很久了，她热情地跟海蒂打招呼，她的脸看上去比平时快活多了，因为她可以预见今天大概又会发生好多新鲜事。早餐吃得静悄悄的，海蒂用相当端正的方式吃掉了抹着奶油的面包。早饭结束后，克拉拉就被推到书房，海蒂也听从罗特迈耶小姐的吩咐跟克拉拉一起过去，在那儿等老师来上课。

当房间里只剩下两个孩子时，小海蒂马上问："在这里要怎么才能看到外面，看到地面？"

"打开窗户不就看到了。"克拉拉愉快地回答。

"可是窗户打不开呀。"海蒂难过地说。

"不会的，打得开，"克拉拉肯定地说，"但是你打不开，我也不行，你倒可以跟塞巴斯蒂安说说，他肯定可以给你打开一扇窗户。"

海蒂听说可以打开窗户看看外面，总算是放心了，她到现在还觉得在房子里就像被关在监狱里一样。接着，克拉拉开始问起海蒂在家时的情况，海蒂高兴地给她讲起大山、羊群，还有开满鲜花的牧场以及所有她喜欢的东西。

在这个时候，家庭教师来了。但罗特迈耶小姐并没有直接把他带到书房，而是先把他领到餐厅，然后激动地向老师细细述说自己的麻烦、自己所处的困境，以及陷入这种困境的经过。罗特迈耶小姐说的正是这些天发生的事，她曾给赛斯曼先生写了封信，信上说小姐早就想有个一起玩的同伴，她也觉得那样不仅可以促进小姐学习，平时小姐也能有个说话的伴儿。其实，这对罗特迈耶小姐自己来说也是求之不得的事，因为她希望自己可以不用老陪着这个体弱多病的孩子，那样她的工作量就会减轻不少。赛斯曼先生回信说他很乐意给克拉拉找个同伴，但他提出必须像对待自己女儿一样对待那个孩子，在自己家里可绝不允许虐待小孩。"这当然不用赛斯曼先生说，"罗特迈耶小姐又加上一句，"哪有人喜欢欺负小孩子！"然后，她又继续讲起这个孩子来了以后情况有多糟糕，还把海蒂来了后所做的种种匪夷所思的事统统告诉了老师，所以她认为，老师不仅要从ABC开始讲起，而且必须从头教给她生活的一切道理。她说她看得出来，要从这种不幸局面中摆脱出来的唯一方法，就是老师给赛斯曼先生写信说，让两个水平相差甚远的孩子一起学习，对水平高的孩子是不可能没有损害的。这对赛斯曼先生来说肯定会是个很有说服力的理由，那样主人就会同意把这个孩子送回家。因为他已经知道这孩子来这里了，所以不经他的允许是不能让孩子回去的。

然而，老师是一个谨慎的人，从不片面地看待事情。他试着安慰罗特迈耶小姐说，他有一种观点，就是如果这个女孩子在某方面很差劲，那么在其他方面就很可能会获得补偿，只要按部就班地好好教导，很快就能得到全面发展。罗特迈耶小姐一听老师同意她的想法，还愿意从字母表开始教起，就打开了书房门，等老师一进去就立刻关上门，把自己留在外面，因为她一想到ABC就觉得恐怖。接着她在餐厅里走来走去，思考着该让仆人们如何称呼阿德莱德才好。赛斯曼先生信上说，要像对待他的女儿一样对待这个孩子，而这在罗特迈耶小姐的理解里，就是要跟仆人区别开来。可是，她不能长时间不受干扰地思考，因为书房里突然传来了好多东西掉落的响声，接着是召唤塞巴斯蒂安来帮忙的声音。罗特迈耶小姐急忙跑进去看，所有的学习用品，包括书、笔记本、墨水瓶和别的用品及桌布，全都在地板上堆着。黑黑的墨水从桌布底下像小河似的流出来，然后流得满地都是，海蒂却不见了踪影。

"这是怎么了？"罗特迈耶小姐搓着双手嚷道，"桌布、书本、文具，上面到处都是墨水！这肯定都是那个不幸的小姑娘干的，毫无疑问！"

老师目瞪口呆地站在那儿，望着眼前这场"浩劫"。对待这件事当然只有这种表情，没有其他更合适的了。与此相反，克拉拉快活地旁观着这件不同寻常的事情，并等待着处理结果。"是的，是海蒂弄的，"她解释道，"不过，这是个意外，你别处罚她。她猛地一下子跳起来走开，才把桌布拖了下来，所以桌上的东西也全跟着掉下来了。海蒂是听见外面有许多马车跑过才突然站起身来的。她大概从没见过马车。"

"你看，我说得没错吧？那孩子一点儿规矩都不懂！她连上课时要规规矩矩坐着听讲都不知道。这个捅了娄子的孩子跑到哪儿去了？她不会跑掉了吧！那赛斯曼先生会怎么对我……"罗特迈耶小姐急忙跑出房间下了楼。楼下大门敞开着，海蒂正站在门口，目瞪口呆地向马路上来回张望。

"你到底在干什么？你那样跑开到底想干什么？"罗特迈耶小姐喊道。

"我刚才听到枞树哗哗响了，可就是找不到树在哪儿，现在我又听不见了。"海蒂回答，她失望地向马车消失的方向望了望，她错把马车的声音当成了南风吹过枞树时发出的响声，所以才欢天喜地地循着声音跑了出来。

"枞树？难道我们是在森林里吗？什么没头没脑的想法，快上去看看自己干的好事！"

于是海蒂转身跟着罗特迈耶小姐回到了楼上。一见自己造成的一片狼藉，海蒂惊呆了，因为她听见枞树的响声时高兴得手忙脚乱，根本没注意到自己把东西都碰翻了。

"这是第一次，以后不许再有第二次了。"罗特迈耶小姐指着地板说道，"上课时要安安静静地坐着，认真听讲。如果你做不到的话，我就会把你捆在椅子上。知道了吗？"

"是，"海蒂回答，"以后我不会乱跑的。"海蒂这时才终于明白上课的时候要安安静静地坐着。

现在，塞巴斯蒂安和蒂奈特已经过来重新收拾好这里的一切了。老师回去了，因为今天的课没法儿再上下去了。当然，今天早上也没时间打哈欠了。

下午的时候克拉拉都会休息一段时间，在这期间海蒂可以自由安排，这是罗特迈耶小姐事先告诉海蒂的。所以当克拉拉吃过午饭躺下休息时，罗特迈耶小姐也回到了自己的房间，海蒂就知道她自主安排活动的时间到了。这是她期盼已久的时刻，她早就打定主意去做一些事，不过需要有人帮忙才能完成，于是海蒂为了截住她想找的那个人，便站在餐厅前的走廊里。果然，没过多久，塞巴斯蒂安端着银制茶具从厨房出来了，他要把茶具拿到餐厅的食橱存放起来。当他走到楼梯的最后一级时，海蒂就走到他跟前，用罗特迈耶小姐要求的合乎规矩的方式跟他说话。

塞巴斯蒂安很是惊讶，有些粗鲁地说："你有什么事，小姐？"

"我有点儿事想请你帮忙,当然不是今早那样的坏事。"海蒂急忙安抚他说,因为她看出塞巴斯蒂安有点儿生气,她想那一定是因为自己把墨水打翻到了地板上。

"当然,可我想先知道你为什么要像刚才那样称呼我?"塞巴斯蒂安仍旧板着脸说。

"是罗特迈耶小姐吩咐我要这么称呼你的。"海蒂说。

塞巴斯蒂安一听就哈哈大笑起来,海蒂都被他弄糊涂了,不知道有什么好笑的。塞巴斯蒂安一下子明白了这孩子只是服从命令,于是友好地说:"我明白了,小姐,您有什么事?"

现在,海蒂反倒有些生气了,说:"我不叫什么小姐,我叫海蒂。"

"知道了,不过,也是那位女管家吩咐我必须称呼您为小姐的。"塞巴斯蒂安解释说。

"是这样?哦,那我可能就是这个名字。"小海蒂不想再追究了,因为她注意到无论罗特迈耶小姐说什么都要听从。于是,她叹了口气说:"那我就有三个名字啦。"

"小姐,可是您到底有什么事让我帮忙?"塞巴斯蒂安走进餐厅,把银制餐具放进食橱,然后说。

"要怎么才能打开窗户呢?"

"噢,这样就行了!"塞巴斯蒂安说着打开一扇大窗户。

海蒂跑过去,可她的个子太矮,脑袋才到窗台那儿,什么都看不见。

"好了,小姐,这样就能看见下边有什么了。"说着,塞巴斯蒂安拿来一只高高的木凳给海蒂。

海蒂爬上木凳,她终于如愿以偿地看到了外面的世界。可是,她看了一眼外面就一脸失望地缩回了头。

"为什么净是石子儿路?别的什么都看不见!"她沮丧地说,"不过,要是绕到屋后面会看见什么,塞巴斯蒂安?"

"和这里一模一样。"他回答。

"那么,要到哪里才能看得更远,看得见整个山谷?"

"你得爬到高塔上去,如教堂的塔楼。你看,就像那个顶上有个金球的塔楼,到那上边去,你就能看到很远很远的地方了。"

海蒂一听,立刻从凳子上爬下来,跑向大门,再跑下楼梯,来到马路上。然而,事情并没有她想象的那么简单。

从窗口望去，塔楼就在附近，她以为只要一穿过这条马路就能到达那里。海蒂一直沿着马路往前走，却怎么也走不到塔楼。她只好走到另一条马路上，一直走下去，可仍然到不了塔楼。很多人从她身边经过，可看上去都匆匆忙忙的，海蒂想，他们肯定没有工夫给她指路。突然，她看见在马路的拐角处站着一个男孩，他身后背着一把手风琴，手上抱着一只古怪的小动物。海蒂跑到他身边，问道："那个上面顶着金球的塔楼在哪儿？"

"我不知道。"对方回答。

"那谁可以告诉我它在哪儿呢？"海蒂又问。

"我也不知道。"

"你知道有其他带高塔的教堂吗？"

"那我倒知道一个。"

"指给我看可以吗？"

"那得先看看，你会给我什么报酬。"男孩说着伸出手。海蒂在口袋里摸来摸去，找到一张卡片，上面画着用红色玫瑰花编织成的美丽花环。海蒂看着卡片犹豫了一下，她觉得把它送出去有点儿可惜。这是克拉拉今天早上才送给她的。可想来想去，她还是最想看到山谷和那些可爱的绿色山坡。"好吧,"海蒂掏出卡片说,"这个行吗?"

男孩缩回手,摇了摇头。

"那你想要什么呢?"海蒂问,又把卡片放回兜里。

"钱呗。"

"可我身上一点儿钱都没有,不过克拉拉有。她一定会给的,你要多少?"

"两便士[1]。"

"行,走吧。"

两人沿着马路走去,海蒂边走边问男孩身上背的是什么。男孩告诉她,这是一把手风琴,转动把手就可以发出美妙的音乐声。走着走着,他们就来到了一个有高塔的古老教堂门前。男孩站住了,说:"你看,已经到了。"

"可是,怎么才能进去呢?"海蒂看着紧闭的大门问。

"我不知道啊。"男孩回答。

"需要拉门铃吧,就像招呼塞巴斯蒂安那样?"

"我真不知道。"

海蒂在墙上找到门铃,使劲儿地拉了拉,并对男孩说:

---

[1] 便士,英国等国的辅助货币。——译者注(如无特别说明,本书中注释均为译者注)

"我上去的时候,你必须在这儿等我,因为我不知道怎么回去,还得你带路才行。"

"那你会给我什么报酬?"

"这回你想要什么?"

"再给两便士。"

这时,他们听到了钥匙转动的声音,接着门嘎吱一声打开了,从里面走出一位老人。他先是奇怪地打量着两个孩子,接着开始生气地大叫起来:"你们竟敢把我叫下来,到底有什么事?难道你们不认识这门铃上写着的'登塔人请拉门铃'吗?"

男孩一句话也不说,只用手指了指海蒂。海蒂回答:"我想到塔楼上去。"

"你想到上面去干什么?"老人问,"是谁让你来这儿的?"

"没有人让我来,"海蒂回答,"我只是想到上面去往下看看。"

"快回家吧,别再玩这种鬼把戏,下次我可不饶你们了。"看塔人说着转过身,要关上大门。可是海蒂扯住他的衣襟,一个劲儿地恳求说:"让我上去吧,就一回。"

看塔人转过身，看见海蒂祈求的目光，不由得心软了。他拉起孩子的手，和蔼地说："好吧，要是你这么想上去，那就跟我来吧。"男孩稳坐在教堂的石级上，表明他在下面等着就可以了。

海蒂拉着看塔人的手登上楼梯，爬了一级又一级。楼梯渐渐变窄了，当他们登上一段最狭窄的楼梯之后，终于到达了塔顶。老人抱起海蒂，她就可以从敞开的窗户看到外面了。

"来，现在你可以往下边看了。"他说。

海蒂往下一望，看见了无数的屋顶、塔楼和烟囱，她很快就缩回头，垂头丧气地说："和我想象的一点儿也不一样。"

"你看到了吧，这些景色对你这样的孩子来说，一点儿也没有意思！下去吧，以后可别再拉门铃了！"

看塔人把海蒂放到地上，领她走下狭窄的楼梯。到了一个比较宽敞的地方，左边有一扇门，通向看塔人的房间，而另一侧一直和倾斜的屋顶相连。那里放着一个大篮子，前面坐着一只灰色的大胖猫，一见到海蒂就喵喵直叫，好像在警告经过的人不要打扰它的孩子们。海蒂吃惊地停下来，她还从没见过这么大的猫。也难怪，它们可是老鼠的天敌，在这个古老的塔楼，猫每天都可以毫不费力地逮上几只老鼠当午餐。老人见海蒂如此喜欢猫，就说："有我在这儿，它不会伤害你的。过来，给你看看小猫崽儿吧。"

海蒂走到篮子旁，立刻高兴地看入迷了。

"啊！多么可爱的小动物啊！这些小猫可真漂亮！"海蒂不停地喊着，她围着篮子跳来跳去，看着那七八只小猫崽儿玩闹时可笑的样子。它们在篮子里胡乱挤作一团，一会儿爬上去，一会儿跳起来，一会儿陷进去。

"送你一只怎么样？"老人笑眯眯地看着高兴得蹦蹦跳跳的海蒂说。

"给我吗？"海蒂兴奋地说，她高兴得几乎不能相信她会这么幸运。

"是啊，当然是啦，再多送你一只也行，要不全给你也行，只要你有地方养。"老人很乐意就这样毫无困扰地把这些小猫崽儿送走。

海蒂高兴极了。她想那么大一幢房子，里面那么多房间，怎么都够小猫们住，而且克拉拉要是看见这些可爱的小猫，该有多吃惊、多高兴啊！

"可是，我要怎么拿回去呢？"海蒂边问边快速地试着用她的手能抓起几只，可是那只大胖猫猛地跳向她，吓得海蒂把手缩了回来。

"我帮你拿，你只要告诉我送到哪儿就行。"老人说，又用手抚摸着母猫安慰它。这只猫是他的老朋友了，陪他在塔楼里住了很多年。

"拿到赛斯曼先生家，门上有个金灿灿的狗头门铍的大房子，那狗嘴里还叼着铁环呢。"海蒂解释道。

其实，不用海蒂细说，老人也知道，他已经在塔上住了很多年，底下的每一户人家他都能从上面看得清清楚楚，更何况塞巴斯蒂安还是他的老朋友。

"我知道那房子，"他说，"可是什么时候送过去呢？另外跟谁说一声才合适呢？我想你可不是赛斯曼先生的女儿。"

"对，不过克拉拉要是看见这些小猫，不知道会有多高兴。"

老人想继续往下走，可海蒂怎么也舍不得离开这些有趣的小东西。

"我可以先拿一两只回去吗？一只给我自己，一只给克拉拉，可以吗？"

"好的，那你先等一会儿。"老人说，他小心翼翼地把母猫带到自己的房间，并留了一碗猫食在它旁边，然后关上门出来了，"现在你可以挑两只带走了。"

海蒂的眼里满是欢喜。她挑了一只小白猫和一只黄白斑纹的小花猫，把它们分别放进左右两个口袋里，之后才下楼。男孩还在外面的台阶上坐着，当老人关上教堂的大门后，海蒂问："我们该怎么去赛斯曼先生家呢？"

"我不知道。"男孩回答。

于是海蒂开始描述起前面的大门、台阶和窗户，可那个孩子总是摇头，什么也不知道。

"还有，你看，"海蒂继续描述道，"从一扇窗户向外看，你可以看到一座好大好大的灰色房子，它的屋顶就是这样的……"海蒂用食指比画出锯齿的形状。

这下那个男孩跳了起来，类似的标记他显然是经常见到的。他立刻头也不回地跑起来，海蒂紧跟在后面。不一会儿，两人就来到那个镶着大狗头门铰的大门前。海蒂拉了拉门铃，门口马上出现了塞巴斯蒂安，他一见是海蒂就催促道："快点儿，快点儿！"海蒂慌忙跑了进去，塞巴斯蒂安立刻关上门,根本没注意到外面台阶上还站着个男孩。

"快点儿,小姐,"塞巴斯蒂安再次催促道,"直接去餐厅,她们全都坐好了。罗特迈耶小姐看上去就像上了弹药的加农炮[1]一样。不过,小姐,你跑出去怎么是这个样子?"

海蒂走进屋里。女管家没有抬眼看她,克拉拉也没说话,屋里安静得可怕。塞巴斯蒂安为海蒂拉开椅子,等海蒂一坐下,罗特迈耶小姐就一副凶巴巴的样子,严厉而坚决地对她说:"阿德莱德,待会儿我要和你好好谈谈,现在我只能告诉你,你真的很没有教养,真应该受到惩罚,你谁也不问,也没有人知道,就这样跑到外面去了,还在外面一直闲逛到现在才回来,我可从没遇见过这样的情况。"

"喵呜。"这声猫叫像是对罗特迈耶小姐的回答。

这样一来,罗特迈耶小姐更生气了,她提高音量惊叫道:"你说什么,阿德莱德,你干出这种事,还敢戏弄人?"

"我没有……"海蒂对她说。

---

[1] 加农炮,指炮身长、炮弹初速大、弹道低伸的火炮,多用于直接瞄准射击,主要射击装甲目标、垂直目标和远距离目标。这里用来比喻罗特迈耶小姐非常生气,火药味十足。

"喵——喵——"

塞巴斯蒂安冲了出去，几乎要甩掉手里的盘子。

"够了，"罗特迈耶小姐想大喊大叫，却激动得说不出话来，"站起来，快从屋里出去！"

海蒂惊慌地从椅子上站起来，试图再次辩解："我真的没有……"

"喵——喵——喵——"

"可是，海蒂，"克拉拉开口了，"你看罗特迈耶小姐那么生气，为什么你还总要说'喵喵'呢？"

"不是我说的，是小猫。"海蒂总算有机会把话说完了。

"啊！你说什么！小猫！"罗特迈耶小姐尖叫起来，"塞巴斯蒂安！蒂奈特！快去把那可怕的畜生找出来！扔出去！"她跳了起来，一下子冲进书房，把门锁上，确保小猫不会钻进来，对她来说，世上没有比猫更可怕的东西了。

塞巴斯蒂安本来站在门外，他必须先尽情地笑够了，才能重新进屋去。刚才伺候海蒂的时候，他就发现从海蒂的口袋里露出了小猫的脑袋，所以一直在等着瞧会发生什么事。在小猫叫出第一声"喵"的时候，他就被逗得实在忍不住了，好不容易才把盘子放到桌上，然后迅速跑了出来。在罗特迈耶小姐害怕得大呼小叫后，塞巴斯蒂安才总算恢复平静，重新走进餐厅。这时，餐厅里已经恢复了平静安宁，克拉拉把小猫放到自己的膝盖上，海蒂跪在她身旁，两人正和两只可爱的小猫咪高高兴兴地玩着。

"塞巴斯蒂安，"克拉拉对走进来的仆人说，"您必须帮助我们，请您为小猫找个窝，而且要在罗特迈耶小姐发现不了的地方。她那么怕猫，会立刻把它们扔掉，可我们想养这些可爱的小家伙，就我们俩单独在的时候可以把它们拿出来玩。您看放哪儿才好呢？"

"这件事我会处理好的。"塞巴斯蒂安高兴地答应了，"我会在一个篮子里给它们做个舒服的窝，并把它放在管家不可能去的地方。您放心，这事儿就交给我了。"塞巴斯蒂安立刻着手做这项工作。他干着干着，想起刚才的事不禁一个人偷偷笑了起来。他猜想，不久之后肯定还会再闹腾一番，而他也很乐意见到罗特迈耶小姐惊慌失措的样子。

过了一阵子，就在大家都要睡下的时候，罗特迈耶小姐才冒着风险把门打开一条细缝，从里面叫道："那些可恶的东西已经扔出去了吗，塞巴斯蒂安？"

塞巴斯蒂安给了她肯定的回答。他早就猜到罗特迈耶小姐会这么问，所以一直在房里待着。他安静而麻利地从克拉拉膝盖上抓起两只小猫走了出去。

罗特迈耶小姐原本为海蒂特地预备的处罚被挪到了第二天，因为海蒂无意中闯了这么多祸，这一整天她是又生气又恼火，还受到了惊吓，这足够让她筋疲力尽了。她一言不发地回到自己的房间，而跟在后面的克拉拉和海蒂心情愉快，因为她们知道，小猫咪已经睡在一张舒服的床上了。

第8章　赛斯曼家乱成一团

第二天早上,塞巴斯蒂安刚把老师迎进书房,就听见又有人拉门铃,而且拉得特别响,于是塞巴斯蒂安飞跑下去。"只有赛斯曼先生才会这么拉铃,"他自言自语道,"肯定是他突然回来了。"他打开门,一个衣衫褴褛的小男孩背着手风琴站在他面前。

"这是怎么搞的?"塞巴斯蒂安生气地冲他喊,"你怎么拉铃的!你有什么事?"

"我要见克拉拉。"男孩回答。

"你这个肮脏可恶的流浪汉,能不能有教养地叫她'克拉拉小姐'?你到底找克拉拉小姐有什么事?"塞巴斯蒂安毫不客气地问。

"她欠我四便士。"男孩解释说。

"你脑子有毛病吧!你是从哪儿听说克拉拉小姐住在这里的?"

"昨天我给她带路，要了两便士，然后又带她回来，也要了两便士。"

"你这是在撒谎！克拉拉小姐还从没出去过，她也根本不能出去。趁我还没赶你，快走吧。"

可是，男孩一点儿也不害怕，他一动不动地站在那儿，毫不退让地说："反正我在路上看见她了，我可以说出她的样子。她的头发短短的，卷曲着，是黑色的，眼睛也是黑色的，穿着棕色的衣服，还有她说话跟我们不大一样。"

"啊哈！"塞巴斯蒂安突然想到了，忍不住偷笑起来，"这不是那个小姑娘嘛，她肯定又干出什么事来了。"于是，他把男孩拽进来，大声说："好吧，你跟我来，待会儿你先在门外等着，我叫你进去你再进去。我会把你带到房间里，你就拉一支曲子，小姐会非常高兴的。"

到了楼上，塞巴斯蒂安敲了敲书房的门，听见里面说："请进。"

"外面来了个男孩，他说一定要见见克拉拉小姐。"塞巴斯蒂安报告道。

克拉拉听到这少有的稀罕事，非常高兴。

"快带他进来。"克拉拉回答。"让他进来，行吗？"

她又转头征求老师的同意,"他说有事要跟我说。"

说话间那个男孩很快就走进了房间,按照塞巴斯蒂安说的,他立刻拉起了手风琴。此时罗特迈耶小姐因受不了听老师讲ABC,所以正在餐厅里做活计。她一听见这声音,就马上放下活计竖起了耳朵:这声音是从街上传来的吗?听上去怎么这么近!书房里又怎么会传出手风琴的声音?可是,这声音的的确确是从书房传出的。罗特迈耶小姐快步穿过长长的餐厅,一下子打开门。她简直难以相信自己的眼睛——书房中央站着一个衣衫褴褛的男孩,他正全神贯注地拉着手风琴。老师好几次想开口说话,但最终还是什么也没有说,两个孩子则兴致勃勃地听着音乐。

"快停下!快停下来!"罗特迈耶小姐大声喊道,可她的声音被音乐声淹没了。于是,她冲男孩跑过去,但是脚下突然被什么东西绊住了,低头一看:一个黑乎乎的恶心东西——一只乌龟。罗特迈耶小姐吓得跳起来——她已经好多好多年没蹦这么高了,她声嘶力竭地拼命喊道:"塞巴斯蒂安!塞巴斯蒂安!"

风琴手猛然停下了演奏,因为她的叫声已经压过了风琴声。塞巴斯蒂安正站在门外捧腹大笑,因为他刚才瞥见了罗特迈耶小姐跳脚的样子。最后他还是走了进来，罗特迈耶小姐则瘫坐在椅子上。

"把人和动物统统给我赶出去！马上把他们都弄走！"罗特迈耶小姐命令道。

塞巴斯蒂安立即拉起男孩走开，而男孩也迅速抓起乌龟跟了出去。到了外面，塞巴斯蒂安一边往他手里塞钱，一边说："这是克拉拉小姐给你的四便士，还有你拉琴的报酬四便士。你干得很不错！"然后，他关上了大门。

书房重新恢复了宁静，老师又继续开始上课。这回罗特迈耶小姐也坐到了房间里，有她在场总不至于再出什么可怕的乱子。

可是，没多久又响起了敲门声，塞巴斯蒂安又进来报告说，有人送来了一个大篮子，说要立刻交给克拉拉小姐。

"交给我？"克拉拉吃了一惊，急着想知道是什么东西，"快拿给我看看是什么样的篮子。"

塞巴斯蒂安拿进来一个盖着盖儿的篮子，然后就走开了。

"我认为，还是先上完课再打开篮子吧。"罗特迈耶小姐说。

克拉拉怎么都猜不出里面装着什么东西，只是一个劲儿地往上面瞟。终于她在练习文法变形时实在忍不住了，对老师说："我只想知道篮子里究竟装了什么，我就看一眼行吗？就一眼，然后马上接着学习。"

"从某些方面来说，是可以看的；但是从另外的方面来考虑，又好像不可以。"老师开始了他的回答，"要是你的注意力全集中在篮子上的话，那可以看的理由是……"看来这话又要讲个没完没了了。只见这时，篮子盖儿开了，从里面跳出小猫来，一只、两只、三只，然后又跳出两只。小猫们一下子翻滚到地上，在房间里四处乱跑，瞬息之间，房间俨然变成了小猫的天下。它们有的从老师的靴子上跳过去，有的咬住他的裤子，有的爬上了罗特迈耶小姐的衣服，还有的在她脚边打滚，甚至有的跳上克拉拉的椅子，又抓又跳又叫，整个房间陷入了热闹的混乱之中。克拉拉开心极了，连声喊道："哇，多可爱的小猫咪！它们真是可爱极了！瞧，海蒂，快看这儿！哇，你瞧，你瞧，还有那儿！"海蒂也高兴得不得了，她追着小猫从一个角落跑到另一个角落。老师不知所措地站在桌边，一会儿抬抬左脚，一会儿抬抬右脚，好避开那些又爬又抓的小猫。罗特迈耶小姐先是吓得说不出话来，当她克服最初的恐惧后，她仍瘫在椅子上动弹不得，因为她害怕一站起来，那些该死的小猫就会一起扑到她身上来。最后她只有扯开嗓子喊道："蒂奈特！蒂奈特！塞巴斯蒂安！塞巴斯蒂安！"

在她的召唤下，蒂奈特和塞巴斯蒂安过来了，他们一只接一只地把小猫们全都抓到篮子里去，再把它们送去跟昨天的那两只小猫待在一起。

今天上课时当然又没有机会打哈欠了。夜里很晚的时候，罗特迈耶小姐才渐渐从上午的骚乱中恢复过来，她把塞巴斯蒂安和蒂奈特叫过来，把关于上午的事情从头到尾询问了一遍。调查的结果是，海蒂是罪魁祸首，这一切都是她那天出门惹出来的。罗特迈耶小姐气得脸色发青，坐在那里半天都说不出话来。过了一会儿，她示意让塞巴斯蒂安和蒂奈特下去，转而把怒气撒向海蒂。海蒂正站在克拉拉的椅子旁，一点儿也不明白自己到底做错了什么。门口响起了严厉的声音：

"阿德莱德，我知道，对你有效的惩罚只有一种，因为你绝对是个野蛮人，我们倒想看看，让你到漆黑的地下室里去跟老鼠、蟑螂待在一起，你是否会变得老实些，不再干这种蠢事。"

海蒂一声不吭地听着,只是对这样的惩罚感到奇怪,因为她还从未去过像罗特迈耶小姐描述的那样的地下室。在爷爷家被叫作地下室的地方,存放着刚刚做好的奶酪和新鲜羊奶,是个让人爱去的好地方,而且海蒂还从没见过什么老鼠和蟑螂。

可是克拉拉却难过地大叫起来:"不,不行,罗特迈耶小姐,你还是等爸爸回来再说吧。信上说,他马上就会回来,那时我再把这一切都告诉爸爸,他会决定怎么对待海蒂的。"

罗特迈耶小姐不能反对这个说话比自己更算数的高级权威,更何况赛斯曼先生马上就要回来了。于是她站起身来,有些不快地说:"那好吧,克拉拉,不过那时我也会跟赛斯曼先生说上几句的。"罗特迈耶小姐说完便离开了房间。

一连两天都相安无事地过去了。只是罗特迈耶小姐的气还没消,她的眼前时时刻刻都会出现海蒂捉弄她的景象。似乎自打海蒂来了,赛斯曼家就完全乱套了,她都没办法让事情像从前那样规规矩矩了。但克拉拉变得更开心了,上课的时候她再也不会觉得冗长无聊了,因为海蒂总会这样那样地惹出一些趣事。海蒂还常把所有的字母搞混,老是记不住。老师为了让海蒂印象深刻,讲解字母形状时,经常把它们比作犄角或者鸟喙什么的,海蒂听了就会突然高兴地大喊大叫:"那是山羊!""那是老鹰!"这些形象的描述,使海蒂想起了许多东西,但就是没让她记住那些字母。下午晚些时候,海蒂总是跟克拉拉待在一起,一遍又一遍地给她讲述高山牧场和她在那里的生活,每次讲完,海蒂想回家的念头就会变得不可阻挡,最后她总是坚决地说:"唉,我该回去了!明天一定得走!"而克拉拉总会安慰她,告诉她得等她爸爸回来才知道该怎么办。每次海蒂听到这些话,又会马上恢复好心情,因为她一想到在这里每多待一天就能给老奶奶多带去两个面包就暗暗高兴。每天早饭和晚饭时,她都会将盘子旁的白面包揣到口袋里。老奶奶肯定吃不上这么好的白面包,而黑面包太硬了,她几乎咬不动,一想到这里,海蒂就怎么也舍不得吃掉它们。午饭后,海蒂总是一连几小时独自坐在自己屋里,她现在已经明白在法兰克福不能再像在山上一样随便到外面去,所以,她再没出过门。在餐厅和塞巴斯蒂安说说话也不被罗特迈耶小姐允许,而对于蒂奈特,海蒂总是远远地躲开她,一点儿也不想和她说话,因为海蒂非常清楚这个女仆看不起她，还老用嘲笑的口吻跟她说话。这样，海蒂每天坐在那儿，总是呆呆地想上好半天。现在，家乡又变成一片绿色了吧？黄色的小花又在阳光的照耀下闪闪发光了吧？四周的一切，雪、山、宽阔的山谷也都被温暖的阳光照得明晃晃的了吧？有时，海蒂非常渴望回家，觉得再也无法忍耐下去了。迪特阿姨曾告诉她，想什么时候回去，立刻就可以回去。终于有一天，海蒂再也坐不住了，她急忙把面包裹到红色大围巾里，戴上草帽就往楼下走。可是，她刚走到大厅门口，就恰巧碰上了正从外边回来的罗特迈耶小姐。

罗特迈耶小姐大吃一惊，站在那儿把海蒂从上到下打量了一番，最后眼睛盯住那个红包裹。接着，罗特迈耶小姐叫喊起来：

"你这是一身什么打扮？你到底想干什么？我没有跟你说吗，不许再一个人乱跑出去？你又想到外面去吗？还打扮得像个乞丐！"

"我不是出去乱跑，我只是想回家。"海蒂害怕地说。

"啊？你说什么！回家！你要回家？"罗特迈耶小姐怒气冲冲地惊叫道，"想逃跑！居然有人要从家里逃出去！这要是让赛斯曼先生知道了会怎么样！你最好别让这事传到赛斯曼先生的耳朵里！你在他家到底有哪儿不满意的？难道你不是受到了比应得的更好的待遇吗？你还想要怎样？你这辈子住过这么漂亮的房子吗？吃过这么好的饭菜吗？受过这么周到的招待吗？你说？"

"没有。"海蒂回答。

"我就知道没有！"女管家激动地接着说，"你没什么不满意的，一点儿都没有，你简直就是个忘恩负义的人。你是过得太幸福了，才会无所事事，老是这么胡来！"

被她这么一说，海蒂的心绪全涌了上来，于是就把自己的烦恼全倒了出来："我只是想回家呀，要是我太久不回去，'小雪'又该叫个不停了，老奶奶也在等着我，还有，要是彼得吃不到我给的奶酪，'金翅鸟'就会挨打的，再说，在这儿根本看不见太阳跟大山说'再见'的样子。对了，老鹰要是在法兰克福的天上飞过，肯定会用更大的声音叫喊，这么多人乱七八糟地混在一起，互相教唆干坏事，怎么不去山上舒舒服服地住着？"

"仁慈的上帝啊，这孩子该不是脑子不正常吧！"罗特迈耶小姐喊着，惊恐地飞奔上楼梯，却和正往下走的塞巴斯蒂安撞了个正着。"你快去把那个不幸的孩子带上来！"她一边吩咐，一边用手揉着被撞得起包的额头。

塞巴斯蒂安按她的吩咐做了，一边走一边揉着他的脑袋，因为他撞得比罗特迈耶小姐还厉害。

海蒂还呆呆地站在那儿，两眼冒火，浑身因激动直打战。

"怎么，你又干什么事了？"塞巴斯蒂安愉快地问。可他走近一看，发现海蒂一动不动地呆站着，便温和地拍拍她的肩膀，安慰她说："好了，好了，别太在意。小姐，保持心情愉快比什么都重要。你看看我，刚才那位差点儿没把我的脑袋撞出个洞来，不过你可别被她吓到了。"他见海蒂还是愣愣地站着不动，便说："来，上去吧，不管怎么说，这是她的命令啊。"

于是，海蒂走上楼去，可她的步子慢吞吞的，和平时大不一样。塞巴斯蒂安看了觉得怪可怜的，一边跟在海蒂身后走，一边对她说些鼓励的话："别垂头丧气的！别难过！打起精神来！我们的小姐真乖，到了这儿之后还一次都没哭过。要是换了别的一样大的孩子，说不准一天得哭十二回。那些小猫在它们的窝里玩得高兴极了，它们在上面跳来跳去，简直都快玩疯了。待会儿等罗特迈耶小姐不在的时候，咱们一起上去看看，行不行？"

海蒂微微点了点头，可她的样子一点儿都不开心，塞巴斯蒂安只能同情地看着海蒂回到自己的房间。

吃晚饭时，罗特迈耶小姐一言不发，只是用警惕的目光看着海蒂，唯恐她不知什么时候又突然干出些莫名其妙的事来。海蒂一动不动地坐着，一声不吭，只是把面包麻利地放进口袋。

第二天早上，老师一上楼，罗特迈耶小姐就悄悄地把他带到一边，非常激动地告诉老师她的担心：这儿的水土和生活方式，还有新环境都让海蒂不习惯，这可能会让她的脑子出毛病。她又把昨天海蒂想逃走的事和她那些稀奇古怪的话都讲给老师听。然而，老师却保证说，罗特迈耶小姐无须如此惊慌，他早已认识到这孩子在某些方面是有些古怪，但在其他方面还是相当正常的，只要悉心处理和教导，她就能恢复正常，而这也正是自己努力的方向。他深信比刚才所讲的更重要的是，怎样教会她那些字母，海蒂似乎没法儿记住那些字母。

罗特迈耶小姐听了他的这些话，才放心了一点儿，并让老师继续上课。她突然想起海蒂昨天下午出走时穿的那身衣服,她决定从克拉拉的衣橱里拿些衣服给海蒂,好让海蒂在赛斯曼先生回来的时候穿得体面些。她把她的想法跟克拉拉一说,克拉拉大为赞成,找出好多衣服和帽子,要送给海蒂。于是,罗特迈耶小姐来到楼上海蒂的房间,想看看衣柜里的衣服哪些可以留下,哪些应该扔掉。可是没几分钟,她便气急败坏地跑了回来。

"这都是什么,阿德莱德,你衣柜里都是些什么!"她喊道,"我还是第一次见到这种事!你说,从你衣柜的最下方,我都翻出了些什么?是一堆面包!克拉拉,你看,衣柜里居然放着面包!都快堆成山了!蒂奈特,"她又朝着餐厅呼唤女仆,"到楼上去,把阿德莱德衣柜里的干面包全部扔掉,还有桌上的那顶破草帽!"

"不!不要扔掉!"海蒂大喊起来,"那顶帽子我要留着!那些面包是要送给奶奶的!"海蒂说着,想去追蒂奈特,却被罗特迈耶小姐一把抓住了。"你就待在这儿,那些面包和破玩意儿,让我们来收拾!"罗特迈耶小姐不容置疑地说,同时紧抓着海蒂不放。

伤心不已的海蒂扑到克拉拉的椅子上,号啕大哭起来,而且越哭越响，越哭越绝望，哭声中还夹杂着哀叹："没有面包给奶奶了！那些面包全是要送给奶奶的，这下全没了，奶奶一个也吃不到了！"海蒂又大哭起来，好像心都要碎了。罗特迈耶小姐跑出房间。克拉拉见海蒂哭成这样，心里也很难过和害怕。"海蒂，海蒂，"她恳求道，"别这么难过了！你听我说！别这么难过，来，我向你保证，你回家的时候，我会让你带回去和现在一样多，不，甚至比这更多的面包，而且面包会又新鲜又软和。你存起来的那些面包肯定会变得硬邦邦的，还会很难吃。好了，海蒂，别再哭了！"

海蒂还是忍不住哽咽了好半天，不过她明白而且相信了克拉拉安慰她的话，要不是这样，她不知道还要哭到什么时候呢。海蒂还想再确认一下自己的愿望是不是真的能实现，渐渐不再抽泣的她，开口一遍又一遍地问道："你真的能给奶奶像我存的那么多的面包吗？"克拉拉每次都保证会给她一样多的面包。"比这还要多，"她补充说，"别不开心了。"

直到吃晚饭时，海蒂的眼睛还是红肿的。当她看见面包时，又禁不住要哭出来，但她强忍住了，因为她知道吃饭时必须保持安静。今晚，塞巴斯蒂安每次捕捉到海蒂的目光时，就会做出各种怪模怪样的手势，一会儿指指自己的头，一会儿又指指海蒂的头，然后又点点头，像是在说："别不开心了！我都已经帮你弄好了！"当海蒂晚上要上床睡觉时，发现被子下面藏着她的那顶破草帽。海蒂又惊又喜，忙把旧帽子拿出来。她高兴得不得了，赶紧把草帽包在手绢里，然后藏到柜子最里面的角落里。

是塞巴斯蒂安给她把草帽藏了起来。刚才，罗特迈耶小姐召唤蒂奈特的时候，塞巴斯蒂安正好也在餐厅，他听见了发生在海蒂身上的事情和她难过的哭泣声。于是，他跟在蒂奈特后面，等蒂奈特拿着面包和草帽从海蒂的房间里出来时，他接过草帽说："这个让我来扔吧！"他真心实意地为海蒂能保住帽子而高兴，晚饭时他的那些手势就是想告诉她这件事。

第9章　赛斯曼先生听到了新鲜事

这件事情过后没几天，赛斯曼先生家开始忙碌起来，仆人们不断地跑上跑下。原来主人外出归来了，塞巴斯蒂安和蒂奈特正忙着从马车上把行李一件件地搬进来，因为赛斯曼先生每次总要带好多精美的礼物回家。赛斯曼先生本人则迫不及待地想先见女儿，他来到女儿房间，海蒂也在这里。因为傍晚的时候，两个孩子总是待在一起。克拉拉和爸爸互相亲热地问好，他们彼此都很爱对方。然后，赛斯曼先生向安静地坐在角落里的海蒂伸出手，和蔼地说："这就是我们那个可爱的瑞士小姑娘吧。你过来，我们握握手吧！对，就这样！嗯，告诉我，你和克拉拉相处得好吗？两个人有没有生气、吵架、哭鼻子，最后又和好，然后再重来一遍？"

"不，克拉拉一直待我很好。"海蒂回答。

"海蒂，"克拉拉紧接着说，"也从没跟我吵过架。"

"那就好，爸爸听了真高兴。"赛斯曼先生站起身，又说，"好吧，克拉拉，你现在得允许爸爸先吃饭，这一整天我还没吃过一点儿东西呢。过一会儿，再让你看看我都给你带了什么礼物回来。"

赛斯曼先生走进餐厅，看见罗特迈耶小姐正指挥着仆人们为主人准备晚餐。他在椅子上坐下后，罗特迈耶小姐也坐到了他对面，看上去一脸不高兴的样子。于是赛斯曼先生问她："你怎么了，罗特迈耶小姐？你刚才出来接我的时候，脸上的表情可真让我担心。到底发生了什么事？克拉拉不是挺好的嘛！"

"赛斯曼先生，"女管家开始用异常严肃的口吻说，"这事也和克拉拉有关，小姐和我都上当了。"

"为什么这么说？"赛斯曼先生平静地喝了一口葡萄酒，然后问道。

"如您所知，我们决定给小姐找个伴儿时，我想您一定非常希望小姐的身边有一个举止端庄文雅的孩子，所以觉得找一个瑞士小姑娘应该不错，就像我经常在书上读到的那样，在山间清新的空气中长大的，应该就是一个纤尘不染的孩子。"

"可是即使如此，瑞士的孩子走起路来也会沾上泥土的。"赛斯曼先生插话道，"不然，难道他们腿上不长脚，反倒长翅膀了不成？"

"哎呀，赛斯曼先生，请您理解我的意思。"罗特迈耶小姐接着说，"我想说的是谁都知道生活在纯净的高山上的孩子，应该是个不同于我们这些世间凡夫俗子的理想人物。"

"但是，我们克拉拉可没办法跟你说的理想人物交往，罗特迈耶小姐。"

"不，我并没有和您开玩笑，赛斯曼先生。这件事比您想象的要严重得多。非常可怕，我们被欺骗了！"

"哪里可怕呢？我看不出那孩子哪里可怕。"赛斯曼先生不慌不忙地说。

"您只要知道她做的一件事，只是一件事情。您不在的时候，她都把什么人、什么动物带到这屋子里来了！关于这件事，我想老师也会跟您谈的。"

"动物？我该如何理解这动物是怎么回事，罗特迈耶小姐？"

"这确实难以理解，如果不是这孩子的精神不太正常，那就根本无法理解她的所作所为。"

赛斯曼先生到目前为止都觉得她说的这些无关紧要。可是，精神不太正常，那会给他的女儿带来多么可怕的影响！想到这里，赛斯曼先生紧盯着坐在对面的女管家，似乎想确认一下，她是不是认真的。正在这时，门开了，仆人报告说老师来了。

"啊！我们的老师来了。"赛斯曼先生高声说，"他也许可以帮我澄清事实。您请这边坐！"他说着，向老师伸出手，"请您和我一起喝杯咖啡吧——请您别客气！现在请您跟我说说，来这儿给我女儿做伴儿的这个孩子怎么样？我听说她把动物带到家里来了，这是怎么个奇怪事？另外，这孩子的脑子怎么样？"

老师本来想先对赛斯曼先生的平安归来表示祝贺，而他也正是为此事才来的，可是赛斯曼先生一刻也不愿意耽搁，急着想听他解释有关海蒂的种种问题。老师用他一贯的语调开始讲道："如果我必须讲讲对这个小姑娘的看法的话，我首先要提醒您的是，在某方面可以看出她的成长存在明显的缺陷，这或多或少都是不注意培养的结果，或者更准确地说，是从小忽视教育、长期一个人住在山上的结果。与此相反，长期远离人群的生活无疑也会有其优点，如果没有超过一定时间限度的话……"

"我亲爱的朋友,"这时赛斯曼先生打断他的话,"您真的想得过于复杂了。您只需要告诉我,当她把动物带进来的时候,您是不是也吓了一跳?您说说,这个孩子对我女儿来说,是不是一个合适的同伴?"

"关于这个孩子,我并没有什么偏见。"老师又一次开口道,"从一方面来说,这孩子的确缺乏一些社会经验,在她来法兰克福之前,她的生活是缺乏教养的。而从另一方面来说,这孩子被赋予了一些美好的品质,整体上来说……"

"对不起,我亲爱的先生,请稍等,我得去……我得去我女儿那儿看一下。"说完,赛斯曼先生快速离开房间。他来到书房,在女儿身旁坐下,并转向站起来的海蒂,说:"小家伙,请你帮我拿过来——"赛斯曼先生刚开口,又打住了,其实他并不需要什么,他只是要把这孩子支开一会儿,"请帮我拿一杯水来。"

"要刚打上来的水吗?"海蒂问。

"对,对,就要刚打上来的。"赛斯曼回答,海蒂随即走出了房间。

"现在,我亲爱的小克拉拉,"他坐到女儿身边,抚摸着她的小手说,"你给我清楚明白地讲讲,你的那位朋友究竟把什么动物带到家里来了?还有,为什么罗特迈耶小姐会觉得她精神错乱?"这些问题可难不倒克拉拉。那位惊吓过度的女管家也常跟她念叨海蒂那些疯言疯语,但克拉拉清楚那些话是什么意思。于是,她先向爸爸讲了乌龟和小猫的事,然后又解释了那天让罗特迈耶小姐大吃一惊的那些话。听着克拉拉的描述,赛斯曼先生由衷地笑了起来。"那么,你是不希望我把这个孩子送回家了?"他问,"你不觉得她在这儿烦人是吧?"

"啊!不要,不要,"克拉拉着急地叫道,"千万别把她送回去。自从海蒂来了,时间都过得快多了,每天还会发生一些有意思的事,日子也不那么乏味了,而且海蒂还会给我讲很多故事。"

"好吧——你看,你的朋友回来了。你给我拿来的是刚打上来的干净水吗?"海蒂递水时,赛斯曼先生问。

"嗯,是刚从井里打上来的。"海蒂回答。

"你该不会是亲自到井边打的吧?"克拉拉问。

"是啊,我确实去了井边。这真的是刚打上来的水。因为第一口井那儿有好多人,我不得不走了很长一段路。我一直往前走到第二口井,那儿又全是人。不过,在另一条路上,我终于打到了水,一位满头银发的先生还让我替他向赛斯曼先生问好呢。"

"好一次成功的旅行啊。"赛斯曼先生笑着说,"那么,那位先生是谁呀?"

"他刚好从井边路过,看见我便停了下来,说:'能借我杯子喝口水吗?你这是给谁打水呢?'我就说:'给赛斯曼先生。'他大笑起来,然后就让我代他向您问好,还说希望您觉得这水好喝。"

"哦,这个人会是谁呢?我想知道这个带给我良好祝愿的人是谁——能跟我说说他长什么样吗?"赛斯曼先生问。

"他是个笑起来很和气的人,戴着一根粗粗的金链子,下边还吊着个镶着大红宝石的金坠子,他的手杖顶上是个马头。"

"哦,那是医生——是我的医生老朋友。"克拉拉和她的爸爸异口同声地说,然后赛斯曼先生又一个人笑了一会儿,因为他想起了他的朋友,还有他喝水的样子。

当天晚上,赛斯曼先生单独和罗特迈耶小姐坐在一起商量家里的事务,他告知罗特迈耶小姐他决定留下海蒂。他认为,这个孩子精神很正常,没什么毛病,而且女儿很喜欢和海蒂待在一起。"所以,我希望,"他接着又强调说,"在各方面都要好好对待这个孩子,如果她有一些特别的地方也不要马上就断定她是在捣乱。要是你一个人管不了这孩子,我很快就会给你找一个帮手,因为不久我的母亲就会来这儿住上较长的一段时间。你知道的,我母亲是一个很容易相处的人,无论对方是怎样的人她都相处得来。"

"哦,我当然知道。"尽管罗特迈耶小姐这么回答,可听到要来个帮手,她的话音里却没有因此而松一口气。

赛斯曼先生在家只逗留了很短一段时间,两周一过,他就又回巴黎了。克拉拉不能接受爸爸这么快就离开,不过让人感到安慰的是,再过几天奶奶就会过来。几乎是赛斯曼先生前脚刚离开,赛斯曼夫人的信便到了,信上说她明天就能到达,并告知了具体时间,以便让马车到火车站去接她。这让克拉拉高兴极了,那天晚上她给海蒂讲了很多关于奶奶的事情,让海蒂也跟着叫"奶奶",而这招来了罗特迈耶小姐不悦的眼神。然而,海蒂毫不在乎,因为海蒂对频繁地上罗特迈耶小姐的黑名单这事已经习以为常了。后来,当海蒂回房间时,罗特迈耶小姐把她叫到了自己房间,严厉地告诫她，赛斯曼夫人来的时候该如何称呼，她不许叫赛斯曼夫人"奶奶"，必须叫"夫人"。

"你听明白了吗？"女管家见海蒂一脸困惑的样子，便问道。海蒂虽然还是搞不明白，但是见女管家表情严峻，就不再要求进一步解释了。

第10章　一位老奶奶

第二天傍晚，赛斯曼家紧张地忙碌起来，做着各种准备工作。明眼人一看就知道今天要来的夫人在这个家有着非常重要的地位，非常受人尊敬。蒂奈特头上戴着崭新的小白帽，塞巴斯蒂安收集了一些搁脚凳，分别放到合适的地方，好让这位夫人无论坐在哪里，随时都能把脚搁在上面。罗特迈耶小姐挺着胸，架势十足地查看一个又一个房间，那样子俨然是在向大家宣告，虽然马上就会来一个强有力的对手，但绝不意味着她的威信就会降低。

终于，马车驶到了家门口，塞巴斯蒂安和蒂奈特赶忙跑下楼。罗特迈耶小姐也迈着缓慢而庄严的步子跟了出去，因为无论如何她都得先去迎接赛斯曼夫人。海蒂被命令要一直待在自己的房间里，等到别人来叫她才能出来，因为奶奶肯定希望先单独见克拉拉一会儿。海蒂坐在房间的角落里，嘴里反复念叨着罗特迈耶小姐对她的告诫。没过多久，蒂奈特从门外探进头来,冷冰冰地说:"到楼下书房去。"

海蒂不敢再问罗特迈耶小姐她该如何称呼这位奶奶,她认为女管家多半是搞错了,因为在她的记忆里,不论称呼谁都该称呼他本人尊贵的名字。海蒂一打开书房的门,就听到一个亲切和蔼的招呼声:"哎哟,这个孩子来了!快到我这边来,让我好好看看你。"

海蒂走到奶奶身旁,用清脆的声音明晰地说:"晚上好!"然后,她遵照罗特迈耶小姐的要求称呼奶奶,说:"尊敬的夫人太太。"

"哎呀!"奶奶笑着说,"在山上你家那边都是这样叫的吗?"

"不,"海蒂认真地回答,"我还从没听过别人这么叫。"

"可我们也不这么叫啊,"奶奶又笑了,轻轻地拍了拍海蒂的脸蛋儿,"别这么叫!孩子们都喊我'奶奶',你也那么喊吧,这下可别忘了这么叫,你记住了吧?"

"嗯,当然不会忘记。"海蒂肯定地说,"以前在家我都这么叫的。"

"当然喽,当然喽!"奶奶愉快地点了点头,然后又仔细地打量起海蒂，不住地点头，而海蒂也认真地盯着奶奶看了一会儿，这位新来的奶奶给海蒂一种很亲切很温暖的感觉，她非常喜欢。实际上奶奶身上的一切都很吸引海蒂，让她几乎挪不开眼。奶奶有一头非常漂亮的白头发，戴着一顶垂挂着两条长长的蕾丝飘带的帽子，每当她转动头的时候，那两条飘带就会轻轻地抚摸她的脸颊，仿佛微风吹拂着她似的，这让海蒂特别喜爱。

"那你叫什么名字，孩子？"过了一会儿，奶奶问道。

"我只叫海蒂。不过，现在她们又给我起了个名字叫阿德莱德，我会努力注意的……"海蒂突然打住了，因为她有点儿内疚，她对这个名字还不是很适应，当罗特迈耶小姐冷不防地叫她"阿德莱德"时，她常常一下子反应不过来，巧的是，海蒂说这些的时候罗特迈耶小姐正好走了进来。

"赛斯曼夫人，您毫无疑问会同意的，"罗特迈耶小姐插话道，"我想，挑选一个可以叫得响亮的名字是非常有必要的，至少在仆人们面前是如此。"

"我尊敬的罗特迈耶，"赛斯曼夫人接口道，"要是这孩子叫海蒂，而且她已经习惯了这个名字，那我就这样叫她吧，就这样定了。"

罗特迈耶小姐一直非常讨厌老夫人总是这样直呼她的名字，但是提醒也无济于事，因为以奶奶的性格，一旦她这么叫了，就会一直这么叫下去，所以罗特迈耶小姐对此无可奈何。而且，奶奶是位精明的老人家，她一踏进这房子就明白家里的状况了。

第二天午饭后，克拉拉又像往常那样躺下休息，奶奶坐在她旁边闭了一会儿眼睛，可是马上又精神抖擞地站了起来，快步走向餐厅。餐厅里一个人也没有。"我猜，她大概在睡觉。"奶奶自言自语地说着，然后上楼到罗特迈耶小姐的房间，重重地敲了敲房门。过了一会儿，罗特迈耶小姐出来了，她没想到敲门的会是奶奶，惊讶得后退了一步。

"我想来问问，那个孩子这段时间都在哪里，都在干什么？"赛斯曼夫人说。

"坐在她自己的房间里呢。她要是想干点儿什么，就能干出点儿自以为有用的事儿来。可是您不知道，赛斯曼夫人，这孩子常会生出一些怪念头，而且还真会做出来，她的那些事，在有教养的上流社会人士面前还真是说不出口。"

"我可以告诉您，要是我也像那孩子一样老坐在房间里，我大概也会那样做的。那么，我猜您会在有教养的上流社会人士面前怎么讲我呢！来，请把那个孩子带到我的房间来。我想送几本漂亮的书给她当作礼物。"

"那可就是她的不幸了，"罗特迈耶小姐做了个失望的手势说，"她得到了书又有什么用？到现在她连ABC都还没有学会。这孩子怎么教都没有用，老师会跟您讲的。要不是老师有着天使般的耐心，早就不肯给她上课了。"

"哦，那倒是有点儿奇怪，"赛斯曼夫人说，"那孩子看起来可不像是连字母都学不会的人。不管怎样，您现在先把她带来吧，她至少可以先看看书上的图画。"

罗特迈耶小姐还想再说上几句，可奶奶已经转过身去，并快步走向自己的房间。赛斯曼夫人很纳闷儿海蒂怎么会学不会，于是决定调查一下前因后果，但她并不想询问老师。尽管她也认为老师是个非常正直的人，一见面也会热情地和他寒暄，可她总是尽量躲开，免得陷入无休止的交谈，因为她实在腻烦了他的说话方式。

现在海蒂已经到了奶奶的房间，她一看见那些要送给她的书上画着各式各样美丽的图画，就把眼睛睁得圆圆的。当奶奶把书翻到下一页时，海蒂突然大叫了起来。她用热切的目光紧紧盯住那幅图，紧接着泪珠开始吧嗒吧嗒地落下，最后大哭起来。奶奶也仔细瞧了瞧那幅图，原来上面画了一个绿草如茵的牧场，各种各样的小动物在悠然自得地啃咬着绿叶嫩草。画的正中央是一个牧羊人，身子斜靠在他的牧鞭上，正望着快乐的羊群。整幅画面都沐浴在金色的光辉之中，而远处地平线上的太阳正要落下去。

奶奶慈祥地拉起海蒂的手。

"别哭了，我亲爱的孩子，不要哭了，"奶奶说，"这图画是不是让你想起了什么？你看，关于这幅画有一个很有趣的故事，今晚我就讲给你听，好吗？而且这书上还有许多别的有意思的故事，你可以读，也可以讲给别人听。过来，咱俩现在说说话吧，先把你的眼泪擦干，站到我面前来，让奶奶好好地看看你——这就对了，现在我们要重新高兴起来。"

海蒂还是要等上一会儿才能慢慢停止抽泣。奶奶耐心地等她恢复平静，还不时地说好话安慰她："好了，现在没事了，我们应该高兴起来。"

等海蒂终于平静了下来，奶奶说道："来，现在跟奶奶说说，上课的时候觉得怎么样？你喜欢上课吗？有没有学会很多东西？"

"噢，我什么也没学会！"海蒂叹了口气回答，"我早就知道，自己是什么都学不会的。"

"为什么你会觉得自己什么都学不会呢？"

"唉，阅读太难了。"

"这确实不太容易！但你是听谁说的呢？"

"是彼得告诉我的，他知道这个，他都学了又学还是没有学会。"

"哦，彼得真是个怪孩子！可是你听着，海蒂，我们不能人云亦云，不能彼得说什么我们就信什么，必须自己去试试才行。老师教你学习字母的时候，你肯定没有集中精神认真听讲吧？"

"可是听了也没有用。"海蒂无可奈何地说。

"海蒂，你好好听奶奶说，"奶奶接着说，"你之所以还没有学会字母表，是因为你相信了彼得的话。从现在开始，你必须相信我说的话——我告诉你，你可以在短时间内学会阅读，就像大多数孩子一样，他们都跟你一样，却跟彼得不一样。现在，你要明白——你看到那幅画上的牧羊人和小动物了——一旦学会了阅读，你马上就能得到这本书，而且会像有人把整个故事讲给你听一样，你会知道所有的一切，譬如那些绵羊、山羊都干了些什么，牧羊人都干了什么，还有他都经历了哪些精彩绝伦的事情，等等。你想知道所有这一切，对吗？"

海蒂专心致志地听奶奶说着，此时她深深地叹了口气说："唉，要是我真的能读懂就好了！"

"我相信，用不了多久你就能学会。好了，现在咱们该去克拉拉那儿看看了。来，把那本漂亮的书也带上。"奶奶和海蒂手牵着手一起去到书房。

自从那天海蒂太想回家而在台阶上被罗特迈耶小姐撞见，并被狠狠地说了一通，说她居然想逃跑，真是个忘恩负义的坏孩子，并说幸好这件事没被赛斯曼先生知道，等等，海蒂的心理就渐渐产生了变化。她慢慢明白，自己并不像迪特阿姨说的那样，想什么时候回家就可以什么时候回家，而且她必须在法兰克福待上好长一段时间，也许一辈子都会住在这儿。她还明白，要是说出自己想回家的愿望，赛斯曼先生一定会觉得她是一个忘恩负义的孩子，不仅如此，连奶奶和克拉拉也会那么想。所以，她盼望回家的心情对谁也不能说，因为她无论如何也不愿意那么慈祥的奶奶也像罗特迈耶小姐一样生气。之后，海蒂的心事越来越重了，她经常吃不下饭，脸色一天比一天苍白。她经常直到深夜也难以入睡，因为独自一个人的时候，周围的一切都会安静下来，海蒂的眼前就会立刻浮现出牧场和牧场上灿烂的阳光和花朵。最后她好不容易睡着了，梦里又会出现岩石和在黄昏的日光下呈深红色的雪地，而早上醒来的时候，她以为自己已经回到了小屋，想兴高采烈地跑到外面去——到阳光下，然后发现——原来她还在她的大床上，原来她还在离家很远的法兰克福。海蒂经常把头埋进枕头里偷偷地小声哭上好长一段时间，不让别人听见。

海蒂心事重重的样子当然逃不过奶奶的眼睛。她想，也许过两三天，孩子就会活泼起来，不再是一副垂头丧气的样子，所以默不作声地在一旁观察着。可是，事情并没有好转，她还是发现好几个早上海蒂在下楼前都明显哭过。于是有一天，她又把海蒂带到自己的房间里，让她站在自己跟前，说："现在跟奶奶说说，海蒂，你怎么了，有什么难过的事情吗？"

海蒂害怕说出了真相，奶奶会觉得她忘恩负义，要是那样的话，她大概就不会对自己这么好了，于是海蒂回答说："我不能说。"

"不能说，那可以对克拉拉说吗？"

"那也不行，对谁都不能说。"海蒂坚决地说，看上去还那么为难，奶奶不由得心疼了。

"好吧，我亲爱的孩子，那就让我告诉你该怎么办。你知道，要是我们遇到什么困难的事情，而且对谁也不能说，那就告诉上帝，并祈求他的帮助，因为不论有什么痛苦，上帝都能帮助我们。你是不是每天晚上都向天上仁慈的上帝祈祷，并感谢他赐予你的一切，并祈求他保佑你脱离一切不幸？"

"不，我从来没那么做过。"海蒂答道。

"你从来没有祈祷过吗？海蒂，你知不知道什么是祈祷？"

"我只和以前的奶奶一起祈祷过，可那是好久以前的事了，现在全都忘了。"

"原因就在这儿，海蒂，你之所以会伤心难过，就是因为知道没人可以帮助你。你心里要是有什么伤心难过的事，就到上帝那儿把一切都说出来，并且祈祷上帝在没有人能帮助我们的时候帮助我们。无论何时何地，上帝都会帮助我们，并使我们重新快乐起来。"听到这里，海蒂的眼里一下子充满喜悦,她说:"跟上帝说什么都行吗?无论说什么都行?"

"当然,说什么都行,海蒂,说什么都行。"

海蒂忙把手从奶奶手里抽了回来——她的手一直被奶奶亲切地握在手里——她着急地说:"我可以走了吗?"

"当然可以,当然可以!"奶奶回答。于是,海蒂跑回自己的房间,坐到小板凳上,双手合十,然后把所有让她难过痛苦的事情都告诉了上帝,诚心诚意地祈求上帝帮助她,让她重新回到爷爷身边。

之后大约过了一个星期,一天,老师请求见见赛斯曼夫人,要跟她说一件不同寻常的事情。老师立刻被请进了夫人的房间,他一进来,赛斯曼夫人就热情地向他伸出手,并请他坐下。"很高兴见到您,"她说,"请坐。现在说说是什么风把您吹来的?没什么坏消息或是不满意的吧?"

"不,正相反。"老师开口说,"发生了一些我根本不敢奢望的事情。如果谁知道这之前的情形,那么谁都无法预料到这件事,因为就算把以前各方面的情况都考虑进去,也会认为这是不可能的,然而它现在实实在在地发生了,而且是以奇迹的方式发生的。说起来,正好和以前的估计完全相反……"

"是不是海蒂这孩子终于学会了阅读？"赛斯曼夫人插了一句。

老师惊奇万分地看着她，一句话也说不出来。随后他说道："这真是非常了不起。因为我为这个孩子费尽苦心，仔细地教她，可她还是连ABC也掌握不了。不久前，我刚决定不再试图做不可能的事情，直接把孤零零的字母拿到她面前，不再对它们的词源、词义等做出详细的解释。可是那孩子居然一下子就学会了识字，仿佛这就是在一夜之间发生的，而且立刻就能开始正确地阅读，一点儿都不像初学者。几乎跟这件事一样令我惊奇的是，夫人您一下子就猜中了这件谁都认为不可能的事。"

"生活中，总会发生一些意想不到的事情，"赛斯曼夫人轻松愉快地笑着说，"这大概是因为新的教法和新的学习热情两者相得益彰，才会有这么喜人的结果。孩子进步这么快，我们都应该感到高兴，并且希望她以后会更加出色。"

说完，赛斯曼夫人和老师一起去了书房，她要亲眼见证这个好消息。海蒂正坐在克拉拉身旁，大声朗读着。很明显，她自己对此也惊讶不已，当黑色的字母越来越鲜活，变成了活灵活现的人和其他东西，变成了打动人的故事，她便越来越沉醉于在她面前打开的这个崭新的世界里。

当天晚上，海蒂一在餐桌旁坐下，就发现她的盘子上放着那本绘有美丽图画的大书。她用疑惑的目光望向奶奶，奶奶慈爱地点了点头，说："没错，它现在就是你的了。"

"我的！永远都是我的吗？我回家以后也是我的吗？"海蒂兴奋得满脸通红地说道。

"对呀，永远都是你的啦。"奶奶确定地说，"我们从明天开始看吧。"

"不过，海蒂，你不能回家，这几年你都不能回家。"这时克拉拉插话说，"奶奶走了以后，我要你一直陪着我。"

海蒂直到晚上回房间睡觉了，还舍不得放下那本美丽的书。而且从那天开始，一遍又一遍地阅读美丽图画上的故事，已经成为海蒂最大的快乐。到了晚上，她们坐在一起，奶奶一说："海蒂，现在读给我们听听。"海蒂就会十分高兴，因为她现在读起来一点儿都不困难了，而且当她大声朗读这些故事时，那些景色仿佛变得更加美妙，更加清晰可见了。每次念完，奶奶都会解释给她听，还会给她讲更多的故事。

　　海蒂最喜欢的，是有着一片绿色牧场和站在羊群中倚着牧鞭的牧羊人的那幅画，因为现在他已经回到牧场了，心满意足地走在他父亲的绵羊和山羊后面。下一页画的情景却是牧羊人从他父亲家里跑了出来，沦落到替人养猪，每天只能吃些残羹冷炙的地步，人也渐渐苍白消瘦了。而且这幅图画上的太阳也不如上一幅图中的明媚灿烂，一切看上去都灰蒙蒙的，笼罩着一层雾气。但是，这个故事还有第三幅图画：年迈的父亲张开双臂从房里跑了出来，去迎接他后悔的儿子回家，儿子瘦弱的身体上套着破破烂烂的衣服，胆怯地走回家来。这是海蒂最喜爱的故事，她一遍又一遍地大声读给自己听，而且奶奶给她和克拉拉做的说明也是百听不厌。除了这个故事，这本书里还有许多有趣的故事，海蒂读着这些故事，看着这些图画，日子飞一般地过去了，而距离奶奶动身回家的日子也不远了。

第11章　海蒂在得失之间

奶奶住在这里的时候，每天午饭后都会在午休的克拉拉身边坐上几分钟，而罗特迈耶小姐大概同样要休息，所以也回自己的房间去了。可是，五分钟对奶奶来说已经足够了，她又站了起来，把海蒂叫到自己屋里，和她聊聊天，想出各种花样帮她打发时间，或者一起玩耍。奶奶有许多漂亮的玩具娃娃，她拿给海蒂看，还教她怎么给它们做衣服和小围裙，所以海蒂渐渐地学会了做针线活，给这些娃娃们做了各式各样的漂亮衣服。当然，这多亏奶奶总是给她一些五颜六色、讨人喜爱的碎布头。奶奶还喜欢让海蒂大声朗读故事，而海蒂读得越多也就越喜爱。海蒂身临其境地走进了她所读故事中主人公们的生活，感觉他们就像自己亲密的朋友一般，而且越跟他们在一起越能让她感到快乐。但即使如此，海蒂看起来仍没有真正快乐过，在她的眼里再也见不到那种活泼可爱的神采了。

奶奶待在法兰克福的时间只剩下最后一周了。像往常一样，赛斯曼夫人在午饭后把海蒂叫到自己房间，海蒂抱着她那本大书走了进来。奶奶示意她到自己身边来，然后把书放到一旁，说："到这儿来，孩子，告诉我，你为什么这么闷闷不乐？你心里现在还为那件事难受吗？"

海蒂点点头表示回答。

"你跟上帝说过那件事了吗？"

"嗯。"

"那你每天都向上帝祈祷了吗，祈求上帝让一切都好起来并赐给你快乐吗？"

"没有，我现在一点儿也不想祈祷了。"

"啊！海蒂，你说什么呀？你为什么不祈祷了？"

"祈祷也没有用啊，上帝没听见我说的。"海蒂有些激动地继续说，"我知道每天晚上法兰克福都有很多人在祈祷，上帝不可能全都听到，他肯定是没听到我的请求。"

"你怎么知道他肯定没听见，海蒂？"

"好几个礼拜，我天天都在祈祷同一个愿望，可是上帝一点儿都没帮我实现。"

"别这么说，海蒂，你不该这么想。上帝是我们大家的好父亲，他很清楚，什么事情对我们有好处，即使在我们还不知道的时候也是如此。但是，如果是对我们没有好处的事，不论我们怎么请求，他也不会帮我们实现。如果是对我们有好处的事，就要一直真心地祈祷下去，不要从上帝身边溜走，不要失去对上帝的信赖，那么他马上就会赐福给我们，并且赐给我们更加幸运的事情。你看，也许你祈祷的是对你现在没有好处的事情，但是上帝也能把你的愿望听得清清楚楚，因为他不是跟你我一样的凡人，他能同时听见所有人的祈祷，并且一一做出判断。而且他肯定早就知道，什么是对海蒂有好处的，所以他才这么想：嗯，我以后一定要实现海蒂的愿望。不过，那要等到有益于她的时候，等到愿望可以使海蒂真正快乐起来的时候。要是现在就为她实现愿望，那她以后可能会发现，上帝当时不帮助她实现愿望才好，然后就会哭着说：'要是上帝没有实现我的愿望就好了，现在一点儿都不像我想象的那么好。'而且现在上帝正在天上看着你，看你是否还信赖他，每天是否还在向他祈祷。如果一不顺心就溜走了，不再信任他，也不再祈祷，甚至把亲爱的上帝完全抛至脑后，那么，上帝在众人的祈祷声中就再也听不到你的声音了，上帝就会忘记你，再也不去管你了。当以后碰到不幸的事时，你就会叹息地说：'上帝，请拯救我吧，根本没有人来帮助我！'而上帝会说：'你为什么要从我身边溜走呢？我本来是可以帮助你的，可是你自己从我身边逃开了。'海蒂，你想变成这样吗？还是想立刻回到上帝那儿，为自己的行为道歉，并请求他的原谅，然后每天向他祈祷，相信他会让你的一切都好起来。那样的话，你会重新获得轻松和快乐！"

奶奶说的每一句话都刻在了海蒂的心坎上，因为她十分相信奶奶所说的一切。

"我现在马上就去向上帝道歉，我再也不会忘记上帝了。"海蒂后悔地说。

"这就对了，海蒂，"奶奶鼓励她说，"可别不开心了，在你需要的时候，上帝一定会及时帮助你的。"

海蒂立刻跑去向上帝祈祷，她再也不会忘记上帝了，也请上帝不要忘记自己。

奶奶要走的日子到了——这是克拉拉和海蒂的伤心日。但是奶奶决定不让她们闷闷不乐，而让她们感觉像个节日，让她们一直在开开心心、玩玩闹闹中度过，没有时间为她的离开而伤心，直到她真的坐着马车离开。奶奶离开后，房子一下子变得空荡荡的，异常冷清，而克拉拉和海蒂呆呆地坐在一起，不知所措直到很晚。

第二天上完课，又到了两个孩子在一起的时间，海蒂捧着书，走到克拉拉的房间。海蒂说，如果克拉拉乐意的话，以后每天下午，她都给克拉拉读这本书。克拉拉当然赞成这个好主意，因为不管怎么说，这能让日子过得愉快些。海蒂热心地读了起来，可是没过多长时间，就停住了。因为海蒂读到了老奶奶将要死去这一段，她突然大喊一声："天哪！奶奶死了！"然后悲痛万分地大哭起来。因为不论读什么书，海蒂都觉得上面的故事是真实的，所以她现在就以为是高山牧场上的老奶奶去世了。海蒂哭得越来越厉害，不住地悲叹："奶奶死了，我再也见不到她了。她再也吃不到白面包了！"

而克拉拉不停地跟她解释，这个故事里的奶奶不是高山牧场上的老奶奶，是其他不认识的人。可是海蒂的心情太激动了，即使她最终明白了这一点，也难以平静下来，仍旧伤心地大哭。因为她心里想着，自己离家这么远，在这段时间里，老奶奶也许会去世，可能还有爷爷。如果那样的话，好多年以后，当她再回到高山牧场时，那儿已经物是人非了，到处都死气沉沉的，只有自己孤孤单单一个人，再也见不到自己喜欢的那些人了。

正在这时，罗特迈耶小姐走了进来，刚好听到了海蒂的哭泣声，还有克拉拉的努力解释。可是，这个孩子还是一直哭个不停。罗特迈耶小姐忍无可忍地走到海蒂面前，严厉地说："阿德莱德，你这样没事找事地哭泣太过分了！我可跟你说好了，要是你以后读故事书再掉眼泪，只要让我听到，我就拿走你的书，再也不还给你了！"这句话立竿见影，海蒂被吓得脸色发白，这本书对她来说是最珍贵的财富。她赶紧擦去眼泪，强迫自己忍住抽泣，不再让罗特迈耶小姐听见哭声。这个办法非常奏效，以后不管读什么，海蒂都不哭了。可是她常常得强忍泪水，克拉拉看到这样的她就会说：

"海蒂，你为什么总是这么愁眉苦脸的？我还从没见你这样过。"

因为愁眉苦脸不会发出声音，所以还不至于触犯罗特迈耶小姐。这样，海蒂总是努力地克服这种完全绝望的悲痛，让自己重新恢复正常，所以没有人发现她的悲伤。可是，海蒂渐渐没有了食欲，看起来十分瘦弱，脸色也很苍白。每当吃饭时，海蒂总是把塞巴斯蒂安递给她的盘子推到一边，什么好吃的也不想要。看看海蒂这个样子，塞巴斯蒂安实在于心不忍。他常会像父亲一般小声鼓励她说："吃一点儿吧，小姐，这东西好吃极了！不要这样，要满满一勺才行，对，再来一勺！"可是没有用，海蒂还是什么都不想吃。到了晚上，她就晕头晕脑地上床睡觉，可是眼前总会浮现出高山牧场的一切来。海蒂太想家了，她把头埋到被子里偷偷地低声哭泣，这样就谁也听不到哭声了。

又过了好几个星期，海蒂感觉不到现在是冬天还是夏天，因为从所有的围墙和窗口望出去，外面总是一成不变。而且，每次外出，也只是选择克拉拉身体特好的时候，一起坐着马车出去兜兜风，但也只是极短暂的一小会儿，不然的话，克拉拉的身体会受不了。因此，马车几乎没到过高墙和石板路以外的任何地方，总是到了那附近就折回来，再跑上宽阔漂亮的马路。在那儿，有无数的大房子和人，可就是看不见一点儿花草、枞树和大山。海蒂渴望看到从前熟悉的美丽景色，这种心情一天比一天强烈。只要看到或者读到一点儿能勾起那些回忆的东西，她心里就会痛苦得想哭，却又不得不拼命忍住。就这样，秋天过去了，又送走了冬天，到了太阳把对面房子的白墙照得明晃晃的季节。于是，海蒂知道，又到了彼得带着山羊去高山牧场的时间了。此时，山上金色的岩蔷薇又会在阳光下闪闪发光，而日落时分，周围的群山又会变得像火一样红。海蒂孤单地坐在房间的一角，用手蒙住眼睛，不愿看到对面墙上的阳光。她就这样一动不动地坐在那儿，同她浓重的思乡之情做着无声的痛苦对抗，直到克拉拉再次让人来叫她。

第12章　赛斯曼家出现了幽灵

从前几天开始，罗特迈耶小姐就一副若有所思的样子，一声不吭地在家里走来走去。当黄昏降临的时候，她走过一个房间又一个房间，穿过长长的走廊，还会突然紧张兮兮地看看身后。若是在昏暗的拐角，她感觉仿佛有谁轻手轻脚地跟在她后面，会冷不防地一把抓住她的裙子。罗特迈耶小姐现在可不敢一个人在房里的某些地方走动了。如果她到楼上装饰豪华的客房，或是到下面有些神秘的大会议室，那脚步声就会发出回音，加上墙壁上挂着的老议员们姿态威严的画像——他们的衣领又白又大，似乎在目不转睛地盯着走进屋里的人——所以罗特迈耶小姐常常会叫蒂奈特一起去，正如她所说，没准儿会有什么东西需要拿上拿下。蒂奈特对罗特迈耶小姐总是言听计从，而她自己有事要上下楼时，就会叫塞巴斯蒂安陪她一道去，并且总是有她一个人搬不动的东西，需要他帮忙才行。更奇怪的是，塞巴斯蒂安跟她们比也是半斤八两，如果吩咐他去偏僻点儿的房间，他也一定会叫约翰一起，说要拿的东西没有约翰帮忙就拿不动。尽管从来没有什么东西可拿，一个人去就够了，但是约翰担心不知什么时候自己也会请求塞巴斯蒂安做相同的事，所以他也欣然听从。自从楼上发生了这些事，在这儿干了好多年的厨娘也站在锅碗瓢盆旁，摇头叹息道："长这么大，我还从没碰上这种事。"

原来，赛斯曼家发生了一些奇怪神秘的事。早晨，仆人们下楼时，总会发现大门是敞开的，可到处找也找不到人影。刚开始的时候，大家都以为进小偷了，立刻挨个房间、挨个角落地仔细查看，因为大伙儿都认为小偷事先躲在家里，到了夜里就带着偷到的东西逃走。可是，家里的东西一件都没被动过，也一件不少。于是，到了晚上，大家不仅会给大门上两道锁，还特意用一根木柱顶住大门。但是，仍然毫无改变——第二天一大早，大门照样大开着。而且，无论仆人们早晨多么早起来，鼓足勇气跑下去看，大门仍是敞开着的。四周的一切都沉浸在梦乡之中，附近人家的窗户、大门都关得严严实实的。在罗特迈耶小姐三番五次的要求下，约翰和塞巴斯蒂安终于鼓足勇气同意在楼下大厅隔壁的房里过一晚，看看到底会发生什么事。罗特迈耶小姐找出赛斯曼先生的几样武器，还给了塞巴斯蒂安一大瓶酒壮胆。

当天晚上，两个人先坐下喝酒壮胆。酒一下肚，他们就开始说个不停，后来昏昏欲睡。最后，他们都靠在座位上懒得说话了。当午夜的钟声敲响时，塞巴斯蒂安重新打起精神，想叫起同伴，可怎么也叫不醒约翰，他的脑袋随着叫声一会儿倒向这边，一会儿倒向那边，然后继续呼呼大睡。塞巴斯蒂安只好打起十二分的精神，全神贯注地竖起耳朵听周围的动静。一切都静悄悄的，大街上也是寂静无声。周围实在安静得可怕，这让塞巴斯蒂安睡意全消，他有点儿害怕，只能再去叫约翰，不时地推推他。终于迎来了一点的钟声，约翰总算睁开了眼，并且一下子清醒过来，奇怪自己为何不睡在床上而是坐在椅子上。于是，他腾地一下勇气十足地站起来，喊道："快，塞巴斯蒂安，我们必须出去看看是什么情况！你用不着害怕，跟我来！"

约翰打开房门，走进大厅。就在这时，突然从敞开的大门吹进一股强风，把约翰手里的蜡烛吹灭了。约翰猛地后退一步，差点儿把站在他身后的塞巴斯蒂安撞倒。他一把抓住塞巴斯蒂安，把他拉回房间，赶紧关上门，发疯似的把门锁拧到了头。这时，他才掏出火柴重新点亮蜡烛。塞巴斯蒂安因为刚才躲在约翰高大的身子后面，没看见大门敞开着，也没感觉到刚才那阵风，所以对这一突发事件一点儿也不清楚。可是，一有了亮光，塞巴斯蒂安定睛一看，便看到了惊恐的一幕，约翰的脸色像死人一样白，浑身直打战。

"你怎么了？你到底在外面看见了什么？"塞巴斯蒂安关切地问道。

"门半开着，"约翰气喘吁吁地说，"还有，楼梯顶上有个白色人影——他站在那儿，然后忽然就不见了。"

塞巴斯蒂安一听，浑身冰凉。两人紧紧靠在一起，一动也不敢动，直到黎明来临，街道重新活跃起来，他们两人才一起走出房间，关上大门，然后上楼打算把夜里发生的一切报告给罗特迈耶小姐。罗特迈耶小姐已经在等他们了，她急切地想知道事情到底如何，所以压根儿整夜没睡。罗特迈耶小姐一听完他们对昨晚经历的描述，便立刻坐下来给赛斯曼先生写信。赛斯曼先生有生以来还从未收到过类似的信。信上说，她几乎写不了字，害怕得连手指都僵硬了，还要求赛斯曼先生一刻也别耽误，立即动身回来，因为家里发生了一些极其可怕的怪事。然后她又详尽描述了家里发生的一切。

她还说一连几个早上,家里的大门都敞开着,在这种毫无保障的情况下,家里每个人都在担心自己的生命安全,而且完全无法预料这可怕的事情还会带来什么样的严重后果。

赛斯曼先生立刻回信说,他实在没有办法放下手头的一切立刻赶回家。还说,幽灵的故事让他感到惊讶至极,他希望幽灵这件事现在已经过去了。不过,要是继续家无宁日,就请罗特迈耶小姐写信问问奶奶,看看她能不能来法兰克福帮忙。他确信赛斯曼夫人一定能在短时间内打发走幽灵,让他们不再来打扰家人。

罗特迈耶小姐对这封信的语气并不满意,她觉得主人对这件事重视得还不够。她又立刻给赛斯曼夫人写了一封信,可是从她那里也没有得到令人满意的回答,信里有些话甚至令人很不快。赛斯曼夫人认为,她不能因为罗特迈耶无中生有地说见过幽灵,就特地大老远地从荷尔斯泰因跑到法兰克福来。而且据她所知,赛斯曼家从未出现过幽灵。如果现在来了个幽灵,没准儿还是活的,那依靠罗特迈耶就足够应付了。要是行不通,就找个守夜人来帮忙。

但是,罗特迈耶小姐已经下定决心不再这样提心吊胆地过日子了,而且她也知道实现目的的有效途径。直到现在,她还没对两个孩子说起过幽灵的事情，因为她担心孩子们一旦知道，就会一刻也不能没人陪伴，如果真是这样，就是自己给自己找麻烦了。可现在，罗特迈耶小姐径直走进书房，神秘兮兮地低声告诉两个孩子最近发生的一桩桩事情。克拉拉一听立即大喊大叫起来，说她一刻也不能一个人待着，必须让爸爸回来，罗特迈耶小姐晚上也必须来她房间和她睡在一起，海蒂也不能单独待在屋里，否则幽灵可能会对海蒂不利。克拉拉坚持认为，大家都应集中睡在一个房间里，而且要整夜亮着灯，蒂奈特最好睡到隔壁，塞巴斯蒂安和约翰夜里睡在楼上的大厅里，这样幽灵一出现在楼梯上，他们就可以立即大声叫喊，把幽灵赶跑。总而言之，克拉拉太激动了，罗特迈耶小姐费了好大的劲儿才让她平静下来。她向克拉拉保证，立即给她爸爸写信，还把床铺搬到克拉拉的房间，时时刻刻都不会让她落单。她还说，她们不能全都挤在一个房间里睡觉，要是海蒂害怕的话，可以让蒂奈特睡在那里。可是，幽灵是什么，海蒂还从来没有听说过，比起幽灵，她更怕蒂奈特。所以她向其他人保证说，她不害怕什么幽灵，宁愿晚上一个人睡觉。

罗特迈耶小姐现在又坐下来给赛斯曼先生写信：家里还

是继续发生这些神秘莫测的事情，已经影响到克拉拉虚弱的身体，不知道可能会出现什么样的严重后果，譬如突然导致癫痫病或者舞蹈病。而且万一家里的警报响起来，她一个人没法躲开，这样克拉拉就容易受到伤害。

这次的信果然发挥了作用，两天后，赛斯曼先生就出现在了自家的大门口，并使劲儿拉响了门铃。大家都从房子各处跑到一起，站在那里惊慌地你看看我，我看看你，以为是那个厚脸皮的幽灵开始大白天出来捣乱了。塞巴斯蒂安战战兢兢地透过半开的百叶窗朝外望。就在此时，又响起了尖厉的门铃声，毫无疑问，这猛烈拉扯门铃的肯定是人的手。塞巴斯蒂安认出了这是谁的手，于是匆忙奔出房间，结果一个倒栽葱滚下了楼梯。一滚到底下，他就爬了起来，飞跑过去开门。赛斯曼先生简单地冲他打了个招呼，就一刻不停地跑到楼上女儿的房间。克拉拉高兴极了，大叫着欢迎爸爸，看到她这么活泼，似乎没什么变化，他心里才不再担忧。女儿一点儿事也没有，看见爸爸回来特别开心，而且她对家里出现幽灵还异常兴奋，因为多亏了它，爸爸才会回家，当他从女儿的口中得知这一切时，他紧皱的眉头渐渐舒展开来。

"幽灵的事怎么样了？"赛斯曼先生转向罗特迈耶小姐

问道,目光里一派轻松悠闲。

"这不是开玩笑,我向您保证,"罗特迈耶小姐回答,"到了明天您就笑不出来了,赛斯曼先生,家里发生的事情表明,这所房子里过去肯定发生过什么可怕的事情,而且还被隐瞒了。"

"哦,对此我倒是一无所知。"赛斯曼先生说,"不过,请你还是别对我那些德高望重的老祖宗们抱有什么怀疑了。请你把塞巴斯蒂安叫到餐厅来,我想和他单独谈谈。"

赛斯曼先生早就发现塞巴斯蒂安和罗特迈耶小姐有些合不来,可能塞巴斯蒂安对这次的恐慌有自己的想法。

"请到这边来,伙计,"赛斯曼先生对刚刚进来的塞巴斯蒂安说,"希望你老实告诉我,是不是你为了捉弄罗特迈耶小姐才装神弄鬼的?"

"不,我尊敬的老爷,恳请您别这样乱猜!这次的事我也被吓得够呛。"塞巴斯蒂安确定无疑地回答。

"如果是那样的话,我明早就会让你和约翰在大白天看看幽灵的真面目。不过,塞巴斯蒂安,你难道一点儿都不觉得惭愧吗?像你这么高大魁梧的男子汉,却因为幽灵而逃跑!好吧,你现在马上到我的医生朋友那儿去一趟,代我问候他，并请他今晚九点务必准时到这儿来。就说我特地从巴黎赶回来，向他咨询病情。可是病情太重了，必须请他守护一晚上，所以请他做好相应的准备。你明白了吗？"

"明白了，先生，"塞巴斯蒂安答道，"我这就按您说的去办。"随后，赛斯曼先生回到克拉拉那儿，安慰她说不用再害怕了，因为很快就能揭开幽灵的真面目并让事情有个了结。

孩子们上了床，罗特迈耶小姐休息去了，医生也在九点如约而至。他头发灰白，但气色很好，是个目光和善的人。他进门时看起来有些担心，可是一见到他的病人，就爽朗地大声笑起来，拍着朋友的肩膀说："哎呀，瞧瞧，你脸色相当不错啊，我本以为是要彻夜照看病人呢！"

"别急，老朋友，"赛斯曼先生说，"要是我们逮住那家伙，你彻夜看护的人肯定脸色更糟糕。"

"那么就是家里有病人，不过必须先抓住才行吗？"

"比这更糟，医生！家里来幽灵了！家里闹鬼了！"

医生大笑起来。

"这可是发挥你同情心的好时机，医生！"赛斯曼继续说，"可惜的是，我们家的罗特迈耶小姐没听到你大笑，她坚信，这是因为赛斯曼家的祖先犯下了可怕的罪孽，幽灵才在这里苦苦徘徊。"

"她是怎么认出你家族的祖先的呢？"医生乐不可支地问。

于是，赛斯曼先生向医生讲述了夜里大门被打开的事，这是家里的仆人们都能证明的，因此为了以防万一，他还在看守的房里放了两把装满子弹的左轮手枪。若只是哪个仆人搞的恶作剧，好趁主人不在家的时候吓唬吓唬家里人——真要是这样，就放空枪，稍微吓吓他也就行了——也说不定是哪个小偷干的，他先用这一招让大家以为房里有幽灵，这样他以后下手就安全多了，即使有人听到声响，也不敢出来。在这种情况下，一件好武器还是很有用的。

他们两人今晚所待的地方就是上次约翰和塞巴斯蒂安守夜的房间。桌上摆着一瓶葡萄酒，赛斯曼先生觉得夜里不时地用这个提提神倒也不错。瓶子边还放着两把左轮手枪，两支大蜡烛也已经被点亮了，因为即便是赛斯曼先生，也不喜欢在昏暗的房间里等待幽灵出现。

房门被锁上了，不让太多的亮光透到外面的大厅里去，以免吓跑幽灵。现在两人正舒舒服服地坐在安乐椅上，开始谈天说地，再不时地来点儿葡萄酒，十二点的钟声不知不觉就敲响了。

"那位幽灵可能感觉到我们在这儿等他，今晚不打算来了。"医生说。

"稍微再等等，听说他一般在一点钟左右才会出来。"赛斯曼先生答道。

交谈又继续进行下去。一点的钟声敲过了，但无论是屋里还是外面的街道，都听不到一点儿动静。突然，医生伸出他的指头：

"嘘！赛斯曼，你听到什么没有？"

两人竖起耳朵。他们清晰地听到，门闩被轻轻地打开，紧跟着是钥匙在锁里转动的声音，大门被打开了。赛斯曼先生猛地抓起手枪。

"你不害怕吧？"医生说着也站起身。

"还是小心为妙。"赛斯曼先生小声说着，跟在医生后面。医生也同样全副武装，举着蜡烛轻手轻脚地走在前面。他们走进大厅，皎洁的月光从敞开的门口照进来，照在一个白色的人影上，他正一动不动地站在门口。

"是谁在那里？"医生大声喊道，喊声响彻了整个大厅。两人举着烛台和手枪，走近那个人影。

白色人影转过身来，发出一声低低的惊叫。身穿白色睡衣、光脚站在那儿的正是海蒂。她惊恐地望着蜡烛和手枪，浑身上下瑟瑟发抖，如同风中的树叶一般。两人大吃一惊，彼此看了看。

"赛斯曼，我可以确定，她就是之前那个给你打水的孩子。"医生说。

"孩子，你这是怎么了？"赛斯曼先生问道，"你想做什么？为什么下楼到这儿来？"

海蒂被吓得脸色雪白，用几乎听不见的声音回答："我不知道。"

医生走上前来，说："赛斯曼，这事儿还是由我来处理吧，你先到里面坐上一会儿。我必须先把这孩子带回楼上的卧室。"

说完，他慈祥地牵起海蒂的手，和她一起上了楼。"别怕，别怕，"医生一边上楼一边说，"放心吧，没什么好害怕的。一切都很好，不过你要平静下来。"

一走进海蒂的房间，医生就把蜡烛放在桌上，又抱起海蒂把她放到床上，细心地为她盖好被子。然后，他坐到旁边的椅子上,等海蒂慢慢安静下来,不再剧烈地发抖。过了一会儿,他拉起孩子的手,亲切地安慰她说:"怎么样,好多了吧?那么现在你能告诉我,你是想去哪儿吗?"

"我哪儿也不想去,"海蒂说,"不是我自己要下去的,不知怎么搞的,我就到下面了。"

"是这样啊,那你做梦了吧?在梦里有没有清清楚楚地听到或看到什么?"

"嗯,我每天晚上都做梦,而且还做一样的梦。我以为自己回到爷爷那儿了,听到屋外的枞树在哗哗作响,还看到天上的星星亮晶晶地闪烁着,所以我就连忙打开小屋的门,跑了出去,一看,外面的景色真是美极了!可是,当我醒来,我还是在法兰克福。"海蒂说到这儿,努力把快要流出的泪水忍回去,那样子似乎都要窒息了。

"哦,那你有没有感觉哪儿疼?头部、背部都不疼吗?"

"不疼,只是这儿总感觉像压了一块大石头。"

"哦,是不是就像你吃东西咽不下一样?"

"不,不是这样的,是感觉很沉重很沉重,像是想痛痛快快大哭一场一样。"

"我懂了，那你尽情地哭出来过吗？"

"没有，我不能哭。罗特迈耶小姐不许我哭。"

"所以，你就总是把它们咽下去，是吗？那你在法兰克福过得开心吗？"

"是的。"海蒂低声回答，可那口气听起来更像在说"不"。

"那么你以前和爷爷住在哪里呢？"

"住在高山上。"

"那里是不是没什么好玩的，还挺乏味的？"

"不，不是的，那里非常好玩，也很有趣！"海蒂再也说不下去了。对过去的回忆，跟刚才经历的激动和长时间忍住的泪水掺杂在一起，使她再也按捺不住，泪水一下子涌了出来，海蒂突然号啕大哭起来。

医生站起身，轻轻地把海蒂的头放到枕头上。"就这样，好好哭一会儿吧。这没什么关系，哭完后就睡觉。到了明天，一切都会好起来的。"

说完，医生离开房间，到楼下去找赛斯曼先生。他再次坐到朋友对面的安乐椅上。"赛斯曼，"他说，"我首先要告诉你的是，你照顾的这个孩子得了梦游症。她就是那个每天晚上打开大门的'幽灵'，是她让你家的那些人吓得骨头都软了。其次，这个孩子患了严重的思乡病，现在几乎已经瘦得皮包骨头了，并且很快就会变得更严重，所以我们必须要采取措施才行。第一个症状，是她的神经过于亢奋造成的，只有一种治疗方法，那就是立刻送她回到故乡，回到那片有大山的天空下。至于第二个症状，同样只有一种疗法，和刚才的方法一模一样。所以，我的处方就是，必须让孩子明天就动身回家。"

赛斯曼先生一听完医生的话就站了起来，焦虑不安地在房里走来走去。

"什么？"然后他叫道，"这孩子得了梦游症？生病了？思乡病！到我家后就变得皮包骨头了！这都是来我家后才发生的！而且还谁都没发现，谁都不知道！医生，你是说，这孩子活蹦乱跳、健健康康地到我这儿来，现在我却要把闷闷不乐、骨瘦如柴的她送回去给她爷爷？不，我不能这样做，你不能指望我做出这种事来！现在你负责照顾她，你想怎么做就怎么做，只要她能痊愈，恢复健康，然后，她想回家我就送她回去。不过在这之前，请你一定要先把她的病治好。"

"赛斯曼，"医生答道，"请你好好想想，你在做什么！孩子这病根本不是用药能治好的。这孩子的体质本来就不太好，不过，假如你能马上把她送回去，在高山的空气中她还会恢复健康，不这样做的话——难道你宁愿等到这孩子无药可救了时才送她回去？"

赛斯曼先生愣住了，医生的话让他震惊不已。

"既然你这么说，医生，那我就别无选择了，我立刻着手办这件事。"于是，他和医生跑上跑下地准备开了，然后医生便告辞了。从他们坐下来开始处理这件事，不知不觉时间已经过去很久了，当这家主人亲自打开大门时，清晨的阳光已经照到屋里来了。

第13章　高山牧场上的夏日夜晚

赛斯曼先生有些恼怒，他激动地快步走上楼，径直走到罗特迈耶小姐的卧室门口，用大得离谱的声音敲起门来，以至于正在睡觉的罗特迈耶小姐发出一声惊叫，醒了过来。这时，门外传来了主人的声音："请尽快到餐厅来，我们要马上做好出门的准备。"罗特迈耶小姐一看挂钟，才凌晨四点半，她这辈子还从没这么早起过。到底发生了什么事？她因为好奇和激动，手忙脚乱，把东西都弄错了，用"欲速则不达"形容她现在的样子再合适不过了。她甚至还慌慌张张地满屋子找衣服，其实早就穿在她身上了。

与此同时，赛斯曼先生正在走廊里使劲儿地拉响每个仆人房间前用于叫唤他们的铃铛，吓得仆人们纷纷从床上蹦下来，都以为主人被幽灵攻击了，正在寻求帮助。于是，他们一个接一个提心吊胆地走到餐厅，可一见他们的主人就全愣住了，他看起来很不错，正兴致勃勃地走来走去，一点儿都不像碰到幽灵的样子。他命令约翰即刻去准备马车；又吩咐蒂奈特去叫醒海蒂，让她做好旅行的准备；又让塞巴斯蒂安迅速赶到迪特做工的地方，把她接过来。罗特迈耶小姐终于打扮好下来了，她的衣服倒是穿好了，但是帽子戴反了，看上去仿佛是脸长在了后背上。赛斯曼先生看见罗特迈耶小姐这副怪模样，知道是因为自己太早叫醒她了，但还是一刻不停地指示她，让她马上去准备一个皮箱，把那个瑞士小女孩——赛斯曼先生不习惯叫"海蒂"这个名字，所以总这么称呼她——的所有东西都打包装进去，然后再多送给她一些克拉拉的衣服，这孩子就能多带些好衣服回家了。不过，这一切都得迅速做完。

罗特迈耶小姐惊诧不已，仿佛生了根似的站着不动，只是目瞪口呆地盯着赛斯曼先生。她原以为主人会私下把夜间碰上的令人毛骨悚然的故事告诉她，心想反正现在天亮了，她倒也乐意听听。可主人不但没有提及，反而交给她这么一件既无趣又麻烦的事。这突如其来的情况让罗特迈耶小姐一下子没从惊讶和失望中缓过来，仍呆呆地站在那儿，等待主人做进一步说明。

然而，赛斯曼先生并不想再做什么解释，说完就撇下她一个人站在那里，去找克拉拉谈话了。果然跟预计的一样，克拉拉已经被家里少见的乱糟糟的声音吵醒了，正躺在那儿听着，想了解到底发生了什么事。父亲坐到女儿床边，把昨晚发生的事情如实告诉了她，还把医生的意见解释给她听：海蒂得了重病，她在夜里梦游会越走越远，最后说不定会爬到屋顶上去，那就会有生命危险了。所以他和医生决定立刻送她回家，因为他也无法承担这种责任。他相信克拉拉也能明白除此之外别无他法。

但克拉拉对此十分沮丧，她先是想方设法力求把海蒂留下来，可是父亲决心已定。不过，他答应克拉拉，要是她听话、懂事，明年夏天就带她去瑞士看海蒂。克拉拉这才无可奈何地妥协了，不过她要求把海蒂的皮箱拿到自己的房间来，在这儿收拾行李，这样，她就可以把海蒂喜欢的东西全放进去，父亲还愉快地建议克拉拉给海蒂准备一套漂亮的衣服。这期间迪特已经过来等候在大厅了，她琢磨着在这个异乎寻常的时辰把她叫过来，肯定是发生了什么意外。赛斯曼先生走出来，对她讲述了海蒂的状况，并说他希望今天就把孩子送回家。迪特大为失望，她根本没想到会发生这种事。她还记得临走前大叔最后说的那几句话，他希望再也不要见到她。"一会儿把孩子带到爷爷那儿,一会儿又把孩子带走,现在又要把孩子送回去。"想到这儿,她觉得自己这么做实在不太妥当也不太明智。于是,她开始在赛斯曼先生面前滔滔不绝地为自己开脱:今天无论如何都没法儿把她送回去,明天更不行,接下来的几天也有一大堆的活儿要干,自己也不确定能不能脱开身。赛斯曼先生看穿了迪特根本不愿去的心思,二话没说就立刻打发她回去了。然后赛斯曼先生叫来塞巴斯蒂安,让他做好出门的准备。今天他就得带着孩子到巴塞尔,明天再把她送到家里。他会写信让塞巴斯蒂安带给孩子的爷爷,信里会解释这一切,而塞巴斯蒂安自己可以马上回来。

"但是,我希望你要特别注意一件事,"赛斯曼先生最后说,"你一定给我好好办妥!这张名片上写的是我认识的巴塞尔的一家旅馆的地址,他们会给你和这个孩子安排个好房间。到了那儿以后,你要先去孩子的房间,看看窗户是不是都关严实了,不能轻易被人打开。等孩子上床以后,你要从外面把房门锁上,因为这孩子有睡觉乱走的毛病,要是在别处也从楼上跑下来,打开大门什么的,就不知会有多危险了,你明白了吗?"

"啊！原来是这么回事！"塞巴斯蒂安惊叫道，他顿时明白了"幽灵"的真面目。

"是啊，是这么回事！你是个胆小鬼，你可以告诉约翰，他也是个胆小鬼，家里全是一群大惊小怪的傻瓜。"说完，赛斯曼先生回到书房开始给奥姆大叔写信。塞巴斯蒂安则傻傻地站在那儿。

"我要是没被约翰那胆小鬼拽进房间，而是去追那个白影就好了，要是我现在看到，肯定会这么干的！"他自言自语道。是啊，只不过现在太阳把屋里的角角落落都照得亮堂堂的了。

这边，海蒂正懵懵懂懂地穿上星期天的礼服，等待接下来会发生的事，因为蒂奈特只是把她摇醒，再给她穿上衣服，别的什么也没说。蒂奈特绝不会屈尊跟这个没有教养的孩子说话。

赛斯曼先生拿着信走进餐厅，这时早饭已经准备好了，他问道："那个孩子在哪里？"海蒂被带进来了。当她走近赛斯曼先生说"早安"时，赛斯曼先生好奇地望着她的脸问道："喂，你想对我说什么，小家伙？"

海蒂迷惑不解地看着他。

"看来你还什么都不知道,"赛斯曼先生笑着说,"今天你就要回家了,待会儿就走。"

"回家?"海蒂连声嘀咕着,脸色煞白。她感动极了,几乎好一会儿都喘不上气来。

"怎么,你不相信吗?"

"不,我太高兴了。"海蒂喊道,她的脸兴奋得由白变红了。

"好,那就好,"赛斯曼先生坐下来,示意海蒂也坐下来,"不过,现在你要好好吃早饭,吃完后就坐上马车出发。"

海蒂非常听话,努力想多吃一点儿,却一口也咽不下去。她太激动了,不知道这是真的还是在做梦,她该不会一睁眼又穿着睡衣站在大门口吧。

"让塞巴斯蒂安多带些干粮。"赛斯曼先生向刚好走进来的罗特迈耶小姐说。"你什么也吃不下,这很自然。现在你到克拉拉那儿去一下,等马车准备好了就下来。"他转而和蔼地跟海蒂说。

这正是海蒂所希望的,她飞快地跑上楼去。房间正中央放着一个大皮箱,盖子敞开着。

"快来，海蒂！"克拉拉一见海蒂进来就喊，"你看，这些都是我帮你放进去的——你喜欢吗？"

说着，克拉拉一一展示起那些礼物：衣服、围裙、手绢，以及各种针线材料。"还有这个。"克拉拉一边说一边炫耀般地举起一个篮子。海蒂往里一瞧，高兴得直跳，原来里面足足装着十二个又新鲜又白净的圆面包，这是送给老奶奶的礼物。两个孩子高兴得手舞足蹈，把就要分别的事忘在了脑后。这时突然传来"马车来了"的喊声，她们连伤心的工夫都没有了。

海蒂又跑回自己的房间去拿她那本喜爱的书。她清楚没人会把它放到皮箱里，因为海蒂白天晚上都舍不得放下它，就把它塞到枕头底下去了。海蒂把它跟面包一起放到篮子里。然后，她打开衣柜寻找另一样东西，多半也没人会想到要把它装到包里——她猜想的没错，那条红色的旧围巾还在那儿，罗特迈耶小姐可不会觉得这种东西也值得放进去。海蒂包了一样东西在这条围巾里，并放到篮子的最上面，这样一来，这个红色包裹就显得格外醒目。做完这一切，海蒂戴上她漂亮的帽子，离开了房间。

两个孩子道别的时间所剩无几，因为赛斯曼先生已经等着把海蒂抱上马车了。罗特迈耶小姐站在台阶的最上层跟海蒂告别。当她的视线忽然落在这个怪模怪样的红色包裹上时,立即一把夺过篮子,扔到地上。"不,这不行,阿德莱德,"罗特迈耶小姐责备道,"你不能拿这种玩意儿回去,你怎么连这种破烂儿都要拿回去!好啦,再见。"海蒂被她这一说,不敢上前捡包裹,她哀求似的望着这家的主人,显然她最宝贵的东西被抢走了。

"不,不要这样,"赛斯曼先生坚决地说,"她可以把她喜欢的一切都带回家去,小猫、乌龟也可以,只要她喜欢。我们没必要要求她太多,罗特迈耶小姐。"

于是海蒂飞快地捡起包裹,眼里充满欢喜和感激。当她站在马车边上时,赛斯曼先生与她握了握手并告诉她,不要忘记他和克拉拉,他祝愿她旅途愉快。而海蒂也真心地感谢他为自己所做的一切,最后又加上一句:"请您代我向那位医生说声再见,还有万分的感谢。"海蒂还清楚地记得昨晚医生说过的话:"到了明天,一切都会好起来的。"海蒂觉得,这毫无疑问是他帮助她的结果。随后,海蒂被抱上马车,篮子和干粮也放了进来,塞巴斯蒂安也上了马车。赛斯曼先生再一次喊道:"旅途愉快!"接着,马车跑动了起来。

没过多久,海蒂就坐在了火车上,她把篮子牢牢地放在膝盖上,一刻也不愿松开手。要知道,这里面放的是送给奶奶的可口的面包,所以她一定要小心翼翼地呵护好它,甚至还时不时地看看这些面包。一连几个小时,她都一言不发地坐在那里,直到现在,她才真真切切地意识到,自己正在回爷爷家的路上,回到高山牧场,回到奶奶和彼得那儿,她即将见到的画面一幅接一幅地浮现在她眼前。现在,家乡的一切又会变成什么样了呢?她忽然又想到一个新问题,担心地问道:"塞巴斯蒂安,山上的奶奶一定还没有去世吧?"

"当然还好好的,"塞巴斯蒂安安慰她说,"不会有这种事,她肯定还活着。"

海蒂又回到自己的思绪中。她还时不时地瞧瞧篮子,努力想象着这些面包全摆到奶奶的桌上时会是什么情景。一阵长久的沉默后,她又说:"塞巴斯蒂安,你肯定知道奶奶还活着吧?"

"当然了,"塞巴斯蒂安迷迷糊糊地回答,"肯定还活着,她没理由死去的。"

过了一会儿,海蒂也犯困了,经过昨晚的一番折腾,再加上今天起得那么早,她睡得很熟,直到塞巴斯蒂安使劲儿摇着她的胳膊,喊道:"快醒醒,快醒醒!马上就要下车了,我们到巴塞尔了。"她才醒过来。

第二天,两人又在火车上颠簸了几个小时。海蒂仍旧把篮子放在膝盖上,不管什么时候她都不愿交给塞巴斯蒂安保管。今天海蒂甚至没开过口,因为她太激动了,这种激动随着火车一站一站地接近目的地而越发强烈,使她都说不出话来了。忽然,传来了令海蒂惊喜的叫喊声:"梅恩菲尔德。"她和塞巴斯蒂安一下子全都站了起来,塞巴斯蒂安也吃了一惊。不一会儿,两人就带着海蒂的皮箱站在月台上了,而火车继续鸣着汽笛向山谷开去。塞巴斯蒂安眼巴巴地望着火车远去,毕竟徒步爬山总比舒适地坐在火车上旅行费劲儿多了,特别是在塞巴斯蒂安看来,在这样一个人和事都未完全开化的国家里徒步走路,是一件充满危险的事情。于是,塞巴斯蒂安警觉地四处看看,想找个人问问,去德夫里村走哪条路最安全。

就在车站的外面,他看见一辆破破烂烂的运货小马车和一匹瘦骨嶙峋的小马,一个肩膀宽宽的小伙子正把火车运来的几个大袋子搬到马车上。塞巴斯蒂安便朝他走过去,向他打听走哪条路去德夫里村最安全。

"这里哪条路都安全。"对方简短地回答道。

于是,塞巴斯蒂安换了个问题,问哪条路最好走,不用担心掉下悬崖,又顺便问了问怎样才能把皮箱运到德夫里村。小伙子看看皮箱,估计了一下大小,说自己待会儿正要去德夫里村,要是皮箱不太沉的话,他可以帮着运过去。两人来回商量了一会儿,最后决定让他把海蒂和皮箱一起带到德夫里村,之后再找人把海蒂送到高山上去。

"我自己一个人能行,我认得从德夫里到山上的路。"一直认真听着他们商量的海蒂突然插嘴。塞巴斯蒂安一听,大大松了一口气,他终于可以不用爬山了。他把海蒂拉到一边,把一个沉甸甸的裹着金箔的小纸包和那封给海蒂爷爷的信递给她,并嘱咐道,这个小纸包是赛斯曼先生送给她的礼物,一定要把它放到面包的下边,就是篮子的最底下才行,并且要小心看管,千万别弄丢了。如果弄丢了的话,赛斯曼先生会非常生气,而且一辈子都会不高兴的,所以她得好好记住他的话。

"我一定不会把它弄丢的。"海蒂信心十足地说,然后立刻把小纸包和信一起放到篮子最底下了。那边,皮箱已经被搬上了马车,塞巴斯蒂安把海蒂和篮子一起抱到马车的座位上,然后和海蒂握手告别,并做手势提醒她要注意篮子,因为赶车的人就在旁边,所以塞巴斯蒂安觉得最好还是小心点儿,特别是他深知自己本应该亲自把她送到家的。那个车夫跳上马车,坐到海蒂的旁边,之后马车便向山那边驶去。塞巴斯蒂安一想到自己不用又累又危险地徒步旅行就庆幸不已,于是就在车站里坐下,等待返回的火车。

这个赶马车的小伙子在德夫里村开了一家面包店,正要把几袋面粉运到店里。他从没见过海蒂,但和德夫里村的所有人一样,都知道海蒂这个人。他还认识海蒂的父母,所以不消片刻就确定她是那个大伙儿都议论纷纷的孩子。他开始好奇,这孩子为什么又回来了,于是他一边赶马车,一边跟海蒂搭讪:"你就是那个跟爷爷,就是奥姆大叔住在一起的孩子吧?"

"嗯。"

"是不是那家人对你不好,你才这么快就跑回来的?"

"不,不是那样的。在法兰克福的日子再好不过了。"

"那你又为什么跑回家来?"

"因为赛斯曼先生允许我回来了,不然,我还是不能回来的。"

"既然他们要你待在那儿,那你为什么不继续待在比家里要好得多的地方呢?"

"因为我无数次觉得,在这个世界上,没有比山上的爷爷那儿更好的地方了。"

"到了山上,你大概就不会这么想了吧。"车夫嘀咕了一声,然后又自言自语道,"这孩子真奇怪,没准儿就她知道是怎么回事。"

他开始吹起口哨,不再说什么了。海蒂望着四周,开始激动地颤抖起来,因为周围的一草一木她都那么熟悉。上边那高耸的锯齿形山峰,就像个亲切的老朋友那样俯视着她。于是,海蒂也向它们点头问好。这样,越往前走,她心里就越难以平静,甚至想从马车上跳下去,用尽全力跑上山去。但海蒂还是安静地坐着,一动也不动,只是她的内心却处于极度的激动不安之中。

当大钟敲响五下时,马车驶进了德夫里村。一群女人和孩子一下子围到了马车周围,因为马车上的皮箱和这个小姑娘引起了村民的注意,大家都好奇她从哪里来,要到哪里去,她是谁家的孩子。当车夫把海蒂从马车上抱下来时,海蒂急切地说道:"谢谢了,过一会儿爷爷会来取皮箱的。"说完她就想跑开,可是看热闹的人从四面八方围过来,挡住了她的去路,七嘴八舌地询问她各种问题。海蒂满脸惊恐,人们这才不由自主地让开一条路,让孩子跑了出去。

"你看到了吗?"他们纷纷议论,"那个孩子有多害怕呀,不过这也不奇怪。"接着,他们又谈论起奥姆大叔,这一年来,他比以往任何时候都要糟糕,和谁都不说话,路上碰见了人,就好像要把别人杀了似的,那孩子要是在这世上还有其他地方可去,肯定不会跑回这可怕的恶魔巢穴。这时,车夫却插话说,他比大伙儿更清楚这件事,接着又神秘兮兮地说起一位和善的绅士是怎么把海蒂送到梅恩菲尔德,然后又非常亲切地和她告别,而且一点儿都没和他讨价还价,就给了他要的车费,还加了一点儿小费。更重要的是,那孩子明确地告诉他,她在那户人家过得非常幸福,那里应有尽有,是她自己渴望重新回到爷爷身边。这些消息让村里人大吃一惊,并立刻传遍了德夫里村。当天晚上,几乎家家户户都在议论这条令人震惊的新闻——海蒂丢下法兰克福的好日子不过,又回到爷爷身边。

海蒂从德夫里村出来,竭尽全力飞奔上山。她跑得上气不接下气，只好时不时地停下来，这也因为她胳膊上挎的篮子又沉又重，而且越往上走，山路越陡峭。但海蒂现在心里只有一个念头：奶奶现在是不是还坐在屋子角落里的纺车旁？会不会已经去世了？不一会儿，奶奶家坐落在大山洼的房子终于进入了海蒂的视野，她的心开始怦怦跳个不停。她越跑越快，她的心也跳得越发厉害了。总算到了房子跟前，她却浑身战栗得几乎打不开门——她终于站在屋内了，却气喘吁吁得连一句话也说不出来。

"哎呀，我的上帝啊！"角落里传来了喊声，"我们的海蒂总是这么跑进来。要是有生之年再见她一次就好了！喂，是谁在那儿？"

"是我，奶奶，是我呀。"海蒂喊着，冲向奶奶并蹲在奶奶跟前，抓住奶奶的双手，依偎在她身边，高兴得说不出话来。一开始，这突如其来的惊喜也让奶奶开不了口，后来她用手抚摸着海蒂的鬈发，不停地说："真的，真的，这是那孩子的头发，这是她的声音。啊，感谢上帝，您终于听到了我的祈祷！"欢乐的泪珠一大滴一大滴地从奶奶那看不见东西的眼里落下来，落到海蒂的手上。"真的是你吗，海蒂？你真的又回来了吗？"

"是呀，奶奶，真的是我！"海蒂用肯定的语气喊道，"别哭了，我真的回来了，以后我再也不会离开这儿了，还会天天来看您。奶奶，这段时间您可以不用再吃又干又硬的面包了，您看，奶奶，您看看！"海蒂把篮子里的面包一个一个地拿出来，整整十二个都放在奶奶的膝盖上。

"哎呀，孩子！哎呀，孩子！你给我带来了多好的东西啊！"老人家喊道，"可是，你才是我收到的最好的礼物，海蒂。"她又用手抚摸海蒂的头发，摸摸她发烫的小脸蛋儿说，"跟奶奶说说话呀，孩子，让奶奶听听你的声音。"

于是海蒂对奶奶说，她不在这里的那段时间非常担心，万一奶奶不在了，那就吃不到她送的白面包了，而且再也见不到奶奶了。

这时，彼得的妈妈走进家门。看到海蒂，她大吃一惊，一下子愣住了，呆呆地站在那儿。"真的，是海蒂回来了！"她惊叫起来，"这到底是怎么回事啊？"

海蒂站起身，和她握了握手。布丽奇特则惊羡不已地把海蒂上上下下打量了一番，又围着她转了一圈，大叫道："妈妈，您要是能看见就好了，海蒂穿着一身多漂亮的衣服啊，您看了都会认不出来。桌上那顶插着羽毛的帽子也是你的吧？来，戴上帽子让我瞧瞧，你到底变成什么样了！"

"不，我不想戴它，"海蒂坚决地说，"要是你喜欢，就送给你吧，我已经不需要它了，我自己还有一顶呢。"说完，海蒂打开那个红色包裹，拿出自己那顶旧帽子，经过这一路颠簸，这顶破旧的帽子变得更加皱巴巴。可是，海蒂并不在意这些，她还记得那天爷爷对迪特阿姨喊出的话，就是不愿意再见到她，还有她这种插着羽毛的帽子。所以海蒂才小心翼翼地保存着这顶旧草帽，因为海蒂无时无刻不想着回到爷爷身边。但是，布丽奇特说，把这顶帽子送人就太傻了，她不能要这么精致的帽子。如果海蒂不喜欢戴，可以卖给德夫里村学校老师的女儿，还能换来一大笔钱。不过，海蒂心意已决，她悄悄地把帽子藏到了奶奶坐的椅子后面的角落里。接着她脱下那身漂亮的衣服，在里面的衬裙上围了条红围巾，露出两只胳膊。然后，她拉起老奶奶的手。"现在，我得去爷爷那儿了，"她说，"不过我明天还会再来您这儿。晚安，奶奶。"

"好啊，要来呀，明天可一定要来。"奶奶一边恳求着，一边握住她的手舍不得放开。

"你为什么把那么漂亮的衣服脱了？"布丽奇特问道。

"因为穿着那件衣服去爷爷那儿,他可能会认不出我,您之前不也差点儿没认出我吗?"

布丽奇特把海蒂送到门口,然后神秘兮兮地对她说:"你应该穿那身衣服,爷爷肯定能认出你。不过,你得小心点儿,彼得告诉我,奥姆大叔经常板着脸,一句话也不说。"

海蒂对她说完"晚安",就把篮子挎在胳膊上,继续向山上走去。晚霞正洒在绿色的山坡上,不久,闪闪发光的大雪峰就映入了眼帘。海蒂每走两三步就停下来回头看看,因为那些高山就耸立在她身后。忽然,红色的光辉落在她脚边的小草上,海蒂又回过头来,她几乎已经忘记了这种景色,甚至在梦中也没见到过——那两座高高耸立的山峰就像火焰一般直刺苍穹,把无边的雪原映得通红通红,天空还飘浮着粉红色的云朵。山腰上的草地被涂上了一层金黄色,所有的岩石都在发光发亮,整个山谷都笼罩在金色的雾霭之中。海蒂站在那儿望着这美丽无比的景色,心中充满欢乐和喜悦,激动的泪水顺着脸颊流淌下来,这让她情不自禁地双手合十,仰望天空,大声地感谢上帝,感谢他再次把自己送回了故乡,感谢他让这一切依旧那么美丽,甚至比自己想象的还要美,而且这些美丽又重归自己了。内心洋溢着幸福和感激的海蒂,不知道该说些什么才能表达对上帝的感激之情。在天色完全变暗之前,海蒂抬脚继续向前走去。她快步向山上跑去,不一会儿就看见了山上那高出屋顶的枞树,接着又看见了屋顶,最后是整个小屋,爷爷正坐在以前的位置上吸着烟斗,她还看见那几棵老枞树在迎着晚风摇曳。海蒂又加快了脚步,还没等爷爷看清是谁来了,就飞奔到爷爷跟前,把篮子往地上一扔,紧紧地抱住爷爷。她激动得说不出别的话来,只一个劲儿地喊:"爷爷!爷爷!爷爷!"

爷爷什么话也没说,这么多年来,他的眼睛第一次湿润了,不断地用手拭去泪水。之后,爷爷把海蒂的胳膊从自己脖子上拿下来,把孙女抱到膝盖上,仔细地端详了一阵儿。"你真的又回来了,海蒂!"他说,"怎么样?看起来你没变成一个趾高气扬的小姐。是他们把你赶回来的吗?"

"不是的,爷爷,"海蒂急切地说道,"您千万别这么想。他们所有人都对我很好——克拉拉、奶奶,还有赛斯曼先生。可是您知道的,爷爷,我再也熬不下去了,我太想回家了。我甚至常常感觉自己就要死了,我感觉自己快喘不过气来了。但是我什么都没讲,因为那样就太忘恩负义了。

后来，忽然有一天，赛斯曼先生一大早就叫我起来——不过，我想这要归功于那位医生——这些事情大概都在信里写着。"说完，海蒂跳到地上，从篮子里掏出那个小纸包和信件交到爷爷手里。

"这是你的东西。"爷爷说着，把小纸包放到身边的椅子上。随后，他打开了信，看完之后什么也没说，只是把信放进衣兜里。

"你感觉怎么样，海蒂，还能和我一起喝羊奶吗？"爷爷牵起海蒂的手往屋里走，"不过，带上你自己的钱。你可以用那些钱买床和被子，还有好几年的衣服。"

"我根本用不着这些，"海蒂回答，"我已经有床了，克拉拉还在皮箱里塞了好多衣服，所以衣服也不用再买了。"

"拿着，放到橱柜里去，你以后肯定会用得着的。"

海蒂按照爷爷的吩咐做了，然后蹦蹦跳跳地跟在爷爷后面进了屋。一进屋，她就跑遍了屋子的角角落落，重新见到这一切让她兴奋得不得了。不一会儿，她又爬上梯子——她突然站住了，既惊慌又难过地朝下面喊道："哎呀，爷爷，我的床不见了。"

"马上就会再有的,"爷爷在下面说,"我不知道你还会回来。好,现在你先下来喝奶吧。"

海蒂爬了下来,坐到原来的高凳上,捧起她的小碗,贪婪地一口气就把奶喝完了,仿佛她从没喝过这么美味的东西,然后她放下碗说:"在这世上没什么东西比家里的奶更香甜的了,爷爷。"

这时,外面传来了一声尖锐的口哨声,海蒂闪电般地冲了出去。一群山羊正又蹦又跳地从山上下来,走在中间的正是彼得。彼得一看见海蒂就愣住了,呆呆地望着海蒂,一句话也说不出来。海蒂喊了一声:"晚上好,彼得!"便跑进了羊群里。"'小天鹅'!'小熊'!你们还记得我吗?"显然山羊们一下子就听出了海蒂的声音,它们努力把头凑过来,在海蒂身上磨蹭,并高兴得咩咩直叫。海蒂一个接一个地叫出其余山羊的名字,这下所有的山羊都争先恐后地想挤到海蒂身边。急性子的"金翅鸟"马上从另外两只山羊身上跳了过来,争着往前凑。连一向胆怯的"小雪"也不管三七二十一,把高大的"土耳其大汉"挤到了一边。"土耳其大汉"对"小雪"的蛮横放肆大为惊讶,它把胡子翘得老高,好像在说:"你也不看看我是谁。"

海蒂又能和以前的伙伴们在一起了，她开心得不得了。她抱抱娇小可爱的"小雪"，摸摸暴躁的"金翅鸟"，在羊群里挤来挤去，一会儿被挤到这儿，一会儿被推到那儿。最后，她终于被推到站在原地不动的彼得旁边，他到现在还没从惊讶中清醒过来。

"快到这边来，彼得，"海蒂招呼道，"该跟我说'晚安'了！"

"你又回来了吗？"彼得总算冒出了一句话，然后走到海蒂旁边，握了握海蒂已经伸出半天的手，立刻像从前傍晚告别时那样问道，"明天你会跟我一起上山吧？"

"不，明天不行。不过，后天大概会去，因为明天我要去奶奶那儿。"

"你又回来了，太好了！"彼得喜形于色。然后他准备把羊群带下山去，可今天却遇到了前所未有的困难。最后，彼得连吓带哄地总算把它们赶到了一起，而当海蒂一只手挽着"小天鹅"，另一只手挽着"小熊"往回走时，整个羊群又忽然一个转身，拼命向海蒂跑去。海蒂不得不先把两只山羊领进羊圈，关上大门。要是不这样做，彼得不知什么时候才能把羊群领下山。

当海蒂跑回屋里时,她发现自己的床已经铺好了。干草床铺得厚厚的,刚割下来的干草还散发着淡淡的清香。爷爷已经仔细地在床上铺了条干净的床单。这一晚,海蒂满心欢喜地睡在上面,她几乎整整一年都没睡得这么香了。当晚爷爷一会儿来一趟,一会儿来一趟,起来十多次,每次都爬上梯子仔细地看海蒂睡得好不好,有没有心神不宁的迹象。他还反复查看那个被他用干草堵得严严实实的圆窗户,是不是还有明亮的月光照进来。可是,海蒂在这张床上睡得很熟,一次也没有起来梦游过,因为海蒂热切渴盼的愿望都已经实现了。她重新回到了山上的家,又重新看见了被晚霞染红的群山和岩石,还听见了枞树在风中哗哗的响声。

第14章　礼拜天的钟声

海蒂站在随风摇曳的枞树下，等待着爷爷从屋里出来，爷爷要先陪海蒂一起去奶奶家，再去德夫里村取皮箱。海蒂急不可待地想见到奶奶，想问问她面包好不好吃。不过，她现在一点儿也不觉得乏味，因为她永远也听不够这熟悉的树声，还有绿色的牧场，以及牧场上那些阳光下的金色花朵所散发出的芳香与光彩，也是她永远看不够、闻不厌的。爷爷从屋里出来了，环视了一下四周，接着便愉快地对海蒂说："好了，我们可以出发了。"

今天是礼拜六，这一天，爷爷习惯把家的里里外外都收拾得干干净净、整整齐齐。因为下午要和海蒂出去，他特地一大早就起来把活儿全干完了，现在到处都井井有条，爷爷露出了满意的表情。爷孙俩在奶奶家分开，海蒂跑进屋去。奶奶听到了她走近的脚步声，当她一跨进门，就高兴地欢迎道："是你来了吗，孩子？你真的又来了吗？"

她握住海蒂的手,紧紧地抓在手里,似乎还在担心孩子会再次被带走。奶奶告诉海蒂,白面包有多么好吃,吃了之后,她感觉有力气多了。彼得的妈妈也很有把握地补充道:"要是奶奶连续吃上一个星期,肯定会更有精神的,可是奶奶怕一下子就把面包吃光了,所以昨天和今天都只吃了一个。"海蒂听着布丽奇特的话,思考了一会儿。忽然,她想到了一个好主意。

"我知道该怎么办了,奶奶。"海蒂热切地说,"我要给克拉拉写信,她一定会寄来和现在一样多的面包,甚至比这里的两倍还要多的面包。以前我在衣柜里放了好多这样的面包,后来被他们扔掉了,那时克拉拉就向我保证,她会再还给我同样多的面包,她肯定会这么做的。"

"这倒是个好主意,"布丽奇特说,"不过那样的话,面包会变硬变味的。山下德夫里村的面包师也会做这样的白面包,只要我们不时地从他那儿买过来就行——只是我们的钱就只买得起黑面包。"

此时,一个更高明的想法进入了海蒂的脑子,她开心地笑开了:"我有好多钱呢,奶奶。"她欣喜地喊道,高兴得在房里蹦得老高,"现在我知道该怎么办了。您每天都可以吃一个新鲜的白面包了,礼拜天还能吃两个,让彼得从德夫里村买回来就行了。"

"不,那不行,孩子!"奶奶回答说,"我不能让你这样做。你的钱不是为了这样用的。你得交给爷爷,他会告诉你钱该花在哪儿。"

然而,海蒂不想改变这个好主意,继续手舞足蹈地在屋里跳来跳去,一遍又一遍地喊道:"现在奶奶每天都能吃到白面包了,那样身体很快就会好起来——啊,奶奶,"海蒂冷不防又更大声地欢呼起来,"要是奶奶身体真的结实了,眼睛就一定能看得见了。也许就是因为身体不好,眼睛才看不见的。"奶奶不再说话了,她不愿让这个快乐的孩子扫兴。蹦着跳着的海蒂,忽然瞥见了奶奶的那本诗歌,于是,一个快乐的新念头又诞生了:"奶奶,我现在会读书了,我给您念念那本旧书里的赞美诗,好吗?"

"好啊,念吧。"奶奶又惊又喜地说,"你真的会读了吗,孩子?真的吗?"

海蒂爬上椅子,把那本积了厚厚灰尘的旧书拿了下来,还弄了自己一头的灰,也难怪,这本书放在那儿已经好久没人动过了。海蒂把书上的灰尘掸掉,坐到奶奶身边的小板凳上,问奶奶想听哪首赞美诗。

"你喜欢什么就读什么吧,孩子。"奶奶把纺车挪到一边,急切地等待着海蒂开始。海蒂翻阅了一下,挑了一些诗轻声地读起来。最后,她说道:

"这里有一首写太阳的诗,奶奶,我就给您读读这首吧。"于是海蒂朗读起来,而且读着读着,海蒂自己也沉浸其中了——

  金灿灿的太阳

  温暖而明亮

  金色的光辉照射着

  宁静的大地

  黎明驱散了黑夜的乌云

  上帝的杰作

  我们随处可寻

  不论伟大还是渺小

  都在发出赞美之声

  何处没有他爱的印记

一切都会过去

只有上帝亘古不变

凭借他无穷的力量

终将实现他的意愿

因为他的意愿无人能改

他的救赎恩典

永远不会落空

即便有悲伤与恐惧

良心的谴责

他都将让我们战胜生命中的痛苦

暴风雨过后

欢乐将属于我们

在天堂的花园里

我们得到安息

我在平静中等待——上帝给予的美好归宿

奶奶双手合十地坐在那儿，脸上浮现出一种海蒂从未见过的、难以言喻的喜悦，尽管她的脸上还流淌着泪珠。海蒂一读完，奶奶就恳求道："嗯，再读一遍，海蒂，再读一遍给我听。"

这一次，海蒂带着奶奶那般的愉悦朗读起来：

…………
暴风雨过后
欢乐将属于我们
在天堂的花园里
我们得到安息
我在平静中等待——上帝给予的美好归宿

"海蒂，这首诗歌给我的灵魂带来了光明！你做了件多么叫人高兴的事啊！"

老人家高兴得不停地说，海蒂的脸上也满是欢喜，她的视线几乎无法从奶奶的脸上挪开，她可从没见过奶奶这副表情。奶奶平日那忧愁的神色一扫而光，看上去充满宁静和喜悦，仿佛在用明亮而崭新的眼睛注视着花园或天堂。

这时，屋外传来敲窗户的声音，海蒂抬头看到爷爷在示意她该一起回去了。海蒂在离开前答应奶奶明天还会再来，即使她要和彼得一起去牧场，也会去半天就赶回来。因为对海蒂来说，让奶奶心情开朗、重拾快乐是她最大的幸福，甚至远比待在阳光灿烂的牧场上与花儿和山羊们在一起更令她幸福。布丽奇特拿着上次海蒂放在这里的衣服和帽子追了出去，海蒂想，爷爷现在已经认出自己了，于是就接过衣服，却坚持不要那顶帽子，说自己绝不会把它戴在头上，就请布丽奇特收下吧。

海蒂满脑子都是今天发生的事，她忍不住把这一切都告诉了爷爷：只要有钱就可以每天在山下的德夫里村给奶奶买来白面包，那样奶奶就会马上变得身体健康、心情愉快。说完这些，海蒂又回到白面包这件事上："爷爷，如果奶奶不要这钱，您还是把钱都给我吧，我每天给彼得一点儿，让他一天买一个白面包，礼拜天买两个，行吗？"

"可是，床怎么办？"爷爷说，"一张像样的好床对你来说还是很要紧的，买了床之后，还是有钱买好多白面包的。"

可是海蒂说个不停，不让爷爷耳根清净，直到爷爷答应。她说比起法兰克福精致的床，在干草床上睡得好多了。

最后，爷爷只好说："钱是你的，你喜欢怎么花就怎么花吧。这些钱可以给奶奶买好多年的白面包了。"

海蒂一想到奶奶以后再也不用吃那又黑又硬的面包，便开心地欢呼起来。"啊，爷爷！"她说，"现在一切都这么美好，这是我这么久以来最开心的日子！"海蒂一路上握着爷爷的手，像一只快乐的小鸟，又跳又唱。突然，她一下子变得严肃起来，说："当初要是上帝马上就听见并答应我的祈祷，那么一切就不会是这样了，那样我就只能给奶奶带回一点点面包了，而且也不能给奶奶念令她感到安慰的赞美诗了。可见上帝的安排比我想的周到，这一切都跟那个奶奶说的一样，真是太好了。我多高兴啊，上帝没有立刻实现我的祈求和愿望！现在我要像那个奶奶说的那样，一直这么祈祷，还要永远感谢上帝。要是他不实现我的愿望，我就要自己好好想想，这一定又和在法兰克福一样。我相信上帝一定又有好主意了。所以，我们还是要每天祈祷，是吧，爷爷？我们再也不能忘记他了，不然，他也会忘记我们的。"

"要是有人忘了呢？"爷爷嘀咕着问。

"哎呀，那可就糟了，那样上帝也会忘记他，不管他了，无论他多么不幸，多么可怜，也不会有人同情他，大家只会说：是你自己要离开上帝的，所以上帝才离开你，本来上帝还可以帮助你，可现在不会去管你了。"

"这是真的吗？海蒂，你是从哪儿知道这些的？"

"是那个奶奶告诉我的，她什么都会讲给我听。"

爷爷沉默地走了一会儿，沉浸在自己的思绪中自言自语道："既然已经这样，也就没有办法了。没有人回得去，被上帝遗忘的人，在哪儿都会被遗忘。"

"不，爷爷，我们还能回去的，这也是那个奶奶告诉我的，就像我最喜欢的那本书上讲的那个美丽的故事那样——爷爷，您还没听过这个故事吧？我们马上就到家了，回去我就读给您听，您就会了解这个故事有多美好了。"海蒂兴致勃勃地加快脚步，登上最后的斜坡，一到上面，她立刻放开爷爷的手，跑进了小屋。爷爷取出一些皮箱里的东西，因为皮箱太重了，不能整个儿扛上来。然后，他一脸沉思地坐到椅子上。

海蒂很快就在胳膊下夹着那本大书跑了过来。"哦，太好了，爷爷！"她看到爷爷已经坐在那里就叫了起来，一下子坐到爷爷旁边，熟练地翻到写着那个故事的地方，因为她经常读这个故事，所以一翻，就自然而然地到了那一页。于是，海蒂声情并茂地朗读起那个年轻人的故事。

那个年轻人本来在家里过着幸福的生活，他在父亲的草场上放牧，披着漂亮的小斗篷，斜靠在牧鞭上眺望落日。正如她在图画上看到的那样。可是有一天，这个年轻人突然想要有属于自己的钱财以自立，他央求父亲把属于他的财产分给他，然后带着这些财物离开了家。然而，那笔钱不久就被他挥霍一空了。当这个年轻人变得一无所有之后，他不得不给别人当雇工，那家不像他的父亲那样拥有牧场和羊群，只有一些猪。所以这个年轻人必须去养猪，而且他身上穿的是破衣烂衫，吃的是猪吃剩下的一丁点儿豆荚之类的东西。此时，年轻人才明白，从前在家里是多么幸福，父亲待自己是多么好，而自己又是多么忘恩负义，他又后悔又想家，不由得痛哭起来。他想他要回到父亲那儿去，去跟他说："父亲，我已经没有资格做您的儿子了，就让我做您的奴仆吧。"于是，年轻人又回到了家乡，父亲一看见他——海蒂停了下来。"您猜后来会怎么样，爷爷？"她说，"您是不是觉得他父亲肯定还非常生气，并对他说：'我不是跟你说过了吗？'好吧，看看接下来会怎么样。"父亲看到儿子的样子心疼极了，他跑到儿子跟前，抱着他的脖子亲吻他。

儿子对他说："爸爸，我对上帝犯了罪，也违背了您，已经没有资格做您的儿子了。"可是父亲却对仆人说："你们去拿一套最上等的衣服给他穿上，给他戴上戒指、穿上鞋子，牵来待宰的肥牛，为我的儿子接风洗尘。我的儿子曾一度死去，如今又活了过来，真是失而复得啊。"于是，大家欢快地庆祝起来。

"这是多好的故事啊，爷爷！"海蒂说，她本以为爷爷会非常高兴和惊讶，可是，爷爷却一言不发地坐在那儿。

"是啊，海蒂，这真是个好故事。"过了一会儿爷爷才说话，他看上去一脸严肃，海蒂只能静静地坐在那儿继续看她的图画书。过了一会儿，她轻轻地把那本书推到爷爷面前，说道："您看，他多高兴啊！"海蒂用手指指着画上回头的浪子，那个年轻人正穿着华丽的新衣站在父亲身边，重新成为他的儿子。

过了几小时，在海蒂已经熟睡的时候，爷爷爬上小梯子，把一盏小油灯放在海蒂的窗边，让灯光照着熟睡的孩子。海蒂睡着了，可双手还是祈祷时合十的样子，小脸蛋儿上还带着安宁和对上帝由衷的信赖。似乎有什么东西打动了爷爷，只见他久久地站在那里，一言不发地凝视着孩子。最后，爷爷也双手合十，低下头小声说:"父亲，我对上帝和您做了错事，已经失去了做您儿子的资格。"说着，两行热泪从他脸颊上滚落了下来。

第二天一大早，爷爷站在小屋前，凝望着宁静的四周。拂晓的霞光映照着群山和谷地。山谷里传来了清晨的钟声，鸟儿在枞树的枝叶间唱起晨歌。他回到屋，叫道:"起来啦，海蒂！太阳公公出来了！快穿上你那件最漂亮的礼服，我们一起去教堂！"

海蒂两三下就收拾好了，她还是第一次听到爷爷说出这句话，所以立刻照办了。她穿上从法兰克福带来的那件漂亮衣裳，麻利地从梯子上下来，可是她一见爷爷便愣住了，目瞪口呆地打量着爷爷。"天哪！爷爷！"她惊叫道，"我还没见过您这身打扮呢！这上衣还带着银扣子呢！您穿上这件做礼拜的礼服，看起来真是棒极了！"

爷爷笑眯眯地回答:"你也一样漂亮啊！好，我们走吧！"爷爷拉起海蒂的手一起往山下走去。洪亮的钟声从教堂方向传来，两人越往前走，钟声就越洪亮悠扬，海蒂听得入了迷，说:"听见了吗，爷爷？就像一个盛大的节日！"

山下德夫里村的人都已经聚在教堂里了，他们已经开始唱圣歌,爷爷带着海蒂走了进去,坐在最后一排的椅子上。圣歌还没有唱完,村民们个个都捅捅自己的邻座,轻声说道:"你看到了吗?奥姆大叔来教堂了!"

就这样,一眨眼的工夫,教堂里的人都知道奥姆大叔来了,几乎每个妇女都转过头来看看,连圣歌都唱走调了。不过大家很快就静下心来,因为牧师开始了他那充满温情和感激的布道,这些话深深地打动了在场所有的人,并使他们沉浸在巨大的喜悦之中。礼拜结束以后,爷爷牵着海蒂的手走出教堂,向牧师的住处走去。其余的人则好奇地目送着他们的背影,甚至还有人跟在他们后面,想看看他们到底是不是去了牧师的住处,而奥姆大叔确实是进去了。于是村里的人三五成群地聚在一起,讨论着这件不可思议的事情,紧张地盯着牧师家的大门,想看看奥姆大叔是会争吵着怒气冲冲地出来,还是相谈甚欢地出来,因为大家一点儿也猜测不出奥姆大叔为什么下山来,又想干什么。不过也有不少人已经抱着新的看法了,认为奥姆大叔并不像他们想的那样可怕:"你们看,他牵孩子手的样子多慈爱啊!"另外也有些人响应说,人们对老人的传言言过其实了,如果他是个彻头彻尾的坏蛋,他就不敢进牧师家的门了。这时,车夫也插话道:

"我不是一开始就说过了吗？那孩子会从吃得好、穿得好、什么都好的地方跑回来，跑回爷爷家，跑回可怕残忍的、令她害怕的爷爷身边吗？"

人们逐渐对奥姆大叔产生了好感，妇女们也凑了上来，她们也想起以前就听牧羊人彼得和他的奶奶讲起过奥姆大叔的事。最后村里人都等在那儿，像是在迎接一个久违了的老朋友一样。

这边，奥姆大叔走进牧师的房子，敲了敲书房的门。牧师开门迎接客人，见到是奥姆大叔，他一点儿都不惊讶，反而像是一直在等着奥姆大叔，他肯定早在教堂时就注意到大叔了。牧师真诚地和大叔握了握手，而奥姆大叔一开始一句话也说不出口，因为他根本没想到自己会受到这么热情的接待。后来，他终于恢复常态："牧师，我到这里是请求您忘记上次您来拜访我时我说过的话，我还对您出自善意的劝告充耳不闻，恳求您不要对此耿耿于怀。您说的话都在情理之中，是我大错特错，现在我打算照您说的去做，这个冬天在德夫里村找个住处，因为这孩子的身体还不够结实，山上的寒冷会让她受不了。村子里的人都看不起我，没有人相信我，我知道这是我的错，所以也没办法，只希望牧师您不要这样对我。"

牧师友好的目光里闪烁着喜悦。他又一次紧紧地握住大叔的手,动情地说:"老邻居,看来你在来我这儿之前,已经到过真正的教堂了!这真让我高兴。你重新回来和我们一起生活,肯定不会后悔的。对我个人而言,你永远都是我的好朋友和好邻居,我期待我们又可以一起愉快地度过冬日的夜晚,我非常珍视和你的友谊,当然我们也会给这个孩子找到好朋友。"说完,牧师把手亲切地放在海蒂的鬈发上,然后拉起孩子的手和爷爷一起走向门口。一直送到门外,牧师才跟奥姆大叔互相道别。两人握手的情景被周围的人看在眼里,那样子简直就像最好的挚友在依依惜别。还没等牧师关上门,人们就一齐朝奥姆大叔跑去,跟他打招呼,数不清的手争先恐后地向大叔伸过来,都想第一个与他握手,奥姆大叔简直不知道该先握哪只手才好。不知谁喊了起来:"太好了,您又回到我们中间来了,我们太高兴了!"另一个人也喊道:"我早就盼着跟您搭话了!"各种各样的问候从四面八方传进奥姆大叔的耳朵,当奥姆大叔告诉他们,他打算今年冬天搬回原来在德夫里村的老房子时,人群里发出了欢呼声,仿佛奥姆大叔一下子成了德夫里村最受欢迎的人,大家不能没有他似的。最后，好多人把大叔和孩子一直送到山上，分别时每个人都热情地邀请他们，要他们下山时一定要到自己家里来坐坐。人群终于散去，只剩下老人和孩子，他们站在原地目送着村民的背影。奥姆大叔心里亮堂堂的，脸上浮现出灿烂的微笑。海蒂用依旧清澈的目光仰视着爷爷，说："爷爷，您今天看起来非常精神，这可是我头一回见到您这样。"

"是吗？"爷爷微笑着说，"是啊，你看，海蒂，我想都没想到，今天会受到这样的礼遇，能跟上帝及村里人和好，实在太好了！是上帝赐福给我，把你送到我的小屋来的。"

当他们来到牧羊人彼得的家门口时，爷爷打开门径直走了进去。"上午好，奶奶，"他说，"我想，趁秋天还没开始刮风，我们还得再把房子修修。"

"亲爱的上帝，这不是大叔嘛！"奶奶又惊又喜地叫道，"我居然还能再见到您！您居然来了！我一定要谢谢您为我们做的一切。感谢上帝！感谢上帝！"她向爷爷伸出颤抖的手，爷爷热情地握住奶奶的手，奶奶也紧紧握住他的手不放开，接着说："我心里还有些事想跟您说，我求求您了！即使我曾经做过什么伤害您的事，您也千万别再把这孩子送走来惩罚我，至少在我躺进坟墓以前。您可能不知道，这个孩子对我来说多么重要！"奶奶紧紧地搂住了海蒂。

"放心吧，奶奶，"爷爷安慰她说，"我不会做这种事来惩罚你们和我自己的。我今后要和大家一起生活，只要上帝同意，就永远这样。"

布丽奇特把爷爷拉到角落里，然后把那顶插有漂亮羽毛的帽子拿给他看，并把事情的经过告诉了他，又说自己当然不能要孩子这么好的东西。

可是，爷爷的脸上并无不悦之色，只是看了看海蒂说："这帽子是她的，要是她不想戴，说送给你，你就拿着好了！"

爷爷这么说让布丽奇特喜出望外。"这肯定值十几个先令[1]呢！"她欢喜得高高举起帽子，"海蒂这次去法兰克福真是交了大运！我常想，没准儿把我们家彼得送到法兰克福待上一阵儿也不错。您说呢，大叔？"

爷爷的眼里露出笑意，他认为，这对彼得应该不会有

---

[1] 先令，英国等国的旧辅助货币，1971年废除。当时1先令等于12便士，1英镑等于20先令。

什么坏处，不过要等个好机会才行。正说着，彼得跑了进来，一头撞到了门上，撞得房门都嘎吱作响，看样子显然是很着急。他上气不接下气地站在那里，掏出一封信来。这可又是一桩大事，因为这还是从未有过的事，这封寄到德夫里村邮局的信是给海蒂的。大家都围坐在桌边等着，海蒂立即打开了信，流利地大声朗读起来。这封信是克拉拉写来的。信中写道，自从海蒂走了，她在家里无聊极了，简直无法再忍受下去，好不容易终于让爸爸同意今年秋天带她去拉加兹温泉，而且奶奶也准备一起去，因为他们都想见见海蒂和爷爷。奶奶还让她转告海蒂，说海蒂送面包给彼得奶奶这事儿不错，可是总不能让彼得奶奶光吃干巴巴的面包，所以还送来了一些咖啡，现在已经在路上了。另外，奶奶还说，她秋天来高山牧场时，海蒂一定要带她去看看彼得奶奶。

听了这个消息，大家又高兴又惊讶，热火朝天地交谈起来，就连爷爷也没发觉天色已晚。每个人都兴高采烈地想着即将到来的日子，叫人更欣喜的是，大家终于能聚在一起有说有笑了。最后奶奶开口说道："最让人开心的是，能像以前一样和老朋友串串门、握握手，这心里头真是说不出的舒坦，如今我们又找回了让人怀念的东西——你以后可要再来，大叔。还有你，孩子，明天一定要来。"

爷爷和海蒂都答应他们一定会再来。现在到了该回去的时候了，他们两人一道往回走。就像今天清晨的钟声欢迎他们下山一般，现在，傍晚悠扬的钟声又伴着他俩一路回到小屋。这间小屋被礼拜天的晚霞染得金灿灿的，耀眼的光芒映照在他们身上。

要是克拉拉和奶奶在这个秋天过来，那海蒂和彼得奶奶肯定会有很多乐事和惊喜。毫无疑问，到时候要在堆干草的阁楼上铺上一张像模像样的床，因为不论法兰克福奶奶到了哪里，哪里都会立刻变得整整齐齐、干干净净。

第15章　旅行的准备

曾经给海蒂做过诊断、让她回到故乡的那位和蔼的医生，正沿着法兰克福的大街向赛斯曼先生家走去。这是九月的一个早晨，阳光明媚，秋高气爽，路上的行人也显得格外神清气爽。可是，这位医生却只顾低头看着脚下的马路，根本不在意头上蔚蓝的天空。他的脸上再也看不到往昔的开朗快乐，只有深深的悲伤。这个春天以来，他的头发变得更加灰白。这位医生曾有一个独生女儿，在他的妻子过世以后，父女俩生活在一起，相依为命。然而，就在两三个月前，他最亲爱的女儿也离他而去了。从那一天开始，他与原来那个性格开朗的医生就判若两人了。

塞巴斯蒂安为医生打开门，毕恭毕敬地把他请进屋，这不仅因为医生是这家主人和小姐最好的朋友，还因为医生为人和善，赢得了家里所有人的心。

"一切都好吗，塞巴斯蒂安？"医生语调轻松地问道，然后走在塞巴斯蒂安前面上了楼。

"您来了,真是太好了,医生!"赛斯曼先生冲走进来的医生喊道,"我们一定要好好谈谈去瑞士旅行的事宜。克拉拉的身体已经明显好转,您仍旧坚持您的决定吗?"

"亲爱的赛斯曼,我还不知道您是怎样一个人吗!"医生在他对面坐下后说,"我真希望您的母亲能在这儿,她能迅速做出正确的决断,那样事情就会简单明了多了。昨天您就已经把我叫来三次,每次问的都是同一个问题,而您也很清楚我的想法。"

"您说得对,我知道也许这件事叫您不耐烦了。可是您得理解,亲爱的朋友,"赛斯曼先生恳求似的把手放到医生的肩膀上,"我实在没有勇气拒绝孩子的请求,这是我老早就答应她的,这几个月来她可是日也盼夜也盼。前些日子病重的时候,她一心想着马上就要去瑞士旅行,再次见到她的朋友海蒂,才坚强地挺了过来。这个孩子失去了太多的快乐,现在我还必须告诉这个可怜的孩子,她期盼已久的旅行不得不取消吗?我实在做不出这种事来。"

"可是没有办法,您必须得这样做,赛斯曼。"医生以不容置疑的语气说,他的朋友则垂头丧气、一声不吭地坐在那儿。医生接着说道："唉，好好想想您该站在什么立场。克拉拉的病几年来都没像这个夏天这样严重过。这么远的旅行，如果我们不考虑最坏的结果，那么一切就根本无从谈起。而且，现在已经到了九月，虽然山上也许仍旧温暖迷人，但也可能已经开始转凉了。白天也会变短，克拉拉又绝不能在山上过夜，在山上顶多只能待两三个小时。而从拉加兹温泉到山上，就得花上好几个钟头，因为她肯定得坐轮椅才行。总之，赛斯曼，这件事是根本不可能的。不过，我可以跟您一起去跟克拉拉解释，她是个懂事的孩子，我也会把自己的计划告诉她。明年五月份，可以让她去拉加兹，并在那儿疗养一段时间，直到山上的天气暖和起来。那时，就可以时常带她到山上去玩，她的身体也会强壮一些，玩起来也会比现在尽兴得多。您明白我的意思了吗，赛斯曼？要是我们盼望您的女儿尽快好起来，就必须尽可能地不出一丝差错，做到万无一失。"

赛斯曼先生一脸悲伤地听着医生的话，只有无可奈何地听从，突然他猛地站了起来。"医生，"他说，"请您告诉我实话，您真的觉得她有希望康复吗？"

医生耸了耸肩。"唉，希望渺茫，"他低声说，"不过，老朋友，您就想想我吧。您还有个可爱的女儿需要您，盼着您回家。您不用像我一样回到冷冷清清的家里，孤孤单单的一个人坐在那儿吃饭。说起来，克拉拉在家里是非常幸福舒适的。的确，她失去了很多东西，可是在其他方面，她比别人得到了更多的爱护。所以，赛斯曼，您不必太难过——不管怎么说，你们父女还能在一起，这已经是一种幸福了。您可以想想，我那冷清无人的家！"

赛斯曼先生一旦认真思索起来，就会习惯性地在房里踱来踱去。忽然，他在医生面前停下了脚步，拍了拍他的肩膀："医生，我忽然有个想法，我不能用老眼光来看您了，您已经不是原来的您了。您必须出去一段时间，散散心，您考虑一下我的提议，怎么样？您应该出去旅行一下，代表我们去看看海蒂。"

这个猝不及防的提议让医生大吃一惊，他正要提出异议，可他的朋友不容争辩。赛斯曼先生对自己的这个主意很满意，他拉起医生的手就往克拉拉的房间走去。克拉拉每次见到这位和蔼的医生都会非常高兴，因为他总会给她讲些有趣的事。可是最近这段时间他不讲了，克拉拉知道这是为什么，她也衷心地希望医生能尽快好起来，像从前那样有说有笑。克拉拉见到医生便立刻伸出手，医生也在她的身边坐下。赛斯曼先生则拽过一把椅子坐下，他拉着克拉拉的手，开始讲去瑞士旅行的事，还说自己也很期望去那儿。他把计划中最关键的，就是克拉拉不能顺利出去旅行这一点轻描淡写地带了过去，因为他担心女儿会因此哭泣，所以紧接着他立刻告诉她，他有个新计划，他详细讲述了这次休养旅行将对医生大有好处，要是能成功说服他的话。

克拉拉的蓝眼睛里充盈着泪水，尽管由于父亲的缘故，她拼命忍住了眼泪，可一想到在长久的病痛和孤独中，去旅行已经成为她唯一的快乐和安慰，而现在一切希望都落空了，巨大的失望便淹没了她。然而，她深知爸爸从不拒绝她，除非他确定那件事会对她造成伤害。所以，克拉拉咽下眼泪，转而去关注剩下的唯一希望。她拉过医生的手，一边轻抚一边恳求道："亲爱的医生，请您去一趟海蒂那儿，好吗？回来以后，您给我讲讲，山上怎么样，海蒂、爷爷、彼得，还有山羊们都在做些什么。这些我全都听说过。送给海蒂的东西也麻烦您带过去，我都已经准备好了，给彼得奶奶的东西也一样。请您答应我去一下吧，亲爱的医生，您要是去了，我就听您的话，该喝多少鱼肝油就喝多少鱼肝油。"

这个保证能否让事情最终定下来还很难说，不过可以确定的是，医生笑了，他还说："看来，我是非去不可了，克拉拉，这样一来，我期待到时候见到你，你会像你爸爸一样结实健康。那好，你们决定让我什么时候出发呢？"

"明天一早吧——要是可以的话。"克拉拉答道。

"对，她说得对。"赛斯曼先生也插嘴道，"晴空万里，天蓝如洗，您就别磨蹭了。这么好的日子您不去欣赏一下山色美景，岂不是太遗憾了？"

医生不由得笑了起来："接着你也许会批评我，怎么还在这儿呆坐着不动。那好，我现在就去准备一下。"

这时，克拉拉又叫住了刚要走的医生，她有数不清的口信要带给海蒂，还嘱咐他回来以后把所看到的一切都描述给她听。给海蒂的礼物待一会儿才能送到医生家，因为得先等罗特迈耶小姐把东西打点好。不巧的是，罗特迈耶小姐这时正好上街去了，得过一会儿才能回来。医生向克拉拉保证，他一定会一一办妥克拉拉嘱咐的事，还保证即使明天一早走不了，也会在明天的某个时间尽快上路，回来后也会把他的所见所闻原原本本地讲给她听。

大户人家的仆人常有一种不可思议的未卜先知的能力，

没等主人通知，他们就早早领会到家里要发生什么事了。塞巴斯蒂安和蒂奈特在这方面就具有很高的天分，还没等医生走下楼，克拉拉也才刚拉铃，蒂奈特就已经走进了克拉拉的房间。

"请在这个盒子里装上我们喝咖啡时常吃的那种很软的点心，要装得满满的。"克拉拉指了指早就预备好的盒子说。蒂奈特拿起盒子，不屑地在手里来回掂着。

"这真是值得一干的活儿。"她离开房间时傲慢地说。

楼下，塞巴斯蒂安为医生开门时行了个礼，然后说："医生先生，麻烦您代我向那位小姐问个好。"

"哦，"医生说，"看来你已经知道我要旅行的事儿了？"

塞巴斯蒂安停顿了一下，尴尬地咳嗽了一声说："我……我是……我也不清楚。啊！是呀，现在我想起来了，我刚才恰好经过餐厅，听见你们提到那位小姐的名字，我就寻思着，也许是这么回事……所以这才……"

"好吧，"医生笑了，"有头脑的人总能发现些什么。再见了，塞巴斯蒂安，我会代你向她问好的。"

医生说完，正要快步走出去，没想到一下子撞到了什么东西上。原来外面风太大，没法儿继续逛街的罗特迈耶小姐在门口和要出去的医生撞了个正着。她身上的披肩被风吹得鼓鼓的，看上去就像一艘满帆的船。医生连忙后退，罗特迈耶小姐也极为恭敬地后退几步避让医生，她对这位先生一直抱有特别的敬意与好感。就这样，两人都彬彬有礼地站在那儿，相互为对方让路，罗特迈耶小姐本来可以稳住自己，重新端庄得体地跟医生握手问好，可是突然一阵大风吹来，罗特迈耶小姐身上的"帆"全都满满地鼓了起来，几乎连人都要撞向医生的胳膊。所以现在她不得不以一种有失体面的方式向医生伸出手，但医生有一种抚平他人烦躁心情的特性，先是告诉她自己的旅行计划，然后又用一种颇具安抚性的声音请求她，根据她以往的经验把要送给海蒂的礼物收拾好，于是罗特迈耶小姐迅速恢复了她平日的沉着。说完，医生就告辞了。

克拉拉本以为如果把她准备的东西全送给海蒂做礼物，罗特迈耶小姐肯定要先唠叨几句才会答应。可是这回完全出乎她的意料，罗特迈耶小姐从没这么好说话过。她收拾了一下大桌子，摆上了要给海蒂的全部东西，在克拉拉的眼皮底下一件一件地收拾。这不是一个轻松的活儿，因为这些礼物形状各异，大小不一。先是一件非常暖和的连帽小大衣，这是克拉拉想出来的，这样海蒂今年冬天就可以随时去看彼得奶奶了，不用再像原来那样得等着爷爷接送，也不用裹上麻袋怕冻着了。接下来是一条又厚实又暖和的围巾，这是送给彼得奶奶的，当可怕的大风再刮进小屋时，彼得奶奶只要围上它，就不会再觉得冷了。然后是一个装满点心的大盒子，这也是给彼得奶奶的，因为喝咖啡、吃面包时，有时需要一些小点心才好吃。再然后就是一根大得惊人的香肠，克拉拉本来打算把它送给只吃过面包和奶酪的彼得，可转念一想，要是彼得一高兴一次就把它吃完的话，那可就糟了。于是她改变了主意，改送给他的妈妈布丽奇特，她可以留下她和奶奶的两份，再把剩下的部分给彼得。除此之外，还有给爷爷的一小袋烟草，爷爷最喜欢傍晚的时候舒服地坐在小屋前抽烟斗。最后，是一些神秘兮兮的小口袋、小包裹、小盒子之类的东西，这都是克拉拉特地收集的，当海蒂打开时准会又惊又喜。这项工作终于宣告结束了，地板上出现了一个漂亮大包。罗特迈耶小姐心满意足地看着大包，绞尽脑汁想着该用什么把这个大包包起来。克拉拉的眼里闪着兴奋的光芒，仿佛已经看到当这个大包裹被送到小屋时，海蒂吃惊得直蹦、开心得直嚷的样子。

这时，塞巴斯蒂安进来了，他把大包往肩上一扛，立刻往医生家走去了。

第16章 高山牧场来了一位访客

朝霞染红了群山,清新的晨风吹过枞树,抚摸着那古老的树枝,发出哗啦哗啦的声响。海蒂睁开眼睛,哗啦哗啦的声响总是能紧紧抓住她的心,让她无从抗拒。海蒂倏地从被窝里跳了起来,匆忙穿上衣服,尽管这要花去她一点儿时间,但是海蒂现在已经明白,无论什么时候都得打扮得干干净净、整整齐齐。

海蒂爬下去,发现爷爷已经不在屋里了。爷爷正像平日一样站在门外,抬头仰望天空,看看今天的天气怎么样。

天空中飘着一小片粉红色的云朵,瞬息间变得越来越亮、越来越蓝,初升的朝阳刚刚越过高高的山峰,群山和牧场周围被笼罩上一片金色。

"真漂亮!太美了!早上好,爷爷!"海蒂跑出去喊道。

"你现在就醒了吗?"爷爷向海蒂伸出手招呼道。

跟着，海蒂便跑到枞树下，聚精会神地聆听头顶上每一阵风吹过树枝发出的呼啸声，在下面快乐地蹦蹦跳跳、大呼小叫。

就在这时，爷爷走进羊圈挤羊奶，然后把山羊们刷洗得干干净净，并带到屋前的空地上，准备让它们待会儿上山。海蒂一见到她的两个伙伴，便跑上去抱住它们，羊儿也亲昵地咩咩直叫，不甘示弱地向海蒂献殷勤，把头一个劲儿地往她身上靠，好离她更近些。夹在两只羊中间的海蒂都快被挤扁了。可她并不害怕，要是那只活泼可爱的"小熊"太用劲儿了，她只要说："别这样，'小熊'，你简直跟'土耳其大汉'一样莽撞了。""小熊"立即就会把头缩回去，乖乖地站在一边。而"小天鹅"就会高高地昂起头来，摆出一副文静高贵的样子，仿佛在说："哼，还从来没有一个人说过我的行为像'土耳其大汉'呢。"因为雪白的天鹅多少要比褐色的小熊高贵些。

这时，传来了彼得的口哨声，一群山羊又蹦又跳地接踵而来，一眨眼工夫，海蒂就被羊群团团围住了，被它们喧闹无序的问候推来推去，好不容易才挤到"小雪"身旁，因为这个小家伙每次要挤到海蒂身边的时候总被别的山羊挤开。

彼得又吹了一遍口哨,而且吹得格外响亮,这是在提醒羊儿们快上山去,因为彼得想让羊儿们腾出地方,他还要跟海蒂说说话。羊儿们一听到口哨声就自动跑开了,彼得也终于可以凑到海蒂跟前。

"你今天能和我一起去了吧?"彼得的口气明显有点儿不乐意听到海蒂的拒绝。

"不行,我还不能去,彼得。"海蒂回答,"法兰克福的人说不准什么时候会来,所以我必须在家里等。"

"你老是这么说。"彼得抱怨道。

"可是在他们来之前,我都只能这样。"海蒂回答,"你认为那样合适吗,彼得,客人来的时候,我却不在家?我怎么可以那样做呢!"

"他们可以找大叔啊!"彼得吼道。

此刻,小屋里传来了爷爷洪亮的声音:"怎么了,'军队'怎么不前进了?是缺少'将军',还是'军队'不听话?"

彼得赶紧转身离开,他使劲儿地向空中挥舞起鞭子。羊儿们一听到响亮的鞭声,马上乖乖地撒腿向高山牧场跑去,彼得则紧跟在后面。

海蒂自打回到爷爷这儿,在很多事情上的想法都是她以前从未有过的。现在每天清晨,她都会认认真真地整理床铺,把床单弄得平平整整,没有一丝褶皱。然后又在小屋里跑来跑去,把椅子都放到固定的位置上,再把乱放乱挂的东西一股脑儿都放回橱柜。做完这些,她会拿起抹布,爬上椅子,把桌子擦得锃亮锃亮的。每当爷爷从外面进来时,总会满意地打量着整洁的房间说:"这下,咱们家每天都像过礼拜天了。海蒂确实没白在外面待。"

彼得上山之后,海蒂和爷爷吃过早饭,便像往常那样开始忙活起来,可是进展很慢。原来,今天外面实在是太吸引人了,每分钟都会有什么事情来打断她手里的工作。比如现在,明亮的阳光从欢快的窗口照射进来,仿佛在召唤她说:"出来吧,海蒂,快到外面来!"这样,海蒂就感觉在屋里待不住了,忍不住响应召唤跑到屋外去。小屋周围的一切洒满了金色的阳光,太阳照亮了每一座山,从山顶直到遥远的山谷,到处都是金灿灿的。小屋边山坡的草地也被映照得金黄一片,仿佛在吸引海蒂去上面小憩片刻,好欣赏四周的美景。可是,她蓦地想起她的小凳子还放在屋子中央,桌子也还没有擦,她马上跳了起来,跑回小屋。然而,没有持续多久，外面的枞树又开始唱起哗啦哗啦的老歌，她整个人似乎都能感受到它们的召唤。她又情不自禁地跑了出去，伴随着树枝左摇右晃的节奏，在下面又蹦又跳。爷爷一直在他的工棚里忙活着，他不时地走出来，微笑地瞧着海蒂蹦蹦跳跳的样子。这次爷爷刚出来看完，正要回去开始干活，突然听见海蒂大声叫喊："爷爷！爷爷！您快来，快来看！"

爷爷吓了一跳，以为孩子出了什么事，急忙跑了回来。海蒂正大声喊着从山坡上跑下去："他们来了！他们来了！走在最前面的就是医生！"

海蒂向她的老朋友跑过去，医生也一边张开双臂，一边冲她打招呼。海蒂一跑到他跟前，便亲热地抱住医生的胳膊，发自内心地快乐地喊道："早上好，医生，我真的万分感谢您！"

"啊！是上帝赐福于你，孩子！你要谢我什么呢？"医生笑眯眯地问道。

"多亏了您，我才能回到爷爷这儿。"海蒂解释道。

医生一脸的灿烂温暖，仿佛一缕阳光驻留在脸上，他没想到自己会这么受欢迎。上山的一路上，医生还沉浸在丧亲之痛中，一点儿都没注意沿途的美丽风光，也没发现越往上走周围的景色越迷人。他还以为海蒂已经不记得他了,他和这个孩子只见过几面,再说这次只有他来,海蒂翘首以盼的人却没有来,所以医生猜想她肯定会非常失望。他根本没想到,海蒂明亮欢乐的眼睛里会充满感激和喜爱,一直紧拉着他的手不放。

医生像父亲一般亲切地拉起孩子的小手,说:"来,带我到爷爷那儿去吧,海蒂,再看看你的家。"

但是,海蒂一动不动地站在那儿,奇怪地朝山下张望着。"克拉拉和奶奶在哪儿呢?"她问道。

"啊!你听了大概会感到难受,可我还是得告诉你,"医生回答,"海蒂,其实只有我一个人来。克拉拉病得有些厉害,不能来了,所以奶奶也没有来。不过等到明年春天,天气暖和了,白天也变长了,她们一定会来的。"

海蒂完全愣住了,她一下子还难以相信,期待已久的事全都没有发生。这突如其来的失望占据了她整个儿的心,让她站在那儿好半天都回不过神来。医生没有继续开口说话,周围的一切也都静悄悄的,只听到头顶上的枞树发出哗哗哗的声响。突然,海蒂想起了自己为什么要跑下山来,想起医生真的已经来了,她便抬起头,看到他低头望着自己,眼里露出悲伤的神色。她记得在法兰克福的时候,自己从未在医生脸上见过这般神情。海蒂最不忍心看到别人难过的样子,更何况是这么和蔼可亲的医生。她想,毫无疑问,这肯定是因为克拉拉和奶奶不能一起来,所以海蒂开始绞尽脑汁地想办法安慰他。

"是啊,马上就到春天了,到时候她们一定会来的。"海蒂安慰似的说,"在山上,日子过得可快了。再说到那个时候,她们就可以在这儿住上好长一段时间了,克拉拉肯定也喜欢这样。走,现在我们找爷爷去。"

海蒂和医生手拉手地向小屋走去。海蒂急切地想让医生重新高兴起来,于是又开始保证山上的冬天一眨眼就过去了,夏天就会不知不觉地到来了。说着,她自己也渐渐被这种安慰说服了,一跑到上面就冲爷爷高兴地大喊:"克拉拉和奶奶今天没有来,不过,她们马上就会来的。"

对爷爷来说,医生并不是个陌生人,因为海蒂经常提起她这位朋友。奥姆大叔向客人伸出手,热情地欢迎他的到来。然后,两人在屋前的长椅上坐了下来,他们还给海蒂让了个位子,医生亲切地招呼她过来坐。接着,医生跟爷爷说起这次旅行的事,赛斯曼先生怎样鼓励他来,而他自己也觉得出来走走兴许好些,因为很长一段时间以来,他的心情一直很低落。说完,医生凑到海蒂耳边悄悄说,从法兰克福带来的东西很快就会被送上山来,看到那些东西会比看到他这个年纪一大把的老医生要令她高兴得多。海蒂一听到这消息,就兴奋得不得了,猜着里面都会有些什么。爷爷跟医生说,在这秋高气爽的日子里,要尽量多上山来,至少在天气晴朗的时候多上来。因为这里没有可以让医生留宿的房间,所以没法儿让他住在山上。不过,他建议医生不要回拉加兹温泉,而是在德夫里村找个住处,山下的旅店虽小,倒也干净整洁。这样一来,医生每天早晨就都能上山来,而且又不会感觉太累。要是他喜欢,大叔还可以做他的向导,在山上无论他想去哪儿大叔都能带他去。医生十分赞成这个提议,决定按照大叔说的做。

不知不觉,太阳爬到了头顶,已经到中午了。风儿早就偃旗息鼓,枞树也变得安安静静了。这里虽然地势很高,但怡人的微风挟着阳光的温暖,使这儿的天气仍出奇地暖和舒适。

这时,奥姆大叔站起身来,走进了小屋,不一会儿,就搬出一张桌子,摆在长椅前。

"来，海蒂，去把我们餐桌上需要的东西都拿过来，"爷爷说，"请医生也在这儿将就吃一顿吧，虽说是粗茶淡饭，这个餐厅还是相当不错的。"

"我也深有同感，"医生望着阳光照耀下的山谷，答道，"我很高兴接受您的邀请，在这儿用餐肯定美味可口极了。"

海蒂想到能在这儿款待医生，高兴得不知道该怎么做才算周到，她像只小蜜蜂似的跑来跑去，把橱柜里能拿出来的东西全搬了上来。这边，爷爷已经准备好午饭，他端来了一罐热气腾腾的羊奶，还有烤得金黄的奶酪，爷爷又把在山间清新空气里晾干的肉干切成薄薄的片。医生几乎有一年没尝过如此香喷喷的午饭了。

"看来还是得把克拉拉带到这儿才行啊，"医生说，"要是她像我今天这么吃，不用多久，准能跟换了个人似的，变得又胖又结实，连熟悉她的人都认不出她来！"

就在他说话的这会儿，一个人正背着大包裹从下面走上山来。他走到小屋旁，把沉甸甸的包裹往地上一放，深深地吸了几口山上的清新空气。

"这个就是我从法兰克福带来的礼物。"医生说着站起身，走了过去，开始解这个大包裹，海蒂则充满期待地站在一边。医生完全解开包裹的层层包装后对海蒂说："来吧，孩子，现在该轮到你自己把宝贝取出来了。"

海蒂一个接一个地拿出礼物，直到把它们全部摆在面前。她高兴极了，惊讶得连话都说不出来了。直到医生又走到她身边，打开那个大盒子的盖子给她看，告诉她这是给彼得奶奶喝咖啡时吃的点心时，海蒂终于高兴地大喊大叫起来："啊！这下奶奶能尝到好吃的点心了！"随即海蒂又把它们全都包好，想立刻送到奶奶那儿去。爷爷却说，傍晚送医生下山的时候一起拿过去比较好。这时海蒂又发现了那袋烟草，忙拿给爷爷。爷爷很喜欢这样的礼物，马上把烟丝装进烟斗里抽了起来，两个大人又都坐回到长椅上，各自吐着大大的烟圈，兴致勃勃地聊起各种各样的话题。海蒂则高高兴兴地在旁边一个一个地查看她的礼物。忽然，她又跑回到长椅边，站在医生面前，等他们说完一段话停下来时赶紧插话说："不对，这些东西全加在一起，也没有医生来这儿更让我高兴。"

两个大人听完后，不由得笑了，医生说，他根本没想到事情会是这样。

当太阳开始落山时,医生站了起来,是时候下山到德夫里村找旅店了。爷爷抱着点心盒、围巾和大香肠,医生拉着海蒂的手,三个人就这样往山下走去。到了牧羊人彼得的家门口,海蒂和他们告别,爷爷要把客人送到德夫里村,再顺路回到这儿接她,海蒂只要在奶奶这儿等着就行。当医生同海蒂握手告别时,海蒂问道:"明天早上您要和山羊们一起上牧场看看吗?"因为海蒂觉得,再没有比这更好的款待了。

"完全同意!"医生回答,"我们一起去吧。"

两个男人继续上路,海蒂则跑进奶奶家,她先费了九牛二虎之力才把点心盒拖进屋里,然后,她又跑出来拿香肠——因为爷爷已经把东西全放在门口了——第三趟又出来拿围巾。海蒂把这些东西全都拿到尽可能靠近奶奶的地方,好让奶奶用手一摸就知道是什么东西。海蒂还把围巾放到奶奶膝盖上。

"这些东西都是从法兰克福带来的,是克拉拉和法兰克福奶奶送的。"海蒂解释给目瞪口呆的奶奶和布丽奇特听,布丽奇特刚才就看见海蒂铆足劲儿把这些沉重的东西一件一件地搬进来,她压根儿想象不出这是怎么回事,只能愣愣地看着。

"奶奶,您肯定会特别喜欢这些点心,对不对?您瞧,它们多软和!"海蒂不停地说着,奶奶则不住地点头。"嗯,是呀,海蒂,我也这么想!她们是多好的人哪!"然后她用手抚摸着又暖和又厚实的围巾说,"大冬天披上它该多好啊!这么好的围巾成了我的,围上它,我真是做梦也不敢想啊。"

海蒂有些奇怪地发现,奶奶收到围巾似乎比收到点心更高兴。而布丽奇特还站在桌子旁打量着桌上的香肠,眼神里除了惊叹还是惊叹。她这辈子还没见过这么大的香肠,更不用说还是自己的了,她几乎不敢相信自己的眼睛。布丽奇特摇了摇头,有些忐忑不安地说:"还是先问问大叔吧,这到底是怎么回事!"

海蒂却毫不犹豫地回答:"当然是请你们吃啊,根本没有别的意思。"这时,彼得跌跌撞撞地跑了进来:"大叔就在我后面,他就要来了……"他才开口就说不下去了,因为他的目光落在桌上的大香肠上,吃惊得说不出话来。海蒂知道爷爷快到了,立刻同奶奶道别。现在,爷爷每回路过这儿都会进来问候奶奶,奶奶一听到爷爷的脚步声就十分高兴,因为爷爷总会跟她说些开心、安慰的话。不过,今天对于每天天一亮就跑到外边的海蒂来说,时间已经有点儿晚了,而爷爷从来不让海蒂太晚睡觉。因此爷爷只是站在敞开的门外给大家道了声晚安,就带着孩子回家了。就这样,在星光闪烁的夜空下,祖孙俩向山顶上宁静的小屋走去。

第17章　报　恩

第二天一大早,医生就跟彼得和羊群一起从德夫里村向山上走去。一路上,和蔼可亲的医生几次想跟这个男孩说说话,却没有成功,因为不论他问什么,彼得都只是含糊地说一两个词算是回答。看来,要和彼得说话可不是一件容易的事。就这样,两人一声不吭地来到爷爷的小屋前。海蒂正牵着两只羊在那儿等着,他们仨就像清晨照在群山间的阳光一样生机勃勃、活泼可爱。

"今天一起去吗?"彼得问,他每天早晨都会这么问,听不出是在询问还是在命令。

"当然去啦,要是医生一起去的话,我当然要去。"海蒂答道。

彼得瞟了一眼旁边的医生。这时,爷爷拿着一个装了午饭的袋子走了出来,他先恭敬地向医生问了声早,然后又走到彼得跟前,把袋子挂在彼得的脖子上。今天的袋子比平日的重多了,因为奥姆大叔在里面放了些大肉干。爷爷琢磨着,医生到了山上,也许会想和孩子们一起在那儿吃个午饭。彼得猜到袋子里肯定放了好多平时吃不到的好东西,不由得咧开嘴笑了。

于是,他们开始向山上进发。跟平常一样,海蒂被羊群团团围住,羊儿们互相推着挤着,竞相靠到海蒂身边,直到海蒂站住责备似的说:"好了,现在都规规矩矩地往前跑!不许再回头顶我撞我了!我要和医生说说话。"说完,海蒂轻轻地拍拍"小雪"的脊背,特别叮嘱它要好好听话。然后,她才好不容易从羊群里跑了出来。医生拉起她的手,两人一起走着。现在医生总算可以毫不费力地和他的伙伴说说话了,海蒂也有一大堆话要说。她给医生讲了很多关于山羊和它们怪脾气的事,还有山上的花儿、石头、鸟儿什么的。说着说着,不知不觉他们就到了牧场上可以歇脚的地方。一路上,彼得一直用带着敌意的目光时不时地瞄瞄医生,医生要是发现的话准会大吃一惊,不过幸好他没有发现。

到了牧场后,海蒂马上把医生带到她最喜欢的地方,因为她每次都习惯坐在那儿欣赏四周的美景。海蒂像往常一样在暖洋洋的草地上坐了下来,医生也在她旁边坐下。秋天金子般的阳光，不仅洒遍了高山牧场，还洒向了远处绿色的山谷。宽阔的雪原在阳光的映照下到处闪耀着金色的光芒，两座灰色的巨大岩峰雄伟地矗立在那儿，笔直地刺向蔚蓝的天空。早晨的清风轻轻地吹过高山牧场，轻柔地吹拂着这个季节仅余的花朵——风铃草，它们沐浴着阳光，小脑袋愉快地一摇一晃的。头顶上，那只老鹰正绕着大圈飞翔，不过，今天它没有鸣叫，只是展开翅膀在天上盘旋，享受着飞翔的乐趣。海蒂目不暇接地望望这儿，看看那儿。摇曳的花朵、蔚蓝的天空、和煦的阳光，以及自得其乐的老鹰——这一切都太美了！太漂亮了！海蒂的眼里充满喜悦。她转头看了看她的朋友是不是也在欣赏这迷人的景色。可医生一直心不在焉地坐在那儿举目四望，此时，他的目光正好碰上海蒂那闪着喜悦的双眼。"不错，海蒂，"他响应道，"这儿的确是个美丽的地方，只是你说说看——要是一个心情郁闷的人上这儿来，他能恢复心情，为这些美景感到快乐吗？"

"嗯，但是，"海蒂解释说，"在这儿才不会心情郁闷呢，在法兰克福才会不开心。"

医生微微一笑，但笑容很快又消失了，他接着说："假如有人没能把所有的伤心事都丢在法兰克福，而是带到这儿来了,那你知不知道怎么才能帮助他?"

"要是他自己不知道该怎么办,就把一切都告诉上帝吧!"小海蒂信心十足地说。

"是啊,这倒是个好主意,海蒂。"医生说,"可是,如果这些悲伤、难过的事情都是上帝亲自安排的,我们又该怎么对上帝说呢?"

海蒂坐在那儿思来想去了好一会儿。在海蒂心里,她坚信无论遇到多么痛苦的事情,上帝都会来拯救的,所以她只能从自己的经历中寻找答案。

"那样的话,人们就必须等待。"她说,"我们心里要一直想着:上帝必定知道什么对我们最有好处,他肯定会帮助我们脱离痛苦。只要我们耐心等待,而且别从上帝那儿逃开。只要这么做,一切都会突然之间变好,那时我们也会明白,上帝由始至终都知道什么对我们最好,只是我们一开始并不清楚,只知道我们自己有多么痛苦,还总以为永远都会是这样。"

"真是美好的信仰啊,孩子,希望你永远都会坚信上帝。"医生回答。他默默地望了一会儿绵延的远山、阳光照耀下的绿色山谷,然后又开口道:"你知道吗,海蒂,也许这儿就坐着一个人,在他眼前只有一大片阴影,他感受不到也欣赏不了周围美丽的景色,这样的人到了这儿,心里反而会更加难受,你能明白这些吗?"

听到这些,原本愉快的海蒂觉得心里一阵刺痛。"眼前只有一大片阴影"让海蒂想起了奶奶,她再也看不见这灿烂的阳光和山顶的美景。每想到这些,海蒂的心里就会异常难受。她沉默了,她的喜悦因忽然而至的伤心而中止了。过了一会儿,海蒂才用十分严肃的口吻说:"是的,我能懂。不过我也知道,难过的时候可以唱唱奶奶书上的赞美诗,那样我们就能开心一些,奶奶就常常觉得心里亮堂堂的,还能重新开心起来。这是奶奶亲口告诉我的。"

"是哪些赞美诗呢,海蒂?"医生问。

"我只记得奶奶喜欢的那几首,有歌颂太阳的,有歌颂美丽花园的,还有一首长诗中的几节,她总是喜欢让我把这些赞美诗反复念上好几遍。"海蒂回答。

"给我念念这些诗歌好吗?我也想听听。"为了好好听海蒂念诗,医生还端正了一下坐姿。

海蒂合起双手,整理了一下思绪,说:"奶奶说,其中有一段诗能让人感觉到希望和信心,我可不可以就从那儿开始?"

医生点点头表示同意,于是,海蒂开始朗诵起来:

不要让你的心沉浸在痛苦之中
也不要让你的灵魂焦虑惊恐
有一位智慧的守护者
他会来到你的居所

你失败的时候他来成就
看哪,敌人溃不成军
你所有的苦难
都将变成美好的惊喜

对他的怜悯不要心存疑虑
即使只有一时半刻
因为他,孤独无依的流浪孩子
不再怀疑他无穷无尽的怜悯之心

那么他至少会眷顾你

耐心等待他的人

他的爱永不褪色

他会在你的心中重燃希望

海蒂突然停住了，因为她不确定医生是不是还在听。医生用手捂着脸，一动不动地坐在那儿。海蒂想他大概是睡着了，等他醒来之后还想听的话，再背诵给他听。此时，四周一片寂静。医生当然没有睡着，他只是静静地坐在那里。他的思绪回到了很久以前：他看到了还是小男孩的自己，站在亲爱的妈妈的椅子旁，妈妈搂着他的脖子，念着海蒂刚才背诵的诗句给他听——他已经有好多年没听过这首诗歌了。他感觉自己仿佛又听到了妈妈的声音，还看到妈妈正慈爱地注视着自己。当海蒂停下来，这些熟悉而亲切的声音似乎还在对他说着什么。他深深地沉浸在诗歌的余韵之中，久久地坐在那儿，既不挪动一下，也不把手从脸上拿下来。当他终于站起来，看到海蒂正惊讶地望着自己。

"海蒂，"他拉起海蒂的手说，"你背诵的诗歌真好听。"听起来，他的声音变得快活多了，"明天我们还要一起来这儿，你要再背诵给我听。"

这边，彼得却心烦得直想发脾气。海蒂已经好久没来牧场，今天总算来了，却又总和那个老头儿在一起，自己和她一点儿都说不上话。彼得的火气越来越大，最后只能绕到医生身后不远的地方，那里正好医生看不见。于是，他抡起一只大拳头，威胁似的冲他的"仇敌"挥舞着。不一会儿，一只拳头变成了两只拳头，随着海蒂在医生身边待的时间越长，彼得的拳头挥舞得越猛，胳膊也举得越高。

太阳逐渐升起来，彼得知道已经到午饭的时间了。他猛地憋足劲儿冲两人大喊一声："吃午饭了！"

海蒂听了便站起身，想把装午饭的袋子拿过来，那样医生就可以坐在这儿吃了。可医生阻止了她，说他一点儿也不饿，只要一杯奶就够了，而且他还想再到上面去看看。海蒂觉得自己也不饿，便也打算只喝杯奶对付一下，说她很乐意陪着医生到上面长满苔藓的大石头那儿去，以前"金翅鸟"就差点儿从那里掉下去。所以海蒂跑到彼得跟前，告诉他自己的安排，并请他挤两碗羊奶给她。彼得一下子还转不过弯儿来。"那袋子里的东西给谁吃呢？"他问道。

"给你吃吧，"海蒂答道，"不过，请你先挤羊奶，快点儿。"

彼得做事情还从没如此迅速过，一想到那个袋子里面的东西现在居然都成了他的，一眨眼的工夫就挤好了奶。当海蒂和医生慢慢喝羊奶时，彼得赶忙打开袋子，一看到里面那些大块的肉就激动得浑身发抖。当他正要伸手将肉拿出来时，似乎有什么东西让他的手缩了回来。他猛地想起自己刚才就站在医生背后挥拳头，而现在自己是沾了医生的光才能吃到这么好的午餐的。他觉得自己现在还不能享用这午餐。突然，他一下子跳了起来，跑到刚才站过的地方，高高举起双手，表明他已经收回了刚才的拳头，一切都没有发生过。他就保持着这个姿势，直到心里觉得已经为刚才的行为做出足够多的补偿，心理平衡了，才跑回去坐下来，心安理得地享用这顿美美的、难得一见的丰盛午餐。

海蒂和医生四处走着，边走边聊，过了好长时间，医生说他该回去了，并认为海蒂大概会和羊群一起下山。海蒂听了，却怎么也不愿让医生孤零零地一个人下山。她坚持要跟医生一起走到爷爷的小屋，或者更远一点儿的地方。下山的路上，她和医生手拉手，有说有笑，她不停地跟医生说这说那，如羊儿最喜欢吃哪儿的草，夏天五颜六色的花儿都在哪里盛开，等等。现在，海蒂还能叫出每种花草的名字，因为夏天的时候爷爷把这些全教给了她。直到最后医生说他们必须分手了，两人才互道晚安，医生继续往山下走去了。他边走边不时地回头看，海蒂一直站在原地朝他挥手。医生想起自己从前出门时，他亲爱的女儿也总是这样目送他离开。

这个月天天都是阳光灿烂的好天气。医生每天都会去爷爷的小屋，在高山牧场上到处走走。有时奥姆大叔还会陪医生到更高的地方去，在那儿，暴风雨曾把老枞树的树干拦腰折断。他们的到来，还把巨大的老鹰从老巢里惊起，它一边嘶叫着一边扑扑地拍打着翅膀，紧挨着他们的头顶掠过。对医生来说，和爷爷聊天是一种莫大的享受，爷爷对山上植物的熟悉程度令他惊讶不已。他清楚各种草药的效用，从带香味的枞树，弥漫着清香的黑松针，到随处可见的、长在树根间的卷曲苔藓和不起眼的花花草草，等等。而且，爷爷对山上大大小小、各种动物的生活习性也了如指掌，他有许许多多关于住在山洞里、土洞里及枞树顶上的动物的趣事。就这样，医生感觉过得很愉快，一天的时间一下子就过完了，他几乎每次傍晚跟老头儿道别的时候都会说："好朋友，每次见到您，我都能学到一些新东西。"

不过，在天气晴好的时候，医生还是喜欢和海蒂出去散步,然后像第一天那样坐在一起。这时,海蒂会给医生背诵赞美诗,还会把自己知道的一些事情讲给他听。彼得也常常坐在离他们不太远的地方,不过现在他可老实温驯多了,不再抡拳头乱发脾气了。

九月就这样一天天过去了,一天早上,医生又来到山上,脸上却没有了往日的笑容。他说,这是他待在这儿的最后一天了,尽管离开这里让他很难过,因为他感觉这里就像自己的故乡一样,可是他必须得返回法兰克福了。奥姆大叔听了这个消息之后感到非常遗憾,海蒂则已经习惯了每天都能见到她这位好朋友,突然听说要分开了,她一下子难以接受。她万分惊讶,满腹狐疑地望着医生,可事情不容置疑,医生不得不走了。医生向奥姆大叔告别之后,问海蒂愿不愿意送他一程,海蒂紧紧拉着他的手,一起向山下走去,她还是想不通,医生会真的这么一去不复返了?走了一会儿,医生停下来,用手摸了摸海蒂那头鬈发,说:"好了,海蒂,你得回去了,我必须走了!唉,如果我能把你带到法兰克福,让你待在我身边就好了!"

突然间,海蒂的眼前浮现出法兰克福的样子,无穷无尽的房子一幢挨着一幢,石板铺就的街道,还有罗特迈耶小姐、蒂奈特，便支支吾吾地回答："我还是喜欢医生来我们这儿。"

"是啊，你说得对，还是这样好些。再见了，海蒂。"海蒂握住医生的手，抬头望着他。医生那双慈爱的眼睛凝视着海蒂，眼里噙满了泪水。随即医生猛地一个转身，快步向山下走去。

海蒂依然一动不动地站在那里。医生那慈爱的目光和眼里的泪水，深深地打动了海蒂的心。海蒂忽然哇的一声大哭起来，拼命向离开的身影追去，抽抽噎噎地大喊："医生！医生！"

医生转过身来，等着海蒂跑到他面前。她泪流满面，哽咽道："我现在就跟您去法兰克福，并一直待在您身边，您什么时候让我回来，我再回来，不过，我得先跑回去跟爷爷说一声。"

医生拍拍激动的小女孩，设法让她平静下来。"不，那不行，我亲爱的孩子，"他亲切和蔼地说，"你现在还不能跟我走，你暂时还得待在枞树下，不然你也许还会犯病。不过，我有个问题要问你，我要是生病了，一个人孤零零的，你会来看我，待在我身边吗？我可以把你当成一个会关心我、惦记我的人吗？"

"嗯，当然会去看您，我一定会在知道的当天就赶过去看您，我会像爱爷爷那样爱您。"还没从悲痛中恢复过来的海蒂哽咽着。

医生再次跟海蒂说了"再见"，然后重新上路。海蒂站在原地望着他，不停地挥着手。最后，医生回头望了一眼仍在挥手的海蒂和阳光下的高山牧场，自言自语地说："住在这山上真是不错，不仅对身体有利，还能放松心情，让人重新学会快乐。"

第18章　德夫里村的冬天

奥姆大叔的小屋周围堆起了厚厚的积雪，已经跟窗沿一般高了，几乎连门都瞧不见了。这里每天晚上都会下一场新雪，要是奥姆大叔还住在这儿，恐怕得天天像彼得那样进出家门了。现在，彼得每天早上都得先从起居室的窗户跳出去，因为积雪在一个晚上的时间里还没有牢牢地冻结在一起，所以彼得一跳，就会立刻陷进去，雪几乎没到他肩膀的位置。他手、脚、头并用，使尽浑身解数才能从雪堆里挣脱出来。然后，他的妈妈再递给他一把大扫帚，彼得用它一点点地扒开一条通向大门的小道。他还必须小心翼翼地把雪全铲到两边去，否则房门一打开，这松软的雪堆就会全部滚进来。若雪已经冻得够结实，就会在房前垒起一堵冰墙，除了能从小窗户跳出去的彼得，谁也没法儿出这屋子。不过这样不时地在夜间下场新雪，倒是给彼得带来了不少快乐的时光，因为只要从窗口爬出来，就是冻得硬邦邦的、一路光滑的雪地。妈妈会把小雪橇从窗口递出来,那样他只要坐上去一滑,不管怎么滑,滑向哪里,最后总能滑到德夫里村,因为整个高山牧场已经成了一个四通八达的大冰场。

这个冬天,奥姆大叔没有住在山上。按照事先说好的,下过第一场雪后,他立即锁上小屋和羊圈,带着海蒂和羊儿来到山下的德夫里村。在教堂的附近有一座半荒废的破楼,它曾经是一位显赫人物的大公馆,一位受人尊敬的军人曾在这里住过。他加入过西班牙军队,立过赫赫战功,缴获了许多的金银财宝。后来他回到家乡,用其中一部分战利品在德夫里村盖了这幢漂亮的房子。他本打算在这儿长住,然而,他早已习惯了城市的喧嚣与繁华,宁静的乡村生活叫他无法忍受,所以没住多久就搬走了,而且再也没有回来过。之后又过了好些年,传来了他去世的消息,他的一个远房亲戚接管了这幢房子,不过那时房子就已经破损严重了,但新的房主并没打算对它进行重修。因为这里房租便宜,不久就住进了好多穷人,也任由房子破败失修,渐渐不再有人管了。又过了很多年,奥姆大叔带着年幼的儿子托拜厄斯来到村里,在这所破败不堪的房子里租住过一阵子。再往后,这里就成了空房子,因为到处都有窟窿和裂缝,不会修补房屋的人是没法儿在这里居住的。除此之外，如果是在漫长而寒冷的冬季，无论是风是雨还是雪都会灌进这座房子，所以连蜡烛都点不着，而住在里面的人也只能被活活冻死。不过，这难不倒奥姆大叔，他知道该怎么做。当他下决心在德夫里村过冬后，便又租下了这幢老房子，还在秋天时就对房子进行了修葺。到了十月中旬，他便带着海蒂搬过来住了。

如果从这幢房子的后门进去，首先看到的是一块空地，它的两侧都有墙壁，其中一侧只留着残余的半截。在它上面还有一扇破旧的拱窗，爬满了茂盛的常春藤，常春藤一直爬上那个残留了一部分的圆拱形屋顶，一看就知道这曾是个祈祷室。不用穿过门，便可以来到另一个大厅。这儿只留下一些残垣断壁，屋顶已经所剩无几，要不是有那两根粗壮的柱子支撑着，那残留的一小块屋顶甚至随时有可能会砸下来。奥姆大叔在这里用木板隔出了一个房间，并在地上铺了厚厚的草秆，这是预备给山羊住的。从这儿有通向各处的走廊，不过大多残缺不全，有时都看得见外面的天空、牧场和街道。最后在一道走廊的尽头，有一扇结实的橡木门，门后是一间保存尚好的屋子。装饰着深色壁板的墙壁保存得跟过去一样完好，房间的一角还装着一个几乎能通到天花板的大壁炉。壁炉的白色瓷砖上绘着一大幅蓝色的壁画,上面画着古老的城堡,城堡周围环绕着高大的树木,树下是骑着马、牵着猎犬的猎人。在另外一边,画着高大的橡树,投下长长的倒影,下面是一片幽静的湖水,一个人正站在水边垂钓。壁炉的周围摆放着椅子,人们可以舒适地坐在那儿欣赏这些壁画。海蒂跟着爷爷一走进来,就喜欢上了这儿,她立刻跑到炉边的椅子上坐下,仔细地欣赏起壁画来。而当她绕到了炉子的后面,她的注意力马上被别的东西吸引住了。原来,在炉子和墙壁之间还有好大一块地方,那里放着一个由四块木板围成的大苹果箱似的东西。不过,里面可没放什么苹果。海蒂一眼就认出了这是她的房间,因为里面有她的床。厚厚的干草床垫和床单、麻袋做的被子,完全跟山上的小屋一模一样。海蒂拍着手,高兴得大喊大叫:"爷爷,这是我的房间吧。太漂亮了!但是,爷爷您睡哪儿呢?"

"你的房间要在炉子边才行,这样你才不会冻着。"爷爷回答,"我带你去看看我的房间吧。"

海蒂蹦蹦跳跳地跟在爷爷后面,穿过这个宽敞的房间,在另一侧的尽头有一扇门通向一个小房间,里面放着爷爷的床铺。海蒂瞥见房间里还有一扇门,上前推开一瞧,吃惊得愣住了，因为她看到了一个非常大的厨房，有生以来还是头一回见到这么大的厨房。爷爷已经下了很大的功夫对这个房间进行了一番大规模的修整，可还是有许多不尽如人意的地方，还有许多地方需要修补。四周的墙壁上到处都是洞眼，还有一些大裂缝，冷风呼呼地直钻进来。爷爷往墙上钉了好多木板，看上去就像是做了好些小壁橱。此外，爷爷还用一大把铁丝和钉子把那扇又旧又高的大门固定了一下，好让这扇门关严实。海蒂觉得这样非常好，因为门外是一大片残垣断壁，那儿杂草丛生，到处都是小甲虫和蜥蜴。

这个新家让海蒂很满意，第二天一大早，她就把屋子的角角落落都彻底看了一遍，以便彼得来参观的时候领着他到处看看，把这儿所有新奇的东西都介绍给他。

海蒂躺在炉子边的床铺上睡得舒服极了，可是每天早上一醒来，还总以为自己是在山上，马上想跑出去看看是否因为厚厚的积雪压住了树枝，才没有听到枞树哗啦哗啦的声响。所以早上醒来后，她常要左看看、右瞧瞧，才能确定自己是待在哪儿。当她逐渐意识到自己不在山上的小屋时，仿佛觉得有什么东西在困扰着她，压迫着她，让她透不过气来。不久，外边就传来了爷爷照料"小天鹅"和"小熊"的声音，山羊们接连发出好几声大叫，像是在呼唤海蒂快点儿过去看看它们，海蒂这才想起自己还在家里，于是欢快地从床上跳下来，飞快地向山羊们跑去。但是到了第四天早晨，海蒂一看到爷爷就说："我今天一定要去奶奶那儿。她已经一个人待得太久了。"

但是，爷爷没有答应她的请求。"今天和明天都不行，"他说，"山上的积雪足有一英尺[1]深，现在还一直下着雪。就连那个壮实的彼得都没法儿过来，像你这样的小娃娃一下子就会被雪埋住的，找也找不到。海蒂，还是等结冰了再说吧，那样你就能轻轻松松地从冰面上走过去了。"

这种等待让海蒂有些泄气，好在日子变得很忙碌，时间在不知不觉间就过去了。

海蒂现在每天上午和下午都要去德夫里村的学校上学，她非常努力地学习老师传授的所有知识。在学校里，她几乎见不到彼得，因为彼得不来上课已经成为一种惯例。老师是一个很随和的人，他只是有时说上一两句："彼得今天好像又没来，不过山上的积雪很厚，他大概下不来吧。"然而，

---

[1] 英尺，英制长度单位。1英尺≈0.3048米。

每天傍晚时分放学以后，彼得仿佛都能顺利地下山来，甚至还会去海蒂家玩一会儿。

过了几天，太阳终于又出来了，照耀着白茫茫的大地，但是又早早地落山了，似乎觉得现在毫无东西可看，没有绿意盎然、鲜花盛开的时节那么吸引人。到了夜晚，月亮出来了，显得又大又亮，一整夜都把白茫茫的雪地照得通亮，银光一片。第二天早上，整座大山就像一块巨大的水晶，晶莹剔透，光芒闪烁。当彼得像往常一样从窗口跳出去时，令他始料不及的是，他这一蹦没有陷到软绵绵的雪地里，而是滑倒在了坚硬的雪面上，接着偌大一个人就像一个雪橇，停也停不下来，一下子滑到了山下。彼得好不容易才站了起来，他拼尽全身力气用脚后跟跺了跺雪地，试试看雪地是不是真的变硬了，然而不管他怎么跺脚，雪地一点儿也没有碎裂，看来整座高山牧场已经冻得坚硬如铁了。这可是彼得期盼已久的日子，因为他知道，现在海蒂可以上山来了。彼得连忙跑回家，一口气喝光了妈妈给他准备的羊奶，随即又在兜里揣上一片面包，边走边说："我得去学校了。""去吧，乖乖地上学去吧。"奶奶鼓励道。彼得再次从窗户爬出去——冻雪已经结实地堵住了大门——拉着他的小雪橇，一眨眼就坐上它向山下冲去了。

彼得的雪橇快如闪电，马上就到了德夫里村，随即又继续滑向梅恩菲尔德。彼得决定还是继续下滑，因为他觉得如此快速地下滑，如果急刹车，难保不会摔倒受伤，而雪橇也会摔坏。于是，他就这样让雪橇一直滑到下面的平地上，直到它自动停住。彼得从雪橇上下来，四处望望。由于雪橇的冲劲太猛，他甚至滑过了梅恩菲尔德。彼得寻思着，现在无论怎么往回赶都会迟到，学校早就开始上课了，而且回德夫里村还要花上一小时。就这样，彼得磨磨蹭蹭地向山上走去，走了大半天才回到德夫里村，而这会儿海蒂已经放学回家了，正和爷爷坐在那儿吃午饭。彼得走了进来，他一心想要把这件特别的事情告诉海蒂，所以站在屋子中央不停留地向海蒂喊道："结冰啦！结冰啦！"

"什么？什么结冰了？"爷爷问道，"你这话听起来火药味十足，'将军'！"

"雪呀。"彼得解释说。

"哦，哦，现在我能去奶奶那儿了！"海蒂欢天喜地地叫道，她一下子就明白了彼得话里的意思。"可是你今天为什么没来上学？乘雪橇滑下来不就行了吗？"海蒂责备似的说，因为她觉得，彼得明明能来学校，却跑到外面玩去了，这可不是什么好行为。

"雪橇滑出去太远了，我这才来不及的。"彼得回答。

"我们把这叫作开小差，"爷爷说，"你知道吗，惩罚这种人，是要揪耳朵的。"

彼得吓了一跳，一把将帽子拉了下来，因为在这世界上，他最敬畏爷爷。

"尤其像你这样的山羊将军都开小差逃跑，你应该倍感羞愧。"爷爷接着说，"你想想要是你的山羊，东一只、西一只地乱跑，不愿再跟着你，就算是为它们好也不听你的，你该怎么办呢？"

"那就狠狠揍它们。"彼得不假思索地答道。

"要是有个孩子也像山羊一样不听话，因此挨了揍，你会怎么说呢？"

"那是他活该！"彼得答道。

"是吗，现在清楚了吧？要是你以后再让雪橇滑过头，该去学校上课的时候不去上课，那你就来我这儿等着受罚吧。"

彼得这才明白爷爷说这些话的用意，明白了那个同乱跑的山羊一样不听话的孩子就是自己。彼得害怕地往墙角瞥了瞥，看看周围有没有类似自己在这种情况下用来对付山羊的家伙。

不过，爷爷突然转而用高兴的语调说："过来吧，坐下来一起吃点儿东西，吃完之后，你带海蒂上山。晚上你再送她回来，晚饭也在这儿吃。"

事情的变化完全出乎彼得的预料，他咧开嘴笑得开心极了。他马上听话地跑到海蒂身旁坐下。海蒂一想到快要见到奶奶了，就高兴得再也吃不下饭了。她把自己盘子里剩下的土豆和烤奶酪都递给了彼得，而爷爷这边也给彼得盛了满满的一盘，彼得面前的食物都快堆成一座小山了，不过这对彼得来说是小菜一碟。这时，海蒂跑到壁橱那儿拿出克拉拉送的暖和大衣，穿得严严实实，再戴上帽子，就等着出发了。她站到彼得身边，等彼得把最后一块食物塞进嘴里，便说："现在走吧。"于是，两人一起上路了。路上，海蒂向彼得讲起了"小天鹅"和"小熊"的事，这两只山羊搬进新羊圈的第一天根本不吃东西，整天都耷拉着脑袋无精打采的，而且连一点儿声音都没有。于是她就去问爷爷，它们这是怎么了，爷爷告诉她羊儿跟她刚到法兰克福的时候一样，因为它们俩这辈子都没下过山。"你不知道这是怎么回事,彼得,你得亲身经历过才明白。"海蒂补充说。

彼得一路上一声不吭,直到他们快到目的地才张口说话。他一直在琢磨着什么,所以根本没听到海蒂的话。当他们到达家门口时,他停住了,有点儿闷闷不乐地说道:"比起被爷爷惩罚,我宁愿去上学。"

海蒂也同意这个想法,并鼓励他一定要下定决心。他们走进屋子,看见布丽奇特一个人在做针线活,奶奶因为天太冷了,这阵子身体一直不太舒服,要卧床休息才行。以前每次海蒂来,奶奶总坐在屋子的角落里,这次却没有,于是她飞快地跑到另一个房间里。奶奶裹着那条稍稍暖和的灰色围巾,盖着一条可怜巴巴的薄被子,躺在她小小的床上。

"感谢上帝!"奶奶一听到海蒂跑进来的脚步声就喊道。这个可怜的老人家一整个秋天都在暗自担心,特别是海蒂长时间不来,会让她更忐忑不安,因为她听彼得说起过,曾经有一位陌生的先生从法兰克福过来,他常跟海蒂一起到高山牧场去,还总和海蒂不停地说话,奶奶认为他来这里没有别的事,就是想把海蒂重新带走。虽然说那位先生一个人走了,可她仍在时时担心会有信差从法兰克福过来把海蒂领走。海蒂走到奶奶的床边，担心地问："您病得很厉害吗，奶奶？"

"没有，不碍事的，孩子。"奶奶爱怜地抚摸着海蒂的头，安慰说，"只是天寒地冻时，手脚会有点儿不方便。"

"天气一暖和起来，您就会好起来的吧？"

"是的，上帝会保佑的，说不定过不了多久，我又能坐在那儿纺线了。今天我还想试着做一点儿呢，明天肯定就可以了。"奶奶为了让这孩子不再担心便这样说，因为她已经察觉到海蒂的惊恐不安了。

奶奶的话让海蒂如释重负，因为她还从没见过奶奶生病躺在床上，因此心里非常害怕。她惊奇地看着奶奶，然后说："在法兰克福，围巾是外出散步时才用的，您觉得它是在床上睡觉时裹的吗，奶奶？"

"亲爱的孩子，我这样裹着围巾，是因为太冷了呀，被子又有点儿薄，裹上围巾就好多了。"奶奶回答。

"可是，奶奶，"海蒂又说，"这张床怎么会这样，您的头这一边怎么会这么低，应该高一点儿才对呀？"

"我知道，孩子，我感觉到了。"奶奶说着，把手臂枕到头下那个跟纸板似的又薄又扁的枕头上，让自己更舒服一些,"这只枕头本来就不怎么高,我又在这上面睡了好多年,自然就被压得扁平了。"

"我还是问问克拉拉吧,看看能不能把我在法兰克福的床送到这儿来。"海蒂说,"我那张床上有三个又大又厚的枕头,一个叠着一个,我总是睡不惯,老是滑到枕头下面平坦的地方睡,不过我还是会重新睡到枕头上,因为这样睡才合规矩。您也那样睡吗,奶奶?"

"哦,当然啦!枕头能让人暖和一点儿,头枕得高一点儿的话,呼吸也会畅快一些。"奶奶一边说,一边费力地把头往上挪,以便找到一个更高的位置,"算了,我们现在不说这些了,我还要感谢上帝呢,让我没有其他老年人常有的病,每天能吃到那么好的面包,还拥有这么暖和的围巾。再说,海蒂,你又待我这么好,常常过来看我。来,今天想给我读点儿什么?"

海蒂跑到另一个房间,把那本赞美诗集拿了过来。现在,她对里面的赞美诗都熟记于心了,能从里面挑出她十分喜欢的诗歌。再次听到这些诗歌,海蒂和很多天没听到赞美诗的奶奶都感到很开心。奶奶双手合十放在胸前,刚才她那满是忧虑的脸上露出了一丝平和的微笑,仿佛有人给她带来了天大的好消息。

读着读着，海蒂突然停了下来："奶奶，您现在感觉好些了吗？"

"好多了，孩子，听你念着念着就好些了。你接着念完吧。"

海蒂继续读诗，她读的最后一段是这样的：

> 如果我的眼前漆黑一片
> 黑暗将我重重围住
> 请您把我的心灵照亮
> 我会快乐地追随而去
> 就像人们返回故里那样

奶奶把这些句子重复了一遍又一遍，脸上充满快乐的期待。海蒂也觉得很高兴，她的眼前出现了自己回家时那个阳光灿烂的日子，于是欢快地喊道："奶奶，我也知道人们回到故乡会是怎样一种心情。"老人没有说话，不过她听到了海蒂的声音。奶奶脸上的神情让海蒂觉得，她应该让奶奶一直保持这种心情。

过了一会儿，海蒂又说："奶奶，天快黑了，我得回家了。我真高兴，您的身体重新好起来了。"

奶奶拉起孩子的手，紧紧地握住。"是啊，"她说，"我心里也高兴啊。就算我还得躺在这儿，我也心满意足了。如果一个人孤零零地一天又一天地躺在床上，没有人和他说话，什么也看不见，甚至连一点儿声音都听不到，痛苦的想法就会占据他的内心。我有时也会想，要是明天再看不见，自己可能就挺不过去了。但是你来了，你读的那些诗句，让我感到了安慰，让我心里重新快乐起来了。"

奶奶松手让孩子离开，海蒂向她道了晚安后忙跑到另一个房间，叫上彼得赶紧离开，因为现在夜幕已经降临了。他们出来的时候，天空已经挂着一轮明月，照着白茫茫的雪地，亮得就像白天一样。彼得带上雪橇，让海蒂坐在后面，他自己则坐在前面驾驶，两人就像空中飞翔而过的小鸟，呼啸着朝山下猛冲过去。

晚上，当海蒂躺在高高的干草床上时，她想起了睡在压扁的枕头上的奶奶，想起了奶奶讲的话，还有她听到这些诗句感觉到的光明和安慰。海蒂不由得想：要是每天都有人给奶奶念这些诗句，那她就会好很多。可是她知道，恐怕要整整一个星期，甚至要两个星期之后，她才可能重新上山去。一想到这儿，海蒂心里就非常难过，于是她绞尽脑汁地思考，怎么才能让奶奶每天都能听到她喜爱的诗句。突然，一个主意蹦到她的脑袋里，她兴奋极了，简直等不到天亮就要来实施自己的这个计划。海蒂又霍地从床上坐起来，原来她光顾着考虑奶奶的事情，还没来得及做祈祷，这可是她每天必做的一件事情。

海蒂诚心诚意地为自己、爷爷和奶奶祈祷了一遍后，立即躺回到她又暖和又柔软的干草床上，舒舒服服、安安稳稳地一觉睡到了天亮。

第19章　漫长的冬天

第二天早上,彼得准时到学校上课。他随身带了午饭,中午放学后,他把脚往椅子上一搁,把带来的午饭摊在膝盖上就吃了起来,而那些住在德夫里村的孩子可以回家吃饭。吃完饭后,一点钟接着上课。结束一天的学习后,彼得就会到大叔家看海蒂。

今天彼得一走进大叔家的大房间,就立刻看到海蒂迎着他跑了过来,抓住他的手,因为海蒂一直在等着他来。"彼得,我想到了一些事情。"她急急地说。

"什么事情?"彼得问。

"你必须学会阅读。"海蒂告诉他。

"我学过了呀。"这是彼得的回答。

"是的,可是你必须真正学会阅读。"海蒂继续热切地说。

"我永远也学不会。"彼得不假思索地说。

"没有人相信你学不会阅读，我也不相信，"海蒂用毋庸置疑的口吻说道，"法兰克福的奶奶很早以前就说这不是真的，她还告诉我，不要相信你说的这件事。"

彼得听到这个消息吓了一大跳。

"用不了多久，我就能教会你阅读，我清楚该怎么教你。"海蒂继续说，"你必须马上开始学习，这样你就可以每天给奶奶念一两首诗歌了。"

"对这些我可不感兴趣。"彼得嘟囔道。

海蒂正确而美好的想法，遭到了彼得铁石心肠的拒绝，这可惹恼了她。她双眼冒火，直直地站在彼得面前，威胁似的说："那我现在告诉你，如果你不照我说的去学习将会有什么后果。你知道的，你妈妈说过好几次，要把你送到法兰克福好好学些本领，我清楚那里的男孩都必须去哪里上学。我们坐马车外出的时候，克拉拉曾把那所大房子指给我看。不光是那些男孩在那里上学，连好多大人都在那里学习。这些可都是我亲眼看见的，你不要以为他们那儿也像我们这儿一样，只有一位和善的老师。那所学校里有许许多多的老师，同时进进出出的就有一大群，他们穿着一身黑衣服，就像去教堂时一样，他们的头上还戴着高高的黑帽子……"海蒂还在地板上比画出帽子的大小。

彼得感觉背后阵阵发凉。

"以后,你就必须和那里所有的先生一起上课。"海蒂继续说,"如果轮到你了,你却什么也不会读,拼写还净出差错,到那时,你看那些人会怎么嘲笑你。他们准比蒂奈特还恶毒,真该让你感受一下被蒂奈特嘲笑的滋味。"

"好吧,我学就是了。"彼得一半伤心一半生气地说。

海蒂这才松了一口气。"太好了,那么我们现在就开始吧。"海蒂高兴地说。她手脚麻利地在桌上忙碌了一阵儿,然后把彼得拉到桌旁,再拿出要用的书。

在克拉拉送来的那个大包裹里,有一本书在昨晚被海蒂挑了出来,拿这本书来当彼得的学习教材正合适,因为书里把字母编成了朗朗上口的押韵诗。现在,两人坐在桌前埋头看着这本书,开始上课了。

彼得配合地拼读了好几遍第一首押韵诗,因为海蒂想要他读得又准确又流利。最后,海蒂说:"看来你好像还没有读正确,现在我大声地读一遍给你听,你就会知道该怎么更好地读出来了。"于是,海蒂朗读起来:

今天学不会ABC

明天就得上法庭

"我才不去呢。"彼得顽固地说。

"不去哪儿?"海蒂问。

"上法庭啊。"彼得回答。

"那你快点儿把这三个字母记牢,这样你就不用去了。"

彼得只好重新再读,并坚持把这三个字母重复多遍,直到海蒂说:

"现在你会读这三个字母了。"

海蒂觉察到这些押韵诗在彼得身上产生了很有效的影响,觉得该为以后的课好好做些准备。

"等一下,现在我给你念其他几句。"她继续说,"这样你就会知道接下来该怎么念了。"

说完,海蒂开始缓慢而清楚地念起来:

DEFG不滚瓜烂熟

以后准要吃苦头

如果忘记HIJK

倒霉就会如影随形

LM要是磕磕巴巴

被罚还要被笑话

你要不想挨顿揍

赶快记牢NOPQ

RST要是背不出

坏事就会跟着来

海蒂念到这儿停了下来，因为彼得太安静了，她想看看他正在干什么。而这些暗藏的恐吓和可怕的惩罚，让彼得石化般地坐在那里，用吓坏了的眼神呆呆地望着海蒂。海蒂见他这副模样便立刻心软了，于是安慰道："你不用害怕，彼得，只要你每天晚上都到我这儿来学习，而且都像今天这么用功，你一定会掌握所有字母，这样一来，那些惩罚就不会出现了。不过，你必须每天都来，不能像你上学一样'三天打鱼，两天晒网'，即使下雪你也必须过来。"

彼得欣然答应了，因为刚才经历的恐惧让他俯首帖耳了。就这样，今天的课结束了，而彼得也踏上了回家的路。

从那以后，彼得认认真真地听从了海蒂的命令，每天晚上用心学字母，押韵诗也牢记在心。爷爷经常坐在屋子里，一边聆听他们的课，一边惬意地抽着烟斗，他的脸还不时地抽动几下，那样子仿佛突然忍不住要笑出来似的。在一番努力学习过后，彼得常被留下来一起吃晚饭，对于他一整天因这些诗句而经受的痛苦，这是一个极好的补偿。

冬天就这样过去了，彼得在字母学习上取得了真正的进步。不过，他每天跟这些骇人的押韵诗的残酷战斗还没有结束。

现在，他终于学到了字母U。于是，海蒂大声朗读道：

要是错把U当V

最怕哪里去哪里

彼得一听，咆哮般地说："是啊，我就弄错，但我就偏偏不去！"然而，这一天他学习特别勤奋，给人的感觉是似乎真有人会突然揪起他的领子，把他拽到他讨厌的地方去。次日晚上，海蒂念道：

要是连个W你都学不会

那就瞧瞧墙上的鞭子吧

彼得瞟了一眼墙上,得意扬扬地说:"那上面可没鞭子。"

"是啊,不过你知道爷爷的壁橱里放着什么吗?"海蒂说道,"里面可有一根棍子,跟你的手臂一样粗。要是把它拿出来,不就该说:'那就瞧瞧墙上的棍子吧。'"

彼得知道那根粗粗的榛木棍子,于是赶紧埋头苦读,努力征服这个W。接下来一天学习的押韵诗是:

若你把X抛脑后

今天就会没得吃

彼得朝那个放着面包和奶酪的壁橱瞥了瞥,没好气地说:"我又没说要忘记这个X。"

"这就对了,要是你记住了,咱们就接着学下一个,这样明天你就只剩下最后一个字母了。"海蒂趁机鼓劲儿道。

彼得的样子不太情愿,可海蒂已经接着读起来:

要是你在Y上还卡壳

遭人嘲笑也没辙

彼得一听，眼前立刻浮现出法兰克福那些头戴高高黑色礼帽的先生们，脸上露出讥讽和嘲笑的神情，他赶紧憋足劲儿学习字母Y，直到把它记得牢牢的，即便闭上眼睛，也能想起它的模样。

第二天，彼得颇有点儿神气活现地跑到海蒂这儿来，因为现在只剩下最后一个字母了。这时，海蒂开始大声念道：

要是学个Z也慢吞吞

就送你去霍屯督人[1]村

彼得不以为然地说："我估摸着，还没人知道他们住在哪儿呢！"

"彼得，"海蒂回答，"我保证爷爷会知道。你等等，我马上就去问问，他就在牧师那儿。"海蒂说着就从椅子上

---

[1] 霍屯督人，非洲南部的部落集团。

跳了下来,要立刻付诸行动。彼得见状非常害怕地喊了一声:"等一下!"因为他仿佛看见了奥姆大叔和牧师一起走进来,把自己逮住,并直接送到霍屯督人那儿去。到现在为止,他还真不知道这字母怎么念,所以才害怕地把海蒂叫了回来。

"你怎么了?"海蒂奇怪地问道。

"没什么!你回来吧!我这就学我的字母。"彼得结结巴巴地说。但是,海蒂很想知道霍屯督人到底住在哪儿,坚持要去问一下爷爷,可彼得绝望的乞求最终还是让海蒂放弃了。为此,海蒂让彼得做些事作为回报,她不仅要求彼得把字母Z重复一遍又一遍,直到刻在脑子里这辈子永远不会忘掉为止,还教他学习拼写,而彼得也真的在这一晚有了个好开端。日子就这样一天一天地过去了。

冰开始融化,雪也变软了,而且新雪还在不断地下,海蒂已经整整三个星期没能上山看奶奶了。所以她就更加用心地教彼得,好让他能更快地代替自己为奶奶读诗歌。一天晚上,彼得从海蒂那儿回到家,一进门就说:"现在我会了。"

"你会什么了,彼得?"母亲问。

"阅读。"彼得回答。

"这是真的吗？你听见了吗，妈妈？"布丽奇特喊道。

奶奶当然也听到了，只是非常纳闷儿他是怎么学会的。

"现在我得给您读一首诗，这是海蒂吩咐的。"彼得继续报告。母亲手脚麻利地把那本书拿过来，奶奶非常兴奋地期待着，因为她已经好久没听到那些动人的诗句了。彼得往桌旁一坐，便开始读起来。母亲坐在一边，听得大为惊喜，每听完一段，她便惊呼一声："谁能想到会有这种事！"

奶奶也全神贯注地听着，一句话也没说。

之后的第二天，彼得所在的班级上阅读课。轮到彼得的时候，老师说：

"我们是像平时那样从你这儿跳过去，还是你要试一下——我不是一定要你朗读，就念一行，不流利也没关系。"

彼得拿起书，流利地一口气读了三行。

老师放下手中的书，目瞪口呆地盯着彼得——这简直闻所未闻，堪称奇迹。老师终于开口道：

"彼得，你身上发生了奇迹！我曾经以极大的耐心苦口婆心地教你，可你还是连字母都不会。之后，我不得不放弃在你身上所做的种种努力，可你却突然之间学会了阅读连贯的句子，而且既准确又清楚。怎么会发生这样的奇迹呢？"

"是海蒂教我的。"彼得回答。

老师满脸惊愕地转过去看海蒂，海蒂还是一副天真无邪的样子坐在椅子上，看不出有什么特别的地方。老师接着说："我注意到，你和以前不大一样了，彼得。以前你经常一整个星期都不来上课，有时甚至一连好几个星期，最近你却一天不落地都来了。是谁让你学好的？"

"这多亏了奥姆大叔。"彼得答道。

老师越发惊奇，目光从彼得移向海蒂，又从海蒂移向彼得。

"咱们再试一次好吗？"为慎重起见，老师又让彼得读了三行来验证一下。看来这是千真万确的——彼得学会了阅读。放学以后，老师立刻跑到牧师那儿告诉他这条新闻，还说奥姆大叔和海蒂一起创造了如此令人吃惊的奇迹。

迄今为止，彼得一直遵照海蒂的吩咐，每天晚上都在家给奶奶念一首诗歌。不过，他从不多念，而且奶奶也从不勉强他。母亲布丽奇特总是忍不住对儿子取得的成绩惊叹连连，每当彼得上床睡觉之后，她就会异常满足地说："现在彼得都会读书了,真不知道这孩子将来会有多大的出息!"

奶奶听到了,有一次这样回答她:"是啊,对他来说真是件好事,他也学会了一些东西。不过,更让我巴不得的是春天快点儿来到,那样海蒂就能上山来了,她读诗歌跟彼得不一样。彼得读的时候,总会漏掉几个词,害得我总要去琢磨原来这些词是怎样的,听着听着就跟不上了,所以赞美诗不能读到我心里去,而海蒂读的时候就可以。"

事实的真相是,彼得朗读的时候总是应付了事,能偷懒就偷懒。当碰上长一点儿或者难一点儿的词,他就跳过去,他觉得反正一节诗里有那么多词,漏掉一两个对奶奶来说也无关紧要。结果在彼得朗读的诗歌里,许多重要的词语都消失不见了。

第20章　来自远方朋友的消息

五月来临了。山上融化的雪水汇成生机勃勃的小溪流向山下的谷地。和煦灿烂的阳光照耀着的高山牧场，如今又披上了绿装。最后一点儿残雪也融化不见了，阳光已经诱惑着花儿早早地从嫩绿的小草间探出头来。春风欢快地吹拂着枞树树枝，吹落了去年残留的深色针叶，嫩绿的新叶冒了出来，很快就为每一棵树披上了春天的羽衣。山顶上的那只老鹰又在天上展翅翱翔，金灿灿的阳光照耀着山上爷爷的小屋，周围的地面也不再湿漉漉的了，而且暖和得你想坐哪儿就可以随便席地而坐。海蒂又回到了山上的家，她跟以前一样撒欢儿地到处跑，分不清究竟是什么地方最叫她喜欢。现在海蒂又静静地站在那儿，听着风的声音，风神秘地从高处的岩石上吹下来，越来越近，越来越有力，并发出低沉而奇妙的呼啸声。当它穿过枞树时，枞树快乐地摇曳着枝叶。这时，海蒂也会情不自禁地发出银铃般的笑声，身子就像片树叶似的被风吹得摇摇晃晃。然后，海蒂又跑到小屋前朝阳的地方，一屁股坐到地上，低头看低矮的草丛中有多少花骨朵将要开放，有多少花已经绽放。那边的地上还有许许多多的小甲虫和小飞虫，它们在阳光下爬来爬去，还有的在欢快地跳着舞。海蒂欣喜地看着这一切。她深深地呼吸着从刚苏醒的大地上冒出的春天的气息，这股气息既清新又芬芳，她觉得高山牧场从未如此美丽过。各种各样的小动物也像海蒂一样欢欣雀跃，所有闹哄哄的嗡嗡声汇聚在一起，仿佛在快乐地歌唱："在高山牧场！在高山牧场！"

小屋后面的工棚里，不时地传来砍砍锯锯的声音，海蒂愉快地倾听着这声音，因为这是她熟悉而怀念的声音，是从一开始在山上生活时就有的声音。忽然，海蒂不由得跳了起来，向屋后跑去，她想去看一看爷爷在做些什么。一把刚刚完工的新凳子已经摆放在工棚门口，爷爷那双灵巧的手还在制作第二把凳子。

"我知道它们是干什么用的。"海蒂高兴地嚷道，"当法兰克福的客人们到来，我们就用得着它们了。这把凳子是给奶奶的，现在正做的是给克拉拉的，然后——然后，我想，应该还有一把，"海蒂犹豫了一下，继续说，"爷爷，您认为罗特迈耶小姐会不会一起来呢?"

"那我可说不准,"爷爷回答,"不过,还是多做一把凳子预备着,万一来了呢,我们也可以请她坐。"

海蒂若有所思地端详着这把没有靠背的小木凳,心里琢磨着这样一把凳子罗特迈耶小姐会不会坐。凝视了一会儿后,她怀疑地摇摇头说:"爷爷,我不认为她肯坐这样的凳子。"

"那我们就请她坐那张铺着绿草垫的漂亮长沙发。"爷爷十分平静地答道。海蒂正思考着那张漂亮长沙发在哪里时,突然从山上传来了口哨声、呼喊声,还有海蒂即刻就能辨认出的其他声音。海蒂迅速跑了过去,她那些四条腿的伙伴们立即把她团团围住。山羊们和海蒂一样,显然是为重新回到山上而欢呼雀跃,它们上蹿下跳,欢喜得咩咩直叫,一会儿把海蒂挤到这边,一会儿又推到那边,争先恐后地想挤到海蒂身边,跟她分享它们的快乐,表达它们对她的喜爱之情。彼得却把它们赶到两边去了,因为他有东西要交给海蒂。他好不容易挤到海蒂身边,急忙交给她一封信。

"给你!"彼得只说了这一句,就不再给海蒂其他任何说明了，让她自个儿猜去。

"这是有人在你赶羊群上山的时候给你的吗？"海蒂有些惊讶地问。

"不是。"他回答。

"那你是在哪儿拿到的？"

"在装午饭的布袋里。"

在一定程度上，这话倒不假。原来昨天傍晚，德夫里村的邮递员委托彼得把这封信转交给海蒂，彼得随即把信放进了空布袋里。今天早晨，他往布袋里塞了奶酪和面包便出门了，可当他到奥姆大叔那儿牵羊时，完全忘了这回事。直到中午吃完了面包和奶酪，他翻翻布袋想看看还有剩的没有时，才发现放在底下的信。

海蒂仔细看了看信封上的地址，忙跑回工棚里，兴冲冲地举着信朝爷爷说："是从法兰克福来的！是克拉拉写来的！爷爷，您也想听听吧？"

爷爷当然想听听了，他都做好准备了，就连跟在海蒂身后的彼得也准备好了，他背靠着门柱，以便背后有个东西牢牢地支撑着他，好让他听得舒服些。

亲爱的海蒂：

所有的行李我们都收拾好了，两三天之后就要动身出发，爸爸也要跟我们一起出门。不过，爸爸不和我们一起去，他要先去一趟巴黎。医生每天都会过来，他一进门就会喊："快出发，快出发，快到高山牧场去！"他简直都快等不及了。你不知道，他有多怀念跟你在一起的时光！整个冬天，医生几乎每天都要到我们这儿来，总要跟我说一些事情。然后，他就在我旁边坐下，给我讲有关他同你和爷爷在一起的日子，讲那些山川和花朵，还说那儿的每一个小镇、每一个村庄都如此宁静祥和，并说那儿有着无比清新的空气。而且他总是说："谁到了那儿都会变得健健康康。"他自己也和那次出门前大不一样了，又变成了一个有活力且快乐的人，他已经有好长一段时间不这样了。一想到我马上就会看到那一切，和你一起待在高山牧场上，还有结实的彼得和山羊们，我就等不及了。

不过，我先得在拉加兹疗养六个星期，这是医生的医嘱，然后我们才去德夫里村。若碰上好天气，我就可以坐在轮椅上，让人抬到山上去，到那时就能整天和你在一起了。奶奶也会跟我一起去，而且会一直跟我在一起，她也非常高兴能到你住的地方去看看。不过跟预想的一样，罗特迈耶小姐不想去。奶奶差不多每天都会问她一次："不想去瑞士旅行一趟吗，尊敬的罗特迈耶？请不要客气，我们可以一起去。"可她总是彬彬有礼地谢绝，还说什么决心已下。其实，我清楚她在想些什么。塞巴斯蒂安把高山牧场说成是一个非常可怕的地方，说那儿怪石林立，悬崖峭壁随处可见，一个不小心就会失足掉下去，而且山路非常陡峭，每走一步都要担心滑下去，并说只有山羊才可以毫无生命危险地在那儿走，人走可就悬了。罗特迈耶小姐一听，吓得浑身直打战，从此以后就再也不敢提去瑞士旅行的事了。这种恐惧也深深地感染了蒂奈特，所以她也不想一起去。因此，只有我和奶奶一起动身上路，塞巴斯蒂安把我们送到拉加兹，然后就返回。

真盼着能快点儿到你那里去，我简直等不及了！

再见，亲爱的海蒂，奶奶也多次向你问好！

你的好朋友，克拉拉

彼得听完最后一句话就飞奔而出，生气并粗暴地在空中乱舞着鞭子，吓得山羊们上蹿下跳，拼命朝山下冲去，这在平时可难得一见。彼得继续挥舞着鞭子，全速在后面追赶，仿佛是在对一个看不见的敌人发泄暴怒。那个敌人实际上就是将要从法兰克福过来的客人，她们惹得彼得异常恼怒。

海蒂却欢欣不已，她打算明天就去奶奶那儿，告诉奶奶这件事，如谁要从法兰克福过来，特别是有谁不来。奶奶对此肯定很有兴趣，因为从海蒂的描述中，奶奶对海蒂在法兰克福的生活和周围的人已经有了深入的了解。于是，第二天下午海蒂就出门了，因为现在又到了可以单独出门的季节。阳光明媚，白天也变得越来越长，踏在干爽的山坡上，吹拂着五月的清风，海蒂迈着轻盈的步伐下山了。

奶奶现在已经不用在床上躺着了，她又坐到了从前的屋角纺线，只是显得心事重重。昨晚彼得怒气冲冲地跑回家，奶奶从他口中得知，有一大群人要从法兰克福过来，至于接下来会发生什么事情，他也不太清楚。为此，奶奶昨天一整夜都没有合眼，一直担心海蒂会被人从她身边带走。这时，海蒂跑进屋里，立即搬过自己的小凳子坐在奶奶身边，开始把自己知道的事一股脑儿都讲给奶奶听，而且越讲越兴奋，越讲越期待。讲着讲着，海蒂突然打住了话头，担心地问："怎么了，奶奶，您是不是一点儿也不喜欢听我讲的这些事？"

"不是的，孩子，你看起来那么开心，奶奶当然为你高兴啊。"奶奶努力摆出一副高兴的样子。

"可是，奶奶，我能感觉到，您好像在担心什么。您是不是担心罗特迈耶小姐也会一起来？"海蒂问，连她自己也生出几分畏惧。

"不，没有的事！奶奶没什么担心的事情，孩子，"奶奶安慰海蒂道，"把你的手给我，好让我感受一下你真在这儿。就算我这辈子活不到那个时候，只要你过得好就没关系。"

"要是奶奶不能好好的，我也不会觉得好。"海蒂坚决地说。奶奶一听，心底的恐惧更多了，法兰克福的人来这儿是要把海蒂带回去，因为现在海蒂的身体已经恢复健康，他们自然希望海蒂一起回去。不过，奶奶觉得还是尽可能地不让海蒂发现她的心事，因为海蒂那么富有同情心，很可能会因此而拒绝去那里，那是不行的。于是，奶奶很快就想出了一个主意，因为她也知道这是一个好主意。

"海蒂，"她说，"有个好法子，可以让奶奶得到安慰，感觉舒服平静。你把那首诗歌读给我听听，就是开头是'一切都会好起来'的那首。"

海蒂一下就翻到了那首诗歌，清晰大声地朗读起来：

一切都会好起来
只要相信我
我会带着具有医治之能的翅膀降临
拯救你，让你重获自由

"对，对，我想听的就是这首。"奶奶说，同时脸上的愁容也消失了。海蒂若有所思地望着奶奶，然后说："'医治'这个词是不是治愈一切，让人重新好起来的意思，奶奶？"

"是啊，就是这个意思。"奶奶点头赞同道，"我们要相信，上帝会为我们安排好一切，他知道怎么做更好。再读一遍，让我们都记住这些话，永远也别忘记。"

海蒂连续读了两三遍，因为海蒂也相信，上帝会把一切都安排好。

当黄昏临近，海蒂往山上走去，准备回家。头顶上，星星一颗一颗地出现，亮闪闪的，每一点星光似乎都带着快乐照到海蒂的心坎上。海蒂不时地停下来，抬头仰望星空，只见漫天星斗亮晶晶的一闪一闪的，她忍不住大声喊道："是啊，现在我知道了，为什么我们会如此快乐，为什么无论发生什么事都不害怕，因为上帝知道一切，知道什么对我们最好最有益！"一路上，所有的星星都在闪烁着，不断地朝海蒂点头，直到她到家为止。海蒂看到爷爷正好也站在那里仰望星空，因为今夜的星空可是难得的明亮美丽。

今年的五月不仅是夜晚，白天也都是难得一见的好天气。每天早晨，爷爷都会惊讶地望着万里无云的天空，看着灿烂的太阳冉冉升起，然后傍晚又目送着它落下山冈。爷爷总会大声说："今年真是个别致的太阳年，阳光让牧场所有的灌木和植物都茁壮生长。你要注意点儿，'将军'，别让你的'士兵'太放纵了，小心吃得撑破肚皮。"彼得朝空中挥舞了一下鞭子，脸上的表情也像是在保证："瞧我的吧。"

就这样，吐绿披翠的五月过去了，迎来了阳光更加炽热的六月，白天也变得越来越长了，整个高山牧场到处开满了各种各样的花,每一朵都闪烁着笑脸,空气中也弥漫着它们散发出的诱人芳香。六月即将过去了。一天,海蒂做完家务,跑到枞树下转了转,接着又爬到更高一点儿的地方,去看看那一大簇岩蔷薇是不是已经绽放了,因为这种花在阳光的照耀下盛开得特别迷人。正当海蒂从屋角拐过去的时候,她突然发出一声不同寻常的叫喊,爷爷忙从工棚里跑了出来,看看究竟发生了什么事。只见海蒂手舞足蹈地喊叫着。

"爷爷,爷爷!"她激动地大喊大叫,"您快来!看看!快看!"

老人走到海蒂身边,顺着海蒂手指的方向望去。

只见一列奇怪的队伍正朝高山牧场走来,走在最前面的两个男人抬着敞篷轿子,里面坐着一个用围巾裹得严严实实的小姑娘;后面跟着一个骑马的高贵妇人,她一边兴致勃勃地四处顾盼,一边跟旁边年轻的向导聊着什么;再后面,另一个小伙子扛着一把轮椅,因为山路陡峭,为了安全起见,才把平时坐在这把轮椅上的病人安置在轿子里由人抬上山;走在最后面的是一个搬运的脚夫,他身后背着一大捆斗篷、围巾和皮毛大衣,比他的脑袋都要高出一大截。

"他们来了!他们来了!"海蒂叫喊着,高兴得直跳。

他们真的从法兰克福来了。他们越走越近，终于来到面前。轿夫刚把轿子放下，海蒂就跑上前去，两个孩子异常快乐地拥抱问候。这时，法兰克福奶奶也到了，她下了马，温柔亲切地问候海蒂，然后转向前来欢迎客人的奥姆大叔。他们早就知道对方，彼此感觉就像相识多年的老朋友一样，毫不拘束。

在互致问候后，奶奶用快活的语调说："奥姆大叔，您住的地方实在是太美了！我真是想不到！就是国王也得羡慕您哪！我的小海蒂看起来也好极了——像一朵天然的小玫瑰！"奶奶一面说着一面把海蒂拉到自己身边，用手抚摸着她粉红细嫩的脸蛋儿，"我都不知道先看什么了，这一切都太棒了！你说呢，克拉拉，你有什么看法？"

克拉拉正望着四周，她被深深地迷住了。这么美丽的景色，是她从未想过的，也是她从未见过的。她欢呼雀跃。"啊，奶奶，"她说，"我真想永远待在这里。"

这时，爷爷把轮椅推了过来，又在上面铺上毯子，然后走到克拉拉身边。

"我们还是把这个小姑娘放到她习惯的轮椅上吧，这样会更舒服一些，因为轿子硬邦邦的。"说着，爷爷不用其他人帮忙，就用那双结实有力的手臂把克拉拉抱了起来，小心翼翼地放到轮椅上，然后仔细地给她盖上毯子，并重新摆好柔软的脚垫。那些熟练的动作仿佛在说，奥姆大叔这辈子一直都在护理手脚不便的病人，奶奶对此感到很惊讶。

"亲爱的奥姆大叔，"奶奶忍不住问道，"您这照顾病人的本领是在哪儿学的，要是我知道，准要让我认识的那些护士也去学学。您怎么会这么在行？"

大叔微微一笑。"这种东西说是学习，还不如说是经验。"他答道，但说着说着脸上的笑容就消失不见了，露出了几分伤感。他的眼前浮现出多年前一张饱经痛苦折磨的脸庞，那人也是这么痛苦地坐在轮椅上，四肢几乎不能动弹。那人曾是他所在部队的一个上尉，在西西里岛的一次激战后，奥姆大叔发现他受伤倒在地上，便把他背了回来。从那以后，那位上尉不让其他任何人靠近，只有大叔一直看护他，直到他痛苦地咽下最后一口气。如今这一切又历历在目，他觉得自己目前能够做的，就是用自己曾经熟悉的方法尽心尽力地照顾生病的克拉拉。

晴空万里的蔚蓝天幕下是小屋、枞树，以及远处高高耸立的灰色山岩，灰色的山峰还在阳光下闪闪发光。克拉拉尽情地欣赏着周围的景色，怎么瞧也瞧不够。

"啊！海蒂，要是我和你一样能到处奔跑就好了，"她充满渴望地说，"要是我可以跑着去看看枞树，去看看你告诉我的一切，那该多好啊，虽然我早就知道这是不可能的。"

海蒂一听，便过去推轮椅，她使尽全身力气才推着克拉拉绕过小屋来到枞树下，在那儿停了下来。克拉拉长这么大还没见过如此高大挺拔的老枞树，又长又粗的树枝上长满了繁茂的绿叶，几乎都能垂到地面上了。即使是跟在孩子们后面的奶奶，见到这些枞树也连连惊叹，她都不知道该怎么形容这些古树了：不管是它向蓝天高高舒展的郁郁葱葱的树冠，还是它像柱子一样支撑着茂密枝叶的笔直挺拔的树干，都在述说着它已年代久远。这些老树多少年来一直矗立在山冈上，俯瞰着身下的山谷。那里人来人往，世事变迁，唯一不变的就是这片枞树林。

接着，海蒂推着克拉拉去了山羊圈，她把那扇小门打开，好让克拉拉把里面看个清楚。可是，羊儿们都不在，棚子里空荡荡的，没什么东西可看。克拉拉非常遗憾地跟奶奶抱怨说，等不到山羊们回家，他们就不得不下山了。她好想看着彼得和他的羊群回来啊。

"亲爱的孩子,这儿有这么美丽的风景,我们还是先好好欣赏一下我们能看到的吧,不要想着那些我们办不到的事情。"奶奶一边回答她,一边跟着轮椅继续往前走。

"哇,花儿!"克拉拉又叫了起来,"你看,那么一大片漂亮的红花,还有那不断点头的蓝色风铃草!啊!我真想跑过去采一大把回来!"

海蒂连忙跑过去,采了一大捧鲜花回来。

"这还算不上什么,克拉拉,"说着,海蒂把花束放到克拉拉的腿上,"要是你到牧场再高一点儿的地方,就是羊群吃草的地方,你准会看到更漂亮的花儿!一大片一大片的红色矢车菊,数也数不清的蓝色风铃草,还有嫩黄的岩蔷薇,大地就像铺满了金子一样金光闪闪。还有一种花儿,它的花瓣特别大,爷爷说它叫'太阳的眼睛',另外还有一种花儿是棕色的,脑袋圆圆的,它的香味可好闻了。那里真是太美了,人们往那里一坐,就不想再站起来了,一切都那么漂亮,那么芳香四溢!"

海蒂说着说着,眼睛也变得闪闪发亮。她又想去看看那些花儿了,克拉拉也蠢蠢欲动,回望海蒂的温柔的眼睛里充满同样热切的向往。

"奶奶,您觉得我可以去那里吗?我能不能到那么高的地方去?"克拉拉充满渴望地问道,"唉,要是我也会走路,海蒂,就哪里都可以和你一起去了!"

"我可以推你去呀,这把轮椅很容易推的。"海蒂说,为了证实自己的话,她使劲儿把轮椅转了个弯,结果轮椅差点儿滚下山去,幸亏爷爷在旁边,及时阻止了轮椅的下滑。

午餐时间到了,爷爷在小屋前的长椅旁摆好了桌子和凳子。这样一来,他们就能在外面享用午餐了。羊奶和奶酪也准备好了,于是大家兴高采烈地坐下来开始就餐。

奶奶跟医生一样非常喜欢这个大餐厅,从这里可以看见远处的山谷,抬头还可以望见蓝天映衬下的高山。柔和的轻风微微吹拂着就餐的人们,给他们带来阵阵凉爽,枞树也随风沙沙作响,仿佛是节日庆典时的宴会音乐。

"我还是头一回享用如此美味的午餐。这实在太美妙了!"奶奶不住地赞叹,突然又发出一声意外至极的惊叹,"天哪!我看到了什么,你都已经吃第二片烤奶酪了,克拉拉!"

果真,克拉拉的盘子上已经放上第二片烤得金黄金黄的奶酪了。

"嗯，这真是太好吃了，奶奶——这比拉加兹所有的饭菜都可口。"克拉拉一边回答，一边大口地吃着。

"太好了，你多吃点儿！"大叔高兴地说，"山里这么好的空气，能给我们这儿的粗茶淡饭添点儿滋味。"

一顿愉快的午餐结束了，奶奶和奥姆大叔相处很愉快，而且越聊越起劲儿。他俩对人、事和社会的看法总是不谋而合，仿佛已是相交多年的知交好友。时间飞逝而过，奶奶望望西边，发现天色已晚，于是说：

"我们得准备回去了，克拉拉，太阳就要落山啦，那些人很快就会带着马和轿子上山来。"

克拉拉一听，脸上便露出沮丧的神情，她恳求道："再待一两个钟头就好，奶奶。我们还没看过屋子里是什么样呢，也没瞧见海蒂的床，还有其他好多东西。要是今天再有十个钟头就好了！"

"这不太可能。"奶奶虽然嘴上这么说，其实也想看看这座小屋。于是大家从桌旁站起来，大叔则推着克拉拉的轮椅。可是轮椅一到门口就停住了，因为轮椅太宽，没法儿通过大门。不过，大叔很快就想到了解决办法，他用结实的胳膊把克拉拉抱进了小屋。

奶奶在房里走来走去，非常仔细地打量着屋里的布置，房间漂亮整洁，井井有条，感觉十分舒适。"那上面是你的卧室吧，海蒂？"奶奶边问边大胆地爬上小梯子，登上堆放干草的阁楼，"啊！好香，这真是个可以拥有健康睡眠的好地方！"奶奶又走近圆窗户，向外张望。随后爷爷抱着克拉拉走了上来，海蒂也蹦蹦跳跳地跟在后面上来了。然后，大家都围在海蒂那用干草做成的漂亮大床旁。奶奶望着床沉思着，不时深深吸上几口散发着新鲜干草清香的空气，克拉拉则完全被海蒂卧室里的一切吸引住了。

"你住的地方多叫人喜欢哪，海蒂！一躺在床上就可以看见天空，闻到这么好闻的清香！还能听到外面枞树的歌声！我还从没见过这么舒服、这么有趣的卧室呢！"

大叔朝奶奶看了看。"我有个想法，"他说，"如果您信得过我，而且不反对的话，可以让孩子在这儿住些日子，我想她会慢慢结实起来的。您带来了这么多的围巾和毯子，我们可以用这些给她做一张特别软和的床，而且我肯定会悉心照顾好孩子的，这一点请您尽管放心。"克拉拉和海蒂一听这话，就像两只刚放出笼的小鸟，欢呼雀跃起来，奶奶的脸上也露出了灿烂的笑容。

"亲爱的大叔,您是个多好的人哪!"奶奶大声说,"您刚才的话都说到我心坎里了。我心里也在琢磨,要是让这孩子留在这儿,她肯定特别称心如意。可是这准得让您操心,给您添不少麻烦!现在您却把这些都说了出来,似乎这些护理、照顾根本不算什么!真是太感谢您了,大叔,我衷心地谢谢您!"说着,奶奶拉起爷爷的手,握了又握,爷爷也一脸笑容地握住奶奶的手。

于是,爷爷立刻动手布置起来。他先把克拉拉抱回屋外的轮椅上,海蒂也跟着走了出来,高兴得又蹦又跳。然后爷爷一把抱起所有的围巾、皮毛和毯子,愉快地说:"奶奶带着的装备就像冬天去露营,不过这倒是件好事,现在我们正用得着这些东西。"

"未雨绸缪是一种美德,"奶奶高兴地回答,"它可以保护我们免遭不幸。如果能够在没有冰雹、没有刮风、没有暴雨的情况下顺利上山,我们就该心存感激,你看现在不是都用上了吗?"

两人边说边走上阁楼,然后开始铺床。他们将围巾、毯子都一一摊开,一层一层厚厚地铺在床上,结果那床看上去就像一座小堡垒。奶奶用手仔仔细细按过每一个地方，确认没有一点点干草可以刺穿。"这样，一根干草也刺不穿了。"她说。这床垫不仅柔软，而且平坦厚实，任凭什么东西都穿不透。奶奶满意地走下阁楼，来到孩子们的身边。她们坐在一起，满脸欢喜地计划着克拉拉在高山牧场期间，每天从早到晚都可以做些什么。不过，克拉拉能待多久？奶奶一过来，她们就连忙提出了这个大问题，奶奶觉得这应该问问爷爷的意见。爷爷给出了建议，他认为至少一个月，那样就能看出高山牧场的空气是否对克拉拉有益。孩子们一听又拍手欢呼起来，因为她们没想到能一起待那么长时间。

这时，轿夫、马，还有向导正朝山上走来。奶奶先打发轿夫们回去，她自己也准备骑马回去。

"这不是告别，奶奶，"克拉拉喊道，"因为您以后还是会经常上山来看我们过得怎么样，对不对？我们等着您上山来。是不是，海蒂？"

海蒂感觉这一天她的生活中好事不断，一件接着一件，只能一个劲儿地蹦蹦跳跳来表示她的欢天喜地。

此时，奶奶骑上了她那壮实的马，奥姆大叔牵过马的缰绳，领着它走下陡峭的山坡。奶奶一个劲儿地反对，不让他送这么远的路，可他说山路十分险峻，骑马并非毫无危险，坚持要把奶奶安全送到德夫里村。

到了德夫里村，奶奶怎么也不愿意一个人孤零零地住在村子里，坚决要先回拉加兹，以后有机会再从那儿来高山牧场。

在爷爷还没回来的时候，彼得带着羊群下山来了。山羊们一见到海蒂，就全都围了上来，不一会儿，坐在轮椅上的克拉拉就和海蒂一起被团团围在中间了。山羊们你挤我，我挤你，一只只都伸长脖子往前挤，海蒂马上挨个儿把它们介绍给克拉拉。

克拉拉很快就认识了期待已久的"小雪"、活泼的"金翅鸟"，还有爷爷那两只举止端庄的山羊和其他山羊，包括那只"土耳其大汉"。彼得则一直站在旁边，屡屡向克拉拉投去带有敌意的目光。

最后，两个小姑娘愉快地冲他喊道："晚安，彼得！"彼得却不搭理，狠狠地甩了甩鞭子，仿佛要把空气劈成两半，然后飞奔下山。他的山羊们也跟着他一窝蜂地跑走了。

克拉拉在高山牧场上大饱眼福，看到了那么多美丽的东西。现在愉快的一天也宣告结束了。

克拉拉躺在楼上又大又软的床上,透过敞开的圆形窗户,正好望见天空中群星闪烁,她欣喜若狂地向躺在旁边的海蒂说:

"啊!海蒂,你看,我们简直就像坐着华贵的马车奔向天堂!"

"是啊,你知道天上的星星为什么总是那么快乐,还不停地朝我们眨眼吗?"海蒂问。

"不知道啊,这是为什么呢?"克拉拉反问道。

"上帝已经为我们把一切都安排得井井有条,所以大家什么都不用担心,也不用为难,完全可以放心,因为一切都会好起来。星星们在天上把这一切看得清清楚楚,所以才会那么幸福,它们朝我们眨眼也是希望我们变得快乐幸福。不过,克拉拉,我们可别忘了祈祷,祈求上帝在给世界带来一切美好的时候,不会忘了我们,那样我们也能够安安心心、无所畏惧。"

于是两个孩子又重新坐起来,各自做了晚祷,然后海蒂枕着自己的胳膊不一会儿就睡着了。克拉拉却久久不能入眠,因为她还是头一回睡在一张洒满星光的大床上,这样的经历令她新奇不已。说真的,克拉拉几乎没怎么见过星星,因为她从没在晚上出去过,而且家里的窗帘总是在星星还没出来之前就被早早地拉上了。现在,她一合上眼,就忍不住要睁开,想看看那两颗明亮的大星星是不是还像海蒂说的那样在一闪一闪地眨眼。果然,那两颗星星一直亮晶晶地挂在夜空中,她感觉自己怎么也看不够,直到不知不觉地合上了眼睛。在梦里,那两颗闪闪发光的大星星仍在友好地朝她眨眼。

第21章　在爷爷家生活的延续

太阳刚刚从大山后面升起,就把第一缕金色的光辉洒向了小屋,照射着下面的山谷。奥姆大叔像往常一样,宁静而虔诚地凝望着山间慢慢消散的薄雾,山顶和山谷渐渐从黎明的昏暗中变得清晰起来,新的一天苏醒了。

薄薄的朝霞越变越亮,直到太阳终于整个儿高高升起,岩石、森林、山坡都沐浴在金灿灿的阳光下了。

这时,爷爷回到屋里,轻手轻脚地爬上楼梯。克拉拉刚刚睁开眼睛,正惊奇地盯着从圆窗户照进来的阳光,闪耀地、迷人地在床上翩翩起舞。克拉拉一开始还不清楚自己看到了什么,也不知道自己身在何处。之后,她忽然瞥见睡在旁边的海蒂,耳边还传来了爷爷愉快的声音,他正在询问克拉拉睡得好不好、累不累。克拉拉肯定地回答,她一点儿也不累,一闭上眼睛就睡着了,而且一觉睡到了天亮。爷爷很高兴,立刻细致周到地动手照顾克拉拉,仿佛照顾生病的孩子就是他的天职似的，让人备感温馨。

现在海蒂也醒了，看见爷爷正抱着穿好衣服的克拉拉走下梯子，大吃一惊。海蒂闪电般地穿好衣服，赶紧爬下梯子，跑到屋外。这时，更大的意外在等着她，她惊奇地看着克拉拉的轮椅被推过了大门。原来昨晚孩子们上床以后，爷爷见克拉拉的轮椅根本推不进来，就琢磨着把门两边的两块木板拆下来，那样就能留出足够大的空间，把轮椅推进来之后，再把木板装回原处，只要不把木板固定住，就能随意拆装。此时，爷爷已经把克拉拉推到外面的阳光下，停在屋前的空地上。随后，爷爷朝羊圈走去，海蒂则跑到克拉拉的旁边。

清新的晨风吹拂着孩子们的脸蛋儿，送来一阵阵枞树叶的清香。克拉拉美美地吸上一口散发着清香的新鲜空气，靠在椅子上，体验着一种从未有过的美妙与舒畅。

克拉拉有生以来还是第一次这么早就在广阔的大自然中感受清晨的轻风，山里的空气是那么清凉、纯净、新鲜，她每呼吸一次都感到享受不已。而且，高山上的阳光是那么和煦、温暖而柔和地照着克拉拉的小手和脚下的草地。她根本没有料到，山上的生活竟会这般美妙。

"啊！海蒂，我真希望能永远、永远地跟你一起住在这儿！"克拉拉开心地叫嚷着，坐在轮椅上这边瞧瞧，那边望望，尽情地享受周围的空气和阳光。

"你瞧，我说得没错吧，"海蒂眉飞色舞地回答，"高山牧场上爷爷的小屋，是世界上最棒的地方！"

这时，爷爷从羊圈里出来了，端着两小碗冒着泡沫的雪白的鲜奶朝孩子们走来，一碗递给克拉拉，一碗递给海蒂。

"这对你的身体很有好处，"爷爷向克拉拉点了点头说，"这是从'小天鹅'身上挤的奶，有益健康。来，孩子，喝吧！"

克拉拉从没尝过羊奶的滋味，为了保险起见，她先凑上去闻闻是什么气味，这边海蒂已经咕咚咕咚一口气喝光了，似乎还一脸意犹未尽的样子。于是，克拉拉也开始大口地喝了起来，直到一滴也不剩。羊奶的味道浓郁甘美，似乎还带了点儿糖和肉桂的味道。

"明天我们要喝两碗。"看到克拉拉像海蒂那样喝得有滋有味，爷爷满意地说。

彼得赶着羊群出现了，像平常一样，羊儿们从四面八方跑来围着海蒂，向她问好。大叔把彼得叫到一边，因为羊儿们争先恐后地向海蒂表达自己的欢喜和激动，咩咩咩叫个不停，还一只比一只叫得响亮，所以在旁边根本听不见说话声。

"你好好听着，"他说，"从今天起，你要让'小天鹅'自由自在地走动。这个小家伙天生知道哪里能找到最肥美的嫩草，所以如果它要往高处走，你就跟着它，这对别的山羊也有好处。就算它爬得比你平时去的地方都要高，你也不要拦着，这碍不了你多少事，因为在这方面，它可比你清楚多了。要让它吃到最好的草，才能挤出最好的奶。为什么你老盯着那边看，好像要把谁吞了似的？没有人会妨碍你。好了，现在就出发吧，记着我说的话。"

彼得一向很听大叔的话，他马上就赶着羊群上路了。他似乎心事重重的样子，不住地转过头来，把眼睛瞪得圆圆的。羊群跟着彼得往前跑去，海蒂也被拥着往前走了一段，这正合彼得的心意。"你得跟我们一起去，"彼得冲海蒂说，"要让我跟着'小天鹅'，那你就得和我一块儿去。"

"不行，我不能去，"被挤在羊群中的海蒂回答，"我很长时间都不能和你一起去了——只要克拉拉待在这儿我都不能去。不过，爷爷已经答应我们，以后大家可以一起去。"

说完，海蒂挤出羊群，跑回克拉拉身边。彼得握起拳头，威胁似的朝轮椅上的人挥了挥，然后头也不回地一口气往山上跑去，直到消失在他们的视线之中。他担心，说不定刚才大叔看见了自己的样子，真不知道大叔见到他挥拳头的行为会怎么想。

克拉拉和海蒂要做的事情实在太多了，她们简直不知道该先干哪一件。海蒂提议先给奶奶写一封信，因为她们俩和奶奶约好了，每天给奶奶写一封信。奶奶对克拉拉待在山上还不能完全放心，譬如克拉拉是否喜欢在山上待这么久，还有她的身体状况是不是适合住在山上。有了每天的新消息，奶奶就会知道自己什么时候需要上山来，这样她就可以安安心心地待在拉加兹温泉。

"难道我们非得在屋里写信不可吗？"克拉拉问，她非常赞成海蒂给奶奶写信的建议，但是她觉得在屋外更惬意，所以她不愿离开。海蒂知道应该怎么安排，她立即跑进屋拿出书本、纸笔，还有她的小凳子。海蒂把课本和笔记本放在克拉拉的腿上，让她垫着写字，自己则坐在小凳子上，把长椅当作桌子，然后两人就这样开始给奶奶写信。可是，克拉拉每写完一句就放下笔，四下看看，因为这里的一切实在太美了。风儿比刚才更和缓了，现在只是温柔地轻抚着克拉拉的脸庞，喃喃低语地拂过那片枞树林。清新的空气中，快乐的小飞虫嗡嗡嗡地飞舞着，广袤的牧场沐浴在灿烂的阳光下，呈现出一派祥和宁静的景象。巍峨的山峰静静地矗立着，下面悠远的山谷完全沉浸在安详与平和之中。偶尔从远处传来牧童欢快的吆喝声，并在四周的岩石上激荡起悠长的回声。

上午就这样过去了，孩子们甚至不知道是怎样度过的。这时，爷爷又端来两碗热气腾腾的鲜奶，他说，只要还有阳光，克拉拉就应该待在外面呼吸新鲜空气。于是，和昨天一样，他们在小屋前愉快地用了午餐。吃过饭后，海蒂把克拉拉推到枞树下，因为孩子们一致决定，整个下午就坐在美丽的树荫下，讲讲海蒂离开法兰克福后彼此身边发生的种种事情。一切都像平常一样按部就班，克拉拉还特别讲述了生活在赛斯曼家里、海蒂也认识的那些人的奇闻逸事。

两个孩子坐在枞树下，越谈越起劲儿，头顶上的小鸟也跟着越叫越欢，仿佛它们也很喜欢两人的闲聊，想凑过来说上几句。时间就这样悄悄地溜走了，夜幕很快又降临了，而一脸怒容、眉头紧皱的彼得也下山归来了。

"晚安,彼得!"海蒂见彼得没有停下来的意思,便冲他打招呼。

"晚安,彼得!"克拉拉也很友好地朝他喊道。但是彼得没有回答,径直气呼呼地赶着他的羊群下山了。

克拉拉看到爷爷把"小天鹅"带进羊圈挤奶去了,那种想喝香喷喷羊奶的欲望立刻油然而生,馋得甚至都有点儿等不及了。

"真奇怪,海蒂,"克拉拉说,她对自己感到很惊讶,"以前吃东西时,总是别人让我吃,我才不得不吃,而且吃什么东西都觉得跟鱼肝油的味道差不多。我老是想,要是人不用吃东西就好了!可是现在我简直等不及爷爷把羊奶拿过来了。"

"嗯,我也知道那种滋味儿。"海蒂回答,这让她想起了在法兰克福的日子,那时她不管往嘴里塞什么,都堵在喉咙里咽不下去。不过,克拉拉不能理解,因为克拉拉还从没像现在这样一整天待在室外,更不用说是在高山上,还能领略那令人振奋的山风。爷爷终于拿来了晚上的羊奶,她马上拿过自己的那一份,大口喝了个痛快,速度比海蒂还快,喝完还想再喝。爷爷拿着两个孩子的碗又走进羊圈，回来的时候两个碗都满满的，而且还给她们的晚餐加了点儿别的东西。原来下午的时候，爷爷到制作奶油的牧人那儿去了，从那里带回了一大块又香又甜的奶油。刚才，爷爷就切了两片厚厚的面包，并在上面涂了满满一层奶油。克拉拉和海蒂立刻迫不及待地抓起面包，美美地享用起来，爷爷站在一边看着她们俩的吃相，心里不由得乐开了花。

晚上，当克拉拉躺在床上时，她本来想看一会儿闪烁的星星，没想到却和旁边的海蒂一样，一躺下眼皮就粘在一起睁不开了。她睡得非常香甜，这在过去是从来没有过的。接下来的两天，也是以这种快乐的方式度过的。之后的一天，发生了一件让两个孩子都感到意外的事情。两个壮实的脚夫各自背着一张床上山来了，每张床上都铺着崭新的雪白床单，还附带其他一些床上用品。此外，他们还带来了一封奶奶的信，信里说，这两张床是给克拉拉和海蒂的，海蒂今后也该有个像样的床了，到冬天时，一张床搬到山下的德夫里村，另一张则留在山上，留着给克拉拉再上山时用。奶奶又夸奖她们的信写得好极了，鼓励她们继续每天给她写信，这样她就能身临其境地了解她们所有的事情。

爷爷走上阁楼，把海蒂的干草床拆了扔到大干草堆上，然后在他的帮助下，两个脚夫把床运上了阁楼。爷爷把两张床紧紧地靠在一起，让两个孩子躺下时就能透过窗户看到外面的景色，因为他知道，孩子们非常喜欢透过窗户看映照进来的朝阳和星光。

在这期间，待在山下拉加兹温泉的奶奶每天都会收到来自高山牧场的长长来信，她感到特别欣慰。日子一天天过去，克拉拉发现她越来越迷恋她的新生活了。爷爷的慈祥善良，还有体贴入微的照顾，让她怎么说也说不完。此外，海蒂远比在法兰克福的时候活泼快乐，两人美好的友谊也叫人倍加开心。每天早上，克拉拉一醒来，第一个念头就是："啊！感谢上帝，我仍然在山上！"

奶奶每天都会收到克拉拉过得不错的新信函，她想，既然山上一切顺利，就可以把自己上高山牧场访问的时间再推迟一些，要知道骑马上山下山对她来说可不是一件舒服的事情。

爷爷对这个小病人似乎有一种非同寻常的同情，他每天都在琢磨一些新招儿来帮助她恢复健康。每天下午，他都不辞辛劳地翻山越岭，而且越爬越高，在傍晚回来的时候就会割回一大捆嫩草,让人远远地就能闻见麝香石竹和百里香的芬芳。羊儿们傍晚一回来,就开始咩咩直叫着跑过来,争先恐后地想钻进放着香草的羊圈,但是大叔把门关得紧紧的。大叔可不是为了让所有山羊都毫不费力地吃上美味佳肴才上山割的,而是专门给"小天鹅"享用的,以便让它产出更有营养的奶汁。这种特别的照顾立竿见影,"小天鹅"越来越活泼,走起路来昂首挺胸,眼睛也变得更加黑亮有神。

克拉拉已经在山上待了三个星期。这几天,爷爷每天早上把克拉拉抱下来时都会问上一句:"小姑娘,想不想试试,在地上稍微站一会儿?"克拉拉为了让爷爷高兴就试了试,可脚刚一挨地,她就会大喊疼死了。但是,爷爷每天仍然会让她试着稍微站久一点儿。

高山牧场已经很多年都没有这么美丽的夏天了。每天万里无云,阳光明媚,花儿们绽放着笑容,散发着芬芳,入眼的每一处都闪动着金光。每到黄昏,绛红色的霞光便洒满了山峰和远方的雪原,直到太阳最后渐渐没入这金光闪耀的海洋。

这种只有在高山牧场上才能看到的景观,海蒂不知疲倦地跟克拉拉讲了又讲,尤其详尽描述了高处山坡上的景色，说那里盛开着大片金光闪闪的岩蔷薇，还有数也数不清的蓝色花朵，简直要把那片草地染成蓝色，旁边还有一丛丛褐色的鲜花，它们散发出迷人的清香，让人一坐下来就不想再走。

海蒂和克拉拉就这样一下午都坐在枞树下，说着山顶的花草，还有夕阳下无比美丽的霞光，讲着讲着，想再去那里看一看的渴望不可遏制地产生了。她猛地跳了起来，跑到工棚里去找爷爷，还没等到进门，就大声叫嚷开了：

"爷爷，爷爷，明天您和我们一起去牧场好吗？现在那上面肯定美极了！"

"可以，"爷爷答道，"不过，那位小姑娘可先得答应我一件事：今晚她必须得尽全力再练习一次站立。"

海蒂手舞足蹈地跑回去把好消息告诉克拉拉，克拉拉答应一定好好练习，直到爷爷满意为止，因为明天的出门对她的吸引力太大了。海蒂则欣喜若狂，她一瞧见彼得傍晚从山上下来，就冲他大声喊道："彼得，彼得，我们明天也要和你一起到山上去，在那儿待一整天！"

彼得像一头发怒的小熊那样吼了一声作为回应，就怒气冲冲地扬起鞭子，朝无辜的"金翅鸟"挥去。机灵的"金翅鸟"见大事不妙,奋力一跳,从"小雪"身后越了过去,鞭子唰的一声落了空。

这一晚,克拉拉和海蒂躺在舒服的新床上,对第二天充满期待。她们原本打算通宵不眠,彻夜长谈,直到第二天天亮。可没想到脑袋刚挨上舒适的枕头,两人就谁也没再吱声。克拉拉梦见了一片一望无际的大草原,盛开着密密麻麻的蓝色风铃草,望过去宛如一片蔚蓝的天空,而海蒂在睡梦中听见了山顶上的老鹰对她的召唤:"来吧!来吧!来吧!"

第22章　发生了意想不到的事情

第二天一大早,爷爷走出小屋,四下观察了一番,看看今天的天气怎样。巍峨的山巅上泛着红黄色的光辉,清新的晨风吹着枞树的枝叶左右摇晃,而太阳正慢慢爬上山来。

爷爷一动不动地站在那儿远眺,高高的山顶和那些绿色的山坡渐渐变得明亮起来,山谷间的阴影也在一点点地消失,当一束玫瑰色的光线照向谷地时,山上山下到处都沐浴在金光灿灿的晨光中——太阳终于升起来了。

爷爷把轮椅从工棚里推出来,并做好了上山的准备,然后他又走进屋里,告诉孩子们日出是多么美丽迷人,让她们也出来看看。

这时,彼得正好上山来了。羊儿们不像往常那样信任地聚在彼得身边,而是战战兢兢地远离他。原来彼得最近动不动就大发脾气,扬起鞭子就随意乱抽乱打,羊儿们怕一不小心就被抽到,所以都不敢靠近他。彼得气得心里直冒火。

这几个星期以来，海蒂再也不像以前那样事事都顺着他了。每天早晨上山时，他就看到那个坐在轮椅里的小姑娘早早地待在外面，而海蒂总是跟她形影不离。傍晚下山的时候，情况跟早晨一模一样。一整个夏天，海蒂一次也没有和他一起去过牧场，好不容易今天要去了，她那个坐轮椅的朋友也要跟着一块儿去，不用说，海蒂准会忙着陪她。彼得一想到这点，心里的怒火就越烧越旺，越发不可收拾。现在，那张轮椅在彼得看来是那么盛气凌人、趾高气扬，他就像对敌人那样怒视着它，心里想着这个仇敌不只过去害惨了他，今天还要让他更倒霉。彼得朝左右看了看，四周静悄悄的，一个人影儿也没有。于是，他就像一个野蛮人似的扑向轮椅，抓住它狠命往山坡下一推，轮椅骨碌碌地滚下山去，转眼就消失不见了。

彼得随即转身，飞也似的向山上狂奔而去，一刻也不敢耽搁，一口气跑到山顶那一大片黑莓树丛后，才停下来躲在那儿。一方面他怕被大叔看到；另一方面他急着想看看轮椅怎么样了，而这片树丛就是最佳观测地。彼得躲藏在树丛里，可以看到下面的情况，一旦大叔上山来，他还能迅速地隐蔽起来。于是，彼得按照自己的设想往下面望，他瞧见了他的"敌人"正越来越快地朝山下滚去,它不停地翻滚着,高高地向上弹起,然后又重重地跌落,继续向前翻滚着,直到最后摔得稀巴烂。整张轮椅被摔得七零八落,椅子腿、扶手、坐垫、靠背到处横飞。见到这一幕,彼得体验到了一种无与伦比的快乐。他大声笑着,一蹦三尺高。然后他又跑回刚才的地方朝山下张望,忍不住又爆发出一阵大笑。"敌人"终于被消灭了,彼得感到无比地心满意足,而他期待的好事也即将发生。现在,海蒂的那个朋友就不得不打道回府了,因为少了轮椅她就没法儿走动,海蒂又变成了孤单一人,这样她就会和以前一样跟他上牧场,一切又会恢复到原来的样子。但是彼得没想到的是,或者说他不知道的是,一个人要是做了坏事,等待他的会是什么样的后果。

此时,海蒂从小屋出来,跑向工棚,爷爷则抱着克拉拉跟在后面。工棚的门大开着,两块木板也已经拆下来,所以里面的东西一览无余。海蒂左瞧瞧右看看,连一个角落也没有放过,脸上渐渐露出了惊奇和疑惑的神色。这时,爷爷走了过来。

"怎么回事?海蒂,你把轮椅推到哪儿去了?"

"我也正到处找它呢,爷爷。您不是说把它放在工棚门外了吗?"海蒂边说边四处张望。

这时,突然狂风大作,工棚的门被吹得嘎嘎作响,接着嘭的一声猛地撞到墙上。

"肯定是风把它吹跑了,爷爷!"海蒂叫道,她忽然意识到,情况很糟糕,"啊!要是风把轮椅吹下山,吹到德夫里村的话,那得花好长时间才能找回来,我们岂不是不能上山了?"

"要真是滚到了山下,就再也找不回来了,它肯定已经被摔得粉身碎骨。"爷爷说完,绕过屋角朝山下望了望,"不过,这件事有点儿奇怪!"他思索着整件事补充道,因为轮椅要滚下山前必须得先绕个弯儿才行。

"唉,真扫兴,"克拉拉遗憾极了,"今天我们去不成了,也许永远也去不成了。如果没有轮椅,我就不得不马上回家。唉,太扫兴了,太可惜了!"

海蒂却满怀希望地望着爷爷。

"爷爷,您一定能想出办法的,对不对?事情不会像克拉拉说的那样,而且克拉拉也不用立刻回家,是不是?"

"好了,现在我们就按昨天的计划,先去高山牧场,以后的事情,我们看情况再说。"爷爷的话让两个孩子欢呼雀跃起来。

爷爷重新进屋拿出一大沓围巾，铺在屋外被阳光晒得最暖和的地方，让克拉拉坐上去。然后，他又给孩子们端来羊奶早餐，接着又把"小天鹅"和"小熊"牵出羊圈。

"彼得那个小家伙怎么还没来？"爷爷自言自语道，因为今早还没听到彼得的口哨声。吃完早餐后，爷爷一手抱起克拉拉，一手拿着那沓围巾。

"好了，我们出发吧，"他说，"把山羊也带上。"

这正合海蒂的心意，她一手搂着"小天鹅"的脖子，一手搂着"小熊"的脖子，跟在爷爷的后面。羊儿们又能和海蒂一起上山了，它们高兴极了，不住地想和海蒂亲热，她在中间差点儿被挤扁了。当到达平常放牧的地方时，他们惊讶地发现，三五成群的羊儿正在山坡上吃草，而彼得正直挺挺地躺在地上。

"下次再这样的话，我可饶不了你这个懒鬼！你这是怎么回事？"爷爷冲他喊道。

彼得一听到这熟悉的声音，腾地跳了起来。"没有人在那儿呀。"他回答。

"你看见轮椅没有？"爷爷问。

"什么椅子?"彼得没好气地答道。

爷爷没再说什么。他把围巾铺在洒满阳光的山坡上,让克拉拉坐在上面,又问她舒不舒服。

"和坐在椅子上一样舒服,"克拉拉感激地说,"这儿看起来真是太美了。啊!海蒂,太美了,简直美极了!"克拉拉望着四周,禁不住赞叹道。

爷爷准备回去了。他说,她们现在可以好好玩,到时候海蒂去彼得放午餐的地方,就是树荫下的洼地把布袋取来。爷爷还让彼得给海蒂她们挤羊奶,而且她们要多少就挤多少,不过,海蒂说只要"小天鹅"的。临近黄昏的时候,爷爷会来接她们,现在他要先去看看轮椅到底怎么样了。

蔚蓝的天空上见不到一点儿云彩。远处高高矗立的雪峰上仿佛闪烁着成千上万颗或金色或银色的星星。山顶灰色的岩峰直入云霄,似乎自古以来它就如此神圣庄严地俯瞰着下面的山谷。一只老鹰在万里无云的蓝天上盘旋翱翔,凉爽的山风微微掠过山顶,吹拂着孩子们所在的阳光明媚的坡地。克拉拉和海蒂几乎无法形容她们心中的欢喜。不时会有一只山羊跑过来,在她们身边趴上一会儿。那只温驯的"小雪"来得最为频繁,它把头亲昵地靠在海蒂身上,要不是别的山羊过来把它挤走,它是绝对不肯离开的。克拉拉很快就认识了羊群中所有的山羊,而且再也不会把它们弄错,因为每只山羊的长相不同,性格也不尽相同。渐渐地,山羊们也熟悉了克拉拉,它们不时地来到她身边,用头磨蹭她的肩膀,来表达自己对她的友好和喜爱。

几个钟头就这样过去了,海蒂一时兴起,想去那开满鲜花的地方看看,看看那里的花儿是不是都已盛开,是不是跟去年一样美丽动人。可是克拉拉只有等傍晚爷爷来了之后才能一起去,到了那时,花儿没准儿都已经蔫儿了。这种渴望在海蒂心头越来越强烈,让她再也按捺不住了。

"克拉拉,"海蒂支支吾吾地说,"要是我把你一个人留在这儿一小会儿,你会不会不高兴?就离开一下,很快就回来。我实在太想去瞧瞧花儿怎么样了——啊!等一等——"海蒂灵光一闪,想到了一个好主意。她跑到旁边拔了几把肥美的嫩草,然后搂住"小雪"的脖子,把它带到克拉拉身边。

"这样,你就不会孤单了。"说着,海蒂轻轻地把"小雪"推到自己刚才坐的地方,而小羊好像马上就明白了她的意思,立刻在那儿趴下。海蒂把青草放在克拉拉的腿上,克拉拉满心欢喜地说，海蒂现在可以去看花儿了，她很乐意单独跟小羊待在一起。要知道，这对克拉拉来说可是全新的体验。海蒂向远处跑去，克拉拉则开始把青草一根一根地递到"小雪"嘴边。"小雪"已经非常信任她了，它紧紧地偎依着这个新朋友，慢悠悠地咀嚼着她手上的嫩草。显而易见，对于这样平和无争、备受呵护的喂养方式，"小雪"很是喜欢，因为跟羊群里别的山羊在一起时，它总是被那些强壮的大个子欺负。克拉拉独自坐在山上，身边有一只温驯的小羊，用求助的目光望着自己，她觉得这是一种非常新奇的愉快经历。她的心里不由得产生一种强烈的愿望，做一个独立自主的人，像现在一样去帮助别人，而不是一味地依赖他人。不仅如此，许多以前从未有过的想法都涌进了她的心里，一种在灿烂的阳光下继续生活的愿望，并希望自己能够做一些会给别人带来快乐的事情，譬如她现在就能给"小雪"带来欢乐，一种不同寻常的喜悦占据了她，她曾经知道和认识的一切，突然之间都变得更加美好了，仿佛有一道光照亮了所有的一切。那种强烈而新奇的美好感情让克拉拉情不自禁地抱住小羊的脖子，大声喊道："'小雪'，这山上多美啊！我真想永远和你们在一起！"

与此同时，海蒂跑到鲜花盛开的地方一看，不由得发出一声喜悦的叫喊。眼前的山坡笼罩着一片耀眼的金光，那是闪闪发光的黄色岩蔷薇。再上面一点儿是一簇簇、一丛丛深蓝色的风铃草，它们随风摇曳着。这片阳光下的土地上到处弥漫着沁人心脾的芳香，仿佛有人将最珍贵的香脂倾倒在了这里。不过，散发出这些芬芳的是一些棕色小花，它们圆圆的脑袋害羞地点缀在黄色的花朵中。海蒂伫立在那儿凝视着这一切，深深地呼吸着这怡人的空气。忽然，她猛地一转身，兴冲冲地奔回克拉拉那儿。"哦，你一定要去那儿看看，"海蒂远远地就冲克拉拉喊道，"那里真是太美了，比你想象的还要美！要是等到傍晚就可能见不到了。我肯定能把你背过去，你说对不对？"克拉拉望着激动万分的海蒂，摇了摇头说："不行的，海蒂，你别说傻话了！你的个头比我还小。唉，要是我能走路就好了！"

海蒂四处张望了一下，像在寻找什么似的，显然一个新主意跑进了她的脑袋。彼得坐在高高的山坡上，俯视着她们两个人。他已经这样坐了好几个钟头，呆呆地盯着她们，好像在纳闷儿自己所看到的一切。彼得已经把那张可恶的轮椅毁了，这样那个陌生人就哪儿也去不成了，而且她的旅行也要宣告结束，可是没过多久，她竟然上山来了，而且还公然跟海蒂一起坐在自己眼皮底下。他觉得肯定是他的眼睛欺骗了他，可事实是她还在那儿，这一切都是千真万确的。

海蒂朝彼得坐的地方望了望，用不容分说的口气冲他大喊："彼得，快下来！"

"我不去。"彼得回答。

"不，你一定要过来，快过来！我一个人干不了，你必须过来帮帮我！你快点儿过来！"海蒂催促道。

"我才不去。"他又高声答道。

海蒂朝山上跑了一段，停了下来，她两眼冒火、怒气冲冲地朝上面喊道："要是你不马上过来的话，彼得，我可要给你点儿颜色瞧瞧了。你懂我的意思。"

彼得一听这话，不由得心惊肉跳，恐惧一下子抓住了他。刚才还暗自庆幸没人知道他做了坏事，可是听海蒂的口气，像是知道了事情的真相。如果她真的知道了，那么肯定会告诉爷爷，在彼得看来，这世上没有比奥姆大叔更叫他害怕的人了。要是他知道轮椅是怎么回事，那可怎么办才好！想到这儿，彼得的心里更加忐忑不安了。他连忙站起来，朝海蒂跑去。

"我来就是了,你可千万别对我做什么。"

彼得一脸害怕,那唯命是从的样子让海蒂觉得怪不忍心的,便一口应承下来:"不,不会的,我不会对你怎么样。我只是要你过来,我让你做的事情没什么可怕的。"

他们一回到克拉拉身边,海蒂便开始发号施令。彼得站在一边抓住克拉拉的胳膊,海蒂则站在另一边,两人一起把克拉拉搀扶起来。这个办法果然不错,可是紧接着出现了更大的困难。克拉拉根本不能站立,更不用说往前走了。海蒂太小了,她的小胳膊还不足以支撑克拉拉。

"来,你用一只胳膊搂住我的脖子,搂紧点儿,然后用另一只胳膊抱住彼得,使劲儿往上靠,这样我们就可以把你撑起来了。"不过,彼得还从来没有让人这样抓住过胳膊。克拉拉紧紧抓住他的胳膊,彼得的胳膊却僵硬得跟棍子似的直直地挂在那里。

"不是这样的,彼得,"海蒂非常肯定地说,"你得把胳膊弯成一个圈儿,好让克拉拉的手臂穿过去,把重量压在你身上,而且无论如何都不要松手,对,就这样。我相信我们肯定可以的。"

彼得按照海蒂说的做了,可是他们仍然不能顺利向前移动。克拉拉的体重并不是很轻,而两个搀扶者的身形又相差悬殊。一边高,一边低,这样搀扶起来非常别扭。

克拉拉试着缓缓地迈出双腿,可是每次脚刚一着地,就立刻缩了回来。

"你用点儿力踩下去,"海蒂建议说,"我保证那样不会太疼的。"

"你真这么想吗?"克拉拉将信将疑地说,不过,她还是听从了海蒂的建议,冒险似的先把一只脚稳稳地踏在地上,再迈出另一只脚,同时发出了一声轻叫。接着,她又抬起那只脚,继续踏在地上。"哦,这样真的不太疼。"克拉拉开心地大声说。

"再试一下!"海蒂鼓励说。

克拉拉又迈出一步,然后再迈出一步,再迈出一步……她猛地一下大喊起来:"我能走了,海蒂!你看!你看!我能一步一步地走了!"海蒂也喜出望外地喊了起来,声音比克拉拉的还响亮。"你真的能自己走了吗?你真能走了?现在你真能自己走了?要是爷爷在这儿就好了!"海蒂一遍又一遍地欢呼着,"你现在可以走了,克拉拉,你可以走了!"

克拉拉紧紧拉住两边的人,她迈出的每一步都比前一步更稳,三个人都感觉到了这一点,海蒂心里甭提多高兴了。

"现在,我们每天都可以一起到这牧场上来,想去哪儿就去哪儿!今后你也能像我一样到处跑动,再也不用坐轮椅让人推着走了,你也会变得健健康康。这真的是再幸福不过的事情了!"海蒂说。

克拉拉对此由衷地赞同,她想不出这世上还有比这更叫人欢天喜地的事了。从今往后,自己也能和其他人一样身体健康,随意到处走动,再也不用日复一日地坐在轮椅上了。

这里离遍地开满鲜花的地方不远了,甚至都能望见阳光下闪闪发光的岩蔷薇。当他们三人走到一簇簇蓝色的风铃草中时,洒满阳光的草地仿佛在向他们发出邀请,克拉拉问:"我们为什么不在这里坐一会儿呢?"

这正合海蒂的心意,于是孩子们在花丛中坐了下来。克拉拉还是第一次坐在高山牧场干燥而温暖的土地上,心里有种说不出的惬意。在她周围,蓝色的风铃草随风摇曳着,岩蔷薇金光闪烁,红色的矢车菊迎风怒放,棕色的花骨朵弥漫着丝丝甜香,还有芳香四溢的夏枯草……一切都是那么漂亮,那么美好!坐在她身边的海蒂也觉得今天的牧场比以往更美丽,她不知道心里为什么会如此快乐,快乐得直想大喊大叫。蓦地,她想起克拉拉终于变得健康了,这才是叫人最快乐的事,远胜周围一切美景所带来的欢乐。克拉拉静静地坐着,映入眼帘的一切魔法般地将她深深吸引了,对未来的无限期望也叫她沉醉不已。她觉得自己内心几乎装不下这所有的幸福了,明媚的阳光和花草的芬芳让她非常满足和惬意,甚至让她懒得开口。

彼得直挺挺地躺在花丛中,一动不动,一声不吭,原来他睡着了。柔和的山风从四周巨大的岩石后轻轻地吹来,使灌木丛发出耳语般的沙沙声。海蒂不时站起身来东跑跑西看看,因为有时她觉得另一个地方的风景更秀丽、花朵更茂盛、香味更浓郁,而且风还把这种香味吹得到处都是,所以海蒂就到处走走。几个小时就这样过去了。

时间早已过了中午,几只山羊向长满鲜花的山坡走过来。这里不是羊儿们吃草的好地方,因为它们不喜欢啃花。现在,它们看起来更像一群被派来的使者,"金翅鸟"就是它们的首领。显然,它们是过来寻找伙伴的,因为彼得把羊儿们扔在那里这么长时间放任不管,虽然羊儿们不知道彼得溜到哪儿去了,却清楚地知道现在是什么时候了。当"金翅鸟"在花丛中发现了"失踪"的三个人时,立刻高声叫了起来，随即整个羊群也跟着一起叫了起来，边叫边朝孩子们跑了过去。这时，彼得醒了过来，他用手使劲儿揉揉眼睛，因为他做了个梦，梦见那把轮椅铺着漂亮的红色坐垫，完好无损地放在小屋门前。他醒来时甚至还以为看到了轮椅坐垫周围那一圈金色的圆钉在阳光下闪闪发光，现在他才发现，原来那是他身边正开得灿烂的黄色花朵。可是，当想到那张完好无损的轮椅时，梦里出现的恐惧重新笼罩在他的心头。尽管海蒂答应不会对他做任何事情，可他仍然担心纸包不住火，他做的事情说不准什么时候就暴露出来了。为此，彼得对海蒂言听计从，他变得异常温驯和听话，对帮助克拉拉也不再抱怨和反感。

于是，三个人回到他们的老地方，海蒂马上跑去把那个装着午饭的袋子拿过来，并且打算履行自己的承诺，因为她早上拿来威胁彼得的就是这个口袋里装的东西。海蒂早上就已经看到爷爷往袋子里装了好多好吃的东西，当时她便想把其中的大部分分给彼得，她原先的意思就是，彼得要是拒绝帮忙的话，中午他什么吃的东西也得不到，可是彼得将这些话理解成另一种含义了。海蒂把袋子里的东西一件一件地拿出来，并把它们分成三份，海蒂满意地看着堆成小山似的东西，自言自语道："这么多东西，我们俩也吃不完，剩下的就都给彼得吧。"

海蒂把食物分别分给他们两人，然后拿起自己的那一份，坐到克拉拉旁边。经过长时间的劳累，三个人的胃口出奇地好。

不出海蒂的意料，当她和克拉拉已经吃得很饱时，还剩下很多东西，所以两人留给彼得的差不多跟刚才那堆食物一样多。彼得把这些东西吃得一干二净，连掉下来的面包屑也不放过。可是这顿午餐并不像往常那样让他满足受用，仿佛缺了点儿什么似的。彼得觉得好像有什么东西在啃噬着他的胃，每咽下一口都要把自己噎住。

孩子们很晚才开始吃午饭，所以吃完没多久，爷爷就上牧场来接她们了。爷爷的身影一出现，海蒂就连忙跑上前去，她想第一个把这个好消息告诉爷爷。海蒂实在太激动了，对着爷爷几乎一个词也说不出来。爷爷立刻明白了孩子要说什么，他的脸上露出了极为欣慰的笑容。他快步走到克拉拉跟前，高兴地笑着说："我们的努力没有白费，是不是？终于有成功的一天了！"

爷爷扶着克拉拉从地上站起来，用左手抱住克拉拉，右手支撑着她的身体，于是克拉拉稍微迈了几步。当她发现有了爷爷强有力的支撑后，她什么也不怕了，走起路来远比之前更加稳当。

海蒂跟在旁边，高兴得又喊又跳，爷爷脸上也露出了幸福的微笑。不过，现在爷爷又一把抱起克拉拉。"我们可不能一下子太累了。"他说，"是时候回家了。"说着，爷爷立刻向山下走去，因为他知道今天克拉拉已经够累了，她必须回家好好休息。

傍晚，当彼得领着羊群下山来到德夫里村时，看见一大群人正紧紧地围在一起争着看地上放着什么东西。彼得忍不住也想看个究竟，左推右挤地终于钻进了人群里。

他总算看见了他要看的东西。草地上散落着克拉拉的轮椅残骸，一块靠背还挂在上面，中间也只剩下一小块，红色的坐垫和闪亮的铜钉显示着它曾经的精致和豪华。

"我曾经看到这张轮椅被人扛上山去。"站在彼得旁边的面包师说，"我敢打赌，它至少值二十五英镑[1]。我想不通，这到底是怎么回事？"

---

[1] 英镑，英国的本位货币。

"听大叔说，大概是被风刮下山的。"说话的是一个妇女，她对这个漂亮的红色坐垫赞不绝口。

"但愿是风干的，而不是人干的。"面包师又说，"否则麻烦就大了！要是被法兰克福的那位先生知道了，准会找人来调查。幸亏这两年来我都没上过高山牧场，不然准会成为怀疑对象，特别是这段时间上山的人。"

人们七嘴八舌地议论起来，彼得却不想再听了。他悄悄钻出人群，朝家里飞奔而去，那速度仿佛后面有人在追赶他似的。那位面包师的话让彼得心里极度恐慌，他这才知道，法兰克福的警察随时都有可能过来调查询问，到时候事情就会真相大白，而他就会被抓住，并被送进法兰克福的监狱。彼得仿佛已经看到了这一切，不由得心惊胆战，连头发都吓得竖起来了。

彼得心烦意乱地回到家。他谁都不理，问话也不回答，连土豆也不想吃，一骨碌爬到床上，钻进被窝呻吟起来。

"彼得一定又吃酸馍了，那东西不好消化，所以现在才这样哼哼。"布丽奇特说。

"你要给他多带点儿面包，明天从我的那份里拿一些给他带上。"奶奶心疼地说。

晚上，当两个孩子躺在床上看星星的时候，海蒂说："今天一整天我都在想，在上帝对我们有更好的安排时，无论我们怎么苦苦祈求，他都不会为我们实现愿望的。你觉得是这样的吗？"

"你为什么突然说这个？"克拉拉问。

"在法兰克福的时候，我曾拼命地祈求上帝，让我立刻回家。可是我一直回不了家，我还以为上帝早就忘记了我。不过，现在你瞧，要是当时我马上就跑回家，你就不可能来这里，也就不会恢复健康了。"

克拉拉认真思索了一会儿。"不过，海蒂，"克拉拉开口说，"如果真是那样的话，我们岂不是不需要祈祷了？反正上帝总会有更好的打算和安排，而且远比我们自己所知道的和祈求的要好。"

"克拉拉，你千万不能这么想，"海蒂着急地说，"我们必须为一切不断地祈祷，那样上帝才能知道我们没有忘记，我们所有的一切都是出自他。如果我们忘记了上帝，上帝也会不再管我们，那样我们就会困难重重，这是奶奶告诉我的。所以，就算上帝没有答应我们的祈求，我们也不应该怀疑上帝没有听见，甚至停止祈祷，而是必须坚持祈祷，并且说：'亲爱的上帝，我相信你对我会有更好的安排，我不应该不开心，因为我知道你最终会让一切都好起来的。'"

"这些你都是怎么知道的？"克拉拉询问。

"是奶奶告诉我的，后来果真都得到了证实，我自己便也明白了。所以我想，克拉拉，"海蒂起身坐起来，继续说，"我们当然应该好好感谢上帝，是他让你现在可以走路了，这一切的幸福都是他赐给我们的。"

"对，海蒂，你说得很对，幸好你提醒了我。我一高兴，就差点儿忘了祈祷。"

孩子们做了祈祷，都感谢上帝给一直疾病缠身的克拉拉带来这么大的幸福。

第二天早上，爷爷提议孩子们现在可以给奶奶写一封信，问她能不能来高山牧场一趟，有一些新东西要给她看看。不过，孩子们的小脑袋里另有计划，她们打算给奶奶准备一个大大的惊喜。克拉拉首先要好好练习走路，直到她一个人能走上一小段路，当然这一点儿都不能让奶奶知道。于是，她们询问爷爷这大概需要多长时间，爷爷认为大概要一个星期或少一点儿。两人立即坐下来给奶奶写信，急切地邀请奶奶这段时间来一趟高山牧场，但是对这件事只字不提。

接下来的几天，是克拉拉在牧场上度过的最美好的时光。每天早晨一醒来，她的内心就有一个快乐无比的声音在嚷着："我恢复健康了！我恢复健康了！我再也不用坐轮椅了，我可以像别人一样走路了！"

接下来就是练习走路了，克拉拉一天比一天走得轻松，一天比一天走得远。这种锻炼还给她带来了好胃口，爷爷的面包切片一天天地变厚了，奶油也随之逐渐加厚，看着它们一点点地消失，爷爷打心眼儿里感到高兴。现在，爷爷就端着满满一大锅浮着泡沫的鲜羊奶，一碗接一碗地给她加满。就这样，一个星期过去了，奶奶第二次来高山牧场的日子终于到了。

第23章　离别在即

在抵达高山牧场之前，奶奶写了封信通知孩子们自己要来了。这封信第二天一大早就由彼得带上了山。那时，爷爷和孩子们已经站在屋外，山羊们也在外面等着彼得，在清晨清新的空气中，它们调皮地摇晃着脑袋。孩子们抚摸着羊儿们，并祝愿它们旅途愉快。爷爷站在旁边，望着孩子们朝气十足的小脸蛋儿，再看看山羊，脸上浮现出了笑容，这幅情景让他十分欣慰。

当彼得快到这群人跟前时，他的脚步变得慢吞吞的，把信一递到爷爷手中就飞快地转身跑开了，样子很是慌张。他一边往前跑一边匆忙地回头瞟，好像身后真有什么令人害怕的东西在追着他，随即他连跑带跳一溜烟儿地冲上山去了。

"爷爷，"见到彼得这副怪样子，海蒂惊讶地说，"彼得最近怎么有点儿像'土耳其大汉'？它一听背后有人挥鞭子，就会缩着脑袋四下打量，然后突然一个跳跃就跑开了。"

"大概彼得也觉得背后有根鞭子吧,他知道自己应该挨打。"爷爷回答。

彼得一口气跑到最上面的山坡上,直到山下的人再也看不见他了才停下来。他静静地站在那里,还疑神疑鬼地打量了一下四周。忽然,他跳了起来,惊慌失措地往后一看,就像有人掐住了他的脖子。彼得每一分每一秒都在担心,在那些树林后面、灌木丛里,会突然钻出从法兰克福来的警察,并向他猛扑过来。这种悬而未决的紧张持续得越久,他心中的恐惧和痛苦就越深,他的内心几乎无法再拥有片刻的安宁了。

海蒂开始收拾他们的屋子,因为奶奶每到一个地方都喜欢看到所有的东西干干净净、井井有条的。

克拉拉则兴致勃勃地看着海蒂忙碌的样子,心里十分愉快。

上午的时间就这样很快过去了,大家都在盼着随时会到来的奶奶。孩子们已经准备就绪,一起坐在屋外的长椅上,翘首等待那一刻的到来。

爷爷也来到孩子们身边,他一早上山采回了一大把蓝色的龙胆花，花束在上午灿烂的阳光下熠熠生辉，显得特别漂亮，孩子们一见到就兴奋地欢呼起来。接着，爷爷捧着花走进小屋。海蒂时不时地从椅子上跳下来向山下张望，看看是否出现奶奶一行人的踪影。

终于，她期待的那行人出现了，他们正朝山上走来。领头的是向导，接着是骑着一匹白马的奶奶，最后是背着沉重背篓的脚夫，因为奶奶不做好充足的准备，是绝不会上山的。

一行人愈走愈近，终于爬到了山顶，奶奶从马背上向两个孩子望去。奶奶一瞧见她们两人并排坐在长椅上，就急忙从马背上下来，用震惊的口吻大叫起来："这是怎么回事？你居然没有坐在自己的轮椅上，克拉拉？为什么会这样？"可是没等她走到孩子跟前，她就合起双手，无比激动地、惊奇地喊道，"这真的是你吗，亲爱的孩子？啊！你的小脸蛋儿都变得圆乎乎、红扑扑的了！孩子，我都快认不出你了！"奶奶说着，正要加快脚步跑到克拉拉身边时，海蒂从椅子上站了起来，克拉拉立即靠到她的肩膀上，然后两人迈着稳当而自然的步子慢慢向前走去。奶奶完完全全惊呆了，或者更确切地说是担心，因为她最先以为这是海蒂做出的前所未有的鲁莽事情。

但不是这样的——克拉拉真的挺直了身子,在海蒂身边平稳地走着——现在两个孩子面向奶奶,她们红润的脸庞上洋溢着快乐的笑容。奶奶朝她们跑了过去,满脸挂着激动的泪水,紧紧抱住克拉拉,接着又去抱住海蒂,然后再抱住克拉拉。奶奶高兴得一句话也说不出来。忽然,奶奶瞧见爷爷正站在长椅旁微笑地望着她们三个人。于是,她抓住克拉拉的手臂,为以后真的可以和克拉拉一起散步而欣喜不已。她们向爷爷走去,奶奶松开了克拉拉的手,然后一把握住爷爷的双手。

"我亲爱的奥姆大叔,亲爱的爷爷!我们该怎么感谢您才好呢!多亏了您!多亏了您的照顾和调理——"

"还有上帝赐予的美好阳光和山里的好空气。"爷爷微笑着插了一句。

"对,还有'小天鹅'香喷喷的奶汁,"克拉拉也插进来说,"奶奶,您肯定想不到我喝了多少羊奶,那味道真的好极了!"

"是啊,从你的小脸蛋儿我就可以看出来,孩子,"奶奶回答,"我都差点儿认不出你来了,没想到你变得又结实又圆润,而且都长高了。我简直不能把眼睛从你身上挪开,因为这太令人难以置信了!我得赶紧给你父亲发个电报,让他马上赶过来。但是我也不会告诉他为什么,这将会成为他一生中最大的惊喜!我亲爱的奥姆大叔,该怎么才能发电报?您是不是已经让脚夫回去了?"

"他们已经回去了,"爷爷回答,"不过,您要是着急的话,可以让彼得跑一趟,他可以为您办这事儿。"

奶奶又向爷爷感谢了一番,因为她急切地想让她的儿子知道这个好消息,她不能再等,一天也不行。

于是,爷爷走到一旁,把手指放到嘴上,吹起了响亮的口哨,哨声传到大岩石上激起阵阵回声,一直传到很远的地方。没过多久,彼得就跑下山来,因为他知道这是爷爷的口哨声。彼得吓得面色惨白,他还以为爷爷要带他去自首。然而,爷爷只是将一张字条交给他,让他立刻送到山下德夫里村的邮局。因为不能一次交给彼得太多的任务,怕他弄不清楚,所以邮费由爷爷自己去付。

彼得手里拿着字条向山下跑去,这时他才松了口气,幸好爷爷不是叫他去受审,而且显然也没来什么警察。

大家这才围着小屋前面的桌子坐了下来,并把这一切事情的前前后后告诉奶奶。首先是爷爷每天坚持让克拉拉练习一会儿站立，之后又练习一会儿行走，直到有一天他们要去牧场游玩，却发生了轮椅被风刮下山的事情。因为克拉拉太渴望去看那些花儿了，所以她就试着迈出了第一步，于是就这样一步一步地行走起来。孩子们讲完这些花了大半天的工夫，因为讲的过程中奶奶又是惊叫，又是感激，还不时兴奋地叫喊着："这怎么可能！我真的不是在做梦吧！我们真的是清醒地坐在山上小屋前，我面前这个脸蛋圆圆、健康活泼的小女孩就是原来那个苍白虚弱的克拉拉吗？"

克拉拉和海蒂喜出望外，她们计划的这个意外惊喜在奶奶这儿大获成功，而且还在不断发挥效用。

赛斯曼先生这时已经处理完巴黎的事务，他也打算给大家一个意外的惊喜。他没有向他的母亲透露只言片语，就在一个风和日丽的早晨，坐火车来到了巴塞尔。第二天一早，他又继续赶路，迫不及待地想见到自己的女儿，他已经与克拉拉分别了整整一个夏天。他的母亲动身几个小时后，赛斯曼先生就到达了拉加兹温泉。当他听说母亲今天也刚好出发去了高山牧场时，便立刻雇了一辆马车直奔梅恩菲尔德。到了那里，他听说那辆马车正好也要继续去德夫里村，便一直坐到了那里。他想要是自己步行上山，肯定还得走上好长一段路。

赛斯曼先生所料不错，要爬上高山牧场，那条山路果然又漫长又辛苦。他已经爬了很久的山路，可是眼前还是没出现小屋的影子，而且他知道，自己应该先在半路上碰到牧羊人彼得家的小屋，因为他曾多次听人描述过这条路。

这里到处都是人走过的痕迹，有些小路通向四面八方，赛斯曼先生开始不太有把握自己是不是走在正确的道路上，那间小屋会不会在高山牧场的另一侧。他四下张望，看看有没有人可以打听一下路，可是到处都见不到一个人影儿，甚至听不到什么声音。只有山风不时地吹过耳畔，小虫子在阳光下嗡嗡飞舞，还有一只快乐的小鸟在一株孤零零的落叶松上唱着动人的歌。赛斯曼先生静静地在那儿站了一会儿，让阿尔卑斯凉爽的山风给他发热的脸颊降降温。这时，正好有人从山坡上跑下来——就是手里捏着电报的彼得。彼得没走赛斯曼先生站着的那条路，而是沿着一个陡峭的山坡直接冲了下来。赛斯曼先生一看见彼得，便向他招招手，让他过来一下。彼得慢慢吞吞、战战兢兢地走了过去，他不敢径直走到赛斯曼先生跟前，只是往旁边靠了靠，仿佛他只有一只脚在往前走,而另一只脚在往后拽。"喂,小伙子,请你快点儿过来,"赛斯曼先生叫道,"请你告诉我,"当彼得走近时,他说,"从这条路上去,是不是能够找到那间小屋,那儿住着一位老爷爷和一个叫海蒂的小女孩,还有从法兰克福来的那些人?"

可他得到的,只是彼得近乎胆怯的含混不清的一声回答。说完,彼得就惊慌失措地飞奔下去,结果摔了个倒栽葱,顺着陡坡滚落下去了。彼得不由自主地翻着跟头,跌跌撞撞地滚啊滚,那样子就跟那张轮椅差不多。唯一值得庆幸的是,他没有跟轮椅一样被摔得粉身碎骨。只是那张电报最后变成几张碎纸片,被风吹走了。

"山里人真是胆小!"赛斯曼先生自言自语地说,他以为是自己这个陌生人的突然出现,把这个简单纯朴的山里小男孩吓成了这副模样。

赛斯曼先生望着彼得滚下山谷之后,只好继续向山上走去。

虽然彼得竭尽全力,可是他怎么也无法让自己停下来,只能以这种非比寻常的奇特方式继续往下翻滚。

但是,这在彼得看来还不算最可怕的事情,更叫他害怕和恐惧的是，他确定法兰克福的警察真的来了。他毫不怀疑刚才那个向他问路的陌生人就是警察。当彼得滚到德夫里村上面最后一个高高的山坡上时，他被抛到了一片灌木丛中，终于被卡住了。他在那里躺了一会儿，想想自己到底是怎么搞成这副样子的。

"哎哟，怎么又掉下来一个！"彼得耳边响起了一个声音，"不知道这风明天又会把什么吹下来，简直就像土豆从没缝牢的麻袋里滚出来一样！"正在说笑的那个人原来是面包师，他正从工作了一天的炙热烤房里出来，想稍微透透气，结果碰巧看见彼得像那张轮椅一样从山上翻滚了下来。

彼得马上站了起来，随即新的恐惧又向他袭来。现在他只有一个念头，就是赶忙跑回家钻进被窝，那样就没人能找到他了，因为他觉得只有那里最安全。可是，羊群还在山顶上，而且大叔再三嘱咐他要马上赶回去，羊群不能独自在山上待太久。再加上彼得比谁都要害怕大叔，也尊敬大叔，对于大叔的吩咐他是无论如何都不敢违背的。万般无奈之下，他只好唉声叹气、一瘸一拐地往山上走去。他再也跑不动了，刚才内心经历的极度恐惧和跌来撞去，使彼得呻吟着一步一步地向高山牧场走去。

赛斯曼先生碰到彼得之后不久，总算看到了第一间小屋，他知道自己走的这条路是正确的了。于是，他重新打起精神，继续往上攀登。经过艰苦的跋涉之后，他终于看到了他的目的地。不远处的山坡上，矗立着爷爷的小屋，几株老枞树茂密的树冠正在屋顶上随风摇曳。

赛斯曼先生的精神不由得为之一振，他兴奋地登上最后一道斜坡，以为马上就能给他的女儿一个大大的惊喜。可是聚在小屋前的那群人，早就发现并且认出了他，大家甚至都做好了迎接他的准备，他却对此一无所知。

当赛斯曼先生迈上最后一步时，立刻有两个身影从小屋前向他走来。高个子的是一个金发女孩，有一张红扑扑的小脸蛋儿，靠在小个头的海蒂身上。海蒂的黑眼睛里闪烁着快乐的光芒。赛斯曼先生猛地愣住了，目不转睛地盯着走过来的两个女孩，霎时，大滴大滴的泪珠从他的眼里滚落了下来，心底的记忆一下子涌了上来！现在的克拉拉简直就跟她的母亲一模一样，是个有着白里透红的美丽脸庞的金发姑娘。赛斯曼先生简直不知道自己现在是清醒着，还是在梦里。

"爸爸，您难道认不出我来了吗？"克拉拉满脸笑容地冲他喊道,"我的变化有那么大吗?"

赛斯曼先生朝女儿跑了过去,紧紧地抱住了她。

"是啊,你真的变样了!这是怎么回事?这是真的吗?"欣喜若狂的父亲又后退了一步,重新把她上上下下打量了一番,好确认这一切不会从他眼前消失。

"是你吗,小克拉拉,真的是我的小克拉拉吗?"赛斯曼先生激动不已地叫喊着,接着再一次紧紧地把克拉拉搂在怀里,然后再松开,再细细地查看站在自己面前的是否真的是克拉拉。

这时,奶奶走了过来,她迫不及待地想看看儿子那张幸福的脸。"亲爱的儿子,你现在想说点儿什么?"奶奶冲他大声说,"你带给我们的惊喜确实不错,但跟我们为你准备的惊喜相比,是不是不值一提?我想你不得不承认这一点。"说着,她给了儿子一个亲切无比的贴面礼。"不过现在,"她继续说道,"你得去问候一下奥姆大叔,他真是我们的大恩人。"

"当然,还有我们家的小客人,我们的小海蒂。"赛斯曼先生握着海蒂的手说,"怎么样?住在高山牧场是不是又健康又快活啊?当然,这不用问,没有一朵阿尔卑斯山的玫瑰看起来比你更茁壮了。孩子，再次见到你同样让我感到高兴。"

海蒂也满心欢喜地望着慈祥的赛斯曼先生。他待自己是多么好！现在，他在高山牧场找到了这样一份幸福，海蒂一想到这里，涌上来的喜悦就让她的心怦怦跳个不停。

这时，奶奶把儿子带到奥姆大叔跟前。两个男人真诚地握了握手，赛斯曼先生向大叔表达了诚挚的谢意，以及他对发生这种奇迹的惊讶。奶奶则慢悠悠地绕到后面，去看那几棵老枞树。

在那里，又有一样意想不到的东西在等着她。在枞树长长的枝丫垂下的空地上，放着一大束美不胜收的深蓝色龙胆花，花儿光彩夺目，娇艳欲滴，仿佛本来就生长在那儿似的。奶奶双手紧扣，惊叹于它们的美丽。

"啊！太美了！多么美丽的花啊！"她大叫起来，"海蒂，亲爱的孩子，快过来！是你把花儿放在这里，给我意外惊喜的吗？这真是太美妙了！"

孩子们都走了过来。

"不，不是我，花儿真的不是我放的，"海蒂说，"不过，我知道是谁放的。"

"山顶的牧场上有好多这种花儿,奶奶,而且比这儿的还漂亮,"克拉拉插嘴说,"不过您猜猜看,是谁一大早从山上采来这些花的?"克拉拉对自己所讲的话非常满意,露出了一脸笑容,奶奶有一瞬间以为是孩子自己今天上山采来的,但是她很快就否定了这种可能性。

这时,枞树的后面传来了轻轻的沙沙声,原来是彼得上山来了。其实,他早就到了,只是远远看见小屋前站在大叔身边的人,才绕了一大圈,正打算从枞树后面悄悄溜上山去。可是,奶奶发现并认出了他,心里便立刻冒出了一个新念头,莫非这花是彼得采来放在这儿的,所以现在他才腼腆得要偷偷溜开。不,不应该就这么让他离开,应该给他一点儿小小的酬劳。

"过来,孩子,快到这边来,不要害怕。"奶奶叫着彼得。

彼得一听,害怕极了,石化般地愣在那里。这一天他已经经历了太多事情,早已犹如惊弓之鸟般没有任何抵抗力了。现在,他心里只有一个念头:我彻底完了。此刻,他吓得头发根根倒竖,面如土灰,面孔也因恐惧而变形,战战兢兢地从枞树后面走了出来。

"胆子大点儿,没事的,孩子!"奶奶试着让彼得不再那么害怕,"来,不要绕圈子,告诉我,那是你干的吗?"

彼得不敢抬起眼睛,所以没有看见奶奶用手指着什么东西。他只留意到大叔站在屋角,他那双灰色的眼睛正盯着自己,还有站在大叔旁边的彼得所认为的最让他害怕的人——从法兰克福来的警察。彼得吓得浑身哆嗦,好不容易才哼出一声:"是的。"

"唉,那又有什么可害怕的呢?"奶奶说。

"因为……因为……它摔得一块一块的,再不能变成原来完整的样子了。"彼得异常费力地说出这么一句来。他的两个膝盖直打哆嗦,几乎都站不稳了。

奶奶向大叔走了过去。"这个可怜的孩子是不是脑子有问题?"她同情地问道。

"一点儿也没有,"爷爷肯定地说,"把轮椅吹下山的那股风就是他,他正等着挨罚呢。"

奶奶根本无法相信,她怎么也想象不出彼得是这样一个坏孩子,而且他也没有理由要去毁掉那张必不可少的轮椅。其实那件事发生的时候,爷爷就已经心存疑惑,而现在只是证实了当时的怀疑。彼得从一开始就对克拉拉投以愤怒的眼神，高山牧场上一旦出现什么新迹象，彼得就会露出特别厌恶的神情，这些都逃不过爷爷的眼睛。当他把这些事情前前后后联系起来考虑，就明白了整件事情的来龙去脉。爷爷把详情告诉了奶奶，奶奶听完，便放声大笑起来。

"不，不要，亲爱的奥姆大叔，我们不能再惩罚这个可怜的孩子了。说句公道话，我们这些法兰克福的陌生人到这儿来，把他的海蒂霸占了整整好几个星期，这可是他唯一的财富，而且还是一笔无比珍贵的财富，让他每天就只能独自坐在那里，以至于他在愤愤不平中越陷越深。不，不要惩罚他，我们大家要公平合理。由于怒不可遏，驱使他采取了这种报复行动——虽然这种行为有点儿愚蠢，但是我们愤怒的时候也难免会干出些蠢事来。"说完，奶奶往彼得身边走去，他还是惊恐地打着哆嗦。奶奶在枞树下的长椅上坐下来，和蔼地说：

"过来，孩子，到我跟前来，我有事情要告诉你。好了，不要再哆哆嗦嗦的了，好好听我说。你把轮椅推下了山，让它摔得粉身碎骨。这样做是很不对的，现在你心里也明白了这一点，也知道该为此受到惩罚，更何况为了逃避惩罚，你还必须千方百计地隐藏真相，不让人发现你都干了些什么。可是，彼得你也看见了，谁要是做了坏事，以为没人知道，他就大错特错了。因为上帝什么都看得见，也听得见，他一旦发现有人隐瞒自己所做的坏事，就会立刻把那个人心里的小看守叫醒。人一生下来，心里就会被上帝放进一个小看守，平时这个小看守在里面睡觉，直到那个人做了坏事才会醒来。小看守的手里还拿着一根小尖刺，不断地用它来扎这个人，让他再也得不到片刻的安宁。小看守还会在那个人心里一直不停地喊着：'现在一切都真相大白了！现在你就要得到应有的惩罚了！'这恐吓声更会叫人备受折磨。如此，这个人将永远生活在恐惧和不安之中，再也感受不到片刻的快乐和幸福。你最近是不是就有这样的感觉，彼得？"

彼得非常后悔地点了点头，奶奶仿佛知道一切似的，她所描述的一切跟他的实际感受一模一样。

"不过你有一点搞错了，"奶奶接着说，"你瞧，你做坏事想加害别人，别人却由于你因祸得福！克拉拉因为没有轮椅可坐，却又一心想去看看那些花儿，这才拼命练习走路。就这样，她学会了走路，而且一天比一天走得好。如果她继续留在这里，迟早能够每天都到山上牧场去，那可要比坐着轮椅上去方便得多。你看到了吗，彼得，谁要是想做坏事，上帝就会迅速来管这件事，让受害者得到一些益处，而那个做坏事的家伙要因此遭受不幸的后果。你现在都听明白了吗，彼得？要是明白的话，就不要忘记我的话，当你以后又有想干坏事的念头时，就想想你心里那个拿着尖刺的小看守和他令人讨厌的声音。这些你都记住了吗？"

"嗯，我会记住的。"彼得回答，可他的样子仍然十分沮丧，因为他还不知道这一切将怎么解决，而且那个警察还一直站在爷爷的旁边。

"现在，这件事就这样过去了，"奶奶说，"不过，你也应该得到一件法兰克福人赠送的纪念品，一件能让你高兴的东西。你跟我说说，是否有什么东西是你一直想拥有的？你最想要什么礼物？"彼得听到这里才抬起头来，用圆圆的眼睛吃惊地看着奶奶。直到前一刻他还在等着接受可怕的惩罚，现在却突然说他可以得到一件他想要的东西。这让他一时摸不着头脑。

"我说的都是真的，"奶奶接着说，"你可以任意选择一样你喜欢的东西，作为法兰克福人送给你的纪念品，这也代表那些人不会再计较你干的坏事了。现在你明白了吗，孩子?"

彼得这才恍然大悟,自己不用再担心受惩罚了,是坐在自己面前的好心奶奶把他从警察手里解救了出来。他觉得压在自己心头的那座大山一下子被挪开了。现在他也明白了,如果马上坦白认错,那么情况会好一些,于是他说道:"我把字条也弄丢了。"

奶奶一下子还没弄明白他的意思,不过她很快就想到了事情的前因后果,她亲切地说:

"说出来就对了,真是好孩子!做了坏事,不要想着隐瞒,说出来,事情才会重新走上正轨。那么,现在告诉我你想要什么?"

彼得一想到在这世上他可以随意地要一样自己想要的东西,几乎有点儿晕头转向了。梅恩菲尔德历年集市中所有漂亮东西都在他眼前闪闪发光,他常常在那里一看就是几个小时,却没有希望去拥有其中任何一件东西,因为彼得的私人财产从没超过半便士,而所有诱人的东西几乎都是这个数目的一倍。比如那个漂亮的红色小口哨,他可以用来召集羊群,还有非常好看的被人们称为"蛤蟆刀"的圆柄小刀,用它削榛树树枝做鞭子肯定再好不过了。

彼得站在那儿冥思苦想,他在琢磨这两个东西里哪一个才是他最想要的。他无法做出取舍。忽然,他灵光一闪想到了一个好主意,那样他就可以一直考虑到明年赶集的时候。

"一便士。"彼得毫不犹豫地回答。

奶奶不由自主地笑了起来。"这真是一个不过分的要求。好,你过来吧!"奶奶拿出自己的钱包,掏出闪闪发亮的四先令圆形硬币放在他手上,然后又在上面放上几便士。"来,咱们现在就来算一算,"奶奶继续说,"我来跟你解释一下。我给你的这些便士,就跟一年有多少个星期一样,所以,整整一年里的每个星期天你都可以拿出一便士。"

"我一辈子都能这样吗?"彼得十分天真地问道。

奶奶不禁放声大笑起来,听到笑声的先生们也停止交谈,想听听这边发生了什么事。

"是的,孩子,你一辈子都能拥有这些——我会把它写进我的遗嘱。听到了吗,我的儿子?以后你的遗嘱里也要写上这么一条:每周给牧羊人彼得一便士,并终生维持这项赠予。"

赛斯曼先生赞同地点点头,冲这边笑了起来。

彼得又瞧了一下自己手中的礼物,确认自己不是在做梦,然后才说:"太好了,感谢上帝!"

他蹦蹦跳跳地跑开了,而且跳得比什么时候都要欢快。不过,这回他没摔跟头,因为现在他面对的不再是恐惧,而是他这辈子从未体验过的快乐,他兴高采烈地往山上跑去。让所有的恐惧和不安都见鬼去吧,他这辈子每周都能得到一便士了。

午饭过后,这群人坐在一起热烈地交谈着,克拉拉握住父亲的手,活泼地说着话,那样子根本看不出她是原来那个弱不禁风的小姑娘。

"爸爸,您要知道,爷爷每天不知为我做了多少事情!这些天爷爷为我做的,我数都数不过来,只要我活着就永远不会忘记这一切!我一直在想,自己能为爷爷做点什么,或者送他些什么,让爷爷也会感到幸福和快乐,即使那只有他给我带来的一半也行。"

"这也是我最大的心愿,克拉拉,"父亲回答,他的脸上洋溢着幸福的笑容,似乎每看一眼克拉拉,他的快乐就会多一分,"我也一直在考虑,我们该怎样向我们的恩人表示感激之情。"

说完,赛斯曼先生起身朝交谈甚欢的爷爷和奶奶走去。当他走近时，爷爷随即站起身来，赛斯曼先生握住他的手，说：

"亲爱的朋友，请允许我跟您说几句话。如果我对您说，这么多年来我从不知道快乐的真正滋味，您一定可以理解。如果金钱和财富不能为自己那可怜的孩子换来健康和快乐，那这一切又算得了什么呢？可是，上帝借助您的手让这个孩子重获健康，您不仅让孩子获得了新生，同时也赋予了我新的生命。请您现在告诉我，我该怎样向您表达我的感激之情？我永远也报答不了您的恩情，可无论如何，只要是我力所能及，请一定允许我为您效劳。请您告诉我，朋友，我能为您做些什么？"

大叔静静地听着，微笑地望着这位快乐的父亲。

"赛斯曼先生，"爷爷用他惯有的坚定口吻说，"请您相信，您的女儿能恢复健康，我也同样高兴，我的辛劳也因此得到了丰厚的回报。我衷心地感谢您的好意，可是我什么都不需要。在我有生之年，我和孩子都不愁吃穿。我只有一个愿望，如果能够得到满足的话，我此生就别无他求了。"

"您说，亲爱的朋友，请您告诉我。"赛斯曼先生请求道。

"我已经老了,"爷爷接着说,"也没有多少年好活了。我离开人世的时候,也没有什么可以留给孩子的。除了个别想在她身上打主意、捞好处的亲戚,她也没有别的亲戚了。如果您能答应我,让海蒂这辈子都不用出去流浪、乞讨,就算是对我为您孩子所做的一切的莫大回报。"

"我亲爱的朋友,这根本不在话下,"赛斯曼先生马上说道,"我早就把这个孩子看成我自己的孩子了。问问我的母亲和我的女儿吧,您绝对可以相信,她们也绝不允许把海蒂交给其他任何人!不过,为了让您放心,我在此举手发誓,向您承诺:海蒂此生绝不会在外流浪,我会把此事负责到底,即使死后也会有所安排。不过,我还要多说几句。考虑到她的情况,这个孩子无论如何都不适宜到陌生的地方去生活,这是我们在她和我们一起住的时候发现的。海蒂结交了一些朋友,我们就认识其中的一位,他现在还在法兰克福,目前正在处理最后一些事务,然后打算到一个他喜欢的地方去,并在那里安度晚年。这个人也是我的朋友,就是去年秋天曾来这里打扰你们的那位医生。他仔细地考虑了您的提议,想在这个地方安家落户,因为他觉得和您及海蒂在一起非常愉快,没有任何地方会比这儿更好了。所以您看,这孩子从今往后身边就会有两个保护人了——这两个人为了孩子，肯定会长命百岁地生活下去！"

"这实在是上帝的恩赐！"这时奶奶插进来说，为了表示对儿子的承诺的真心支持，她紧紧地握住奥姆大叔的手，久久不放。然后，她又把站在附近的海蒂拉到自己身边，一把抱住她。

"亲爱的海蒂，我还有个问题要问你。告诉奶奶，你有什么特别希望得到的东西吗？"

"有啊，当然有。"海蒂立即答道，她兴奋地望着奶奶。

"马上告诉奶奶，亲爱的，到底是什么？"

"我想要我在法兰克福睡过的那张床，它有三个高高的枕头和厚厚的被子，有了它，彼得奶奶就不用再枕着很低的枕头睡觉了，也不会喘不过气来了，而且睡在被子里会非常暖和，她就不用因为怕冻着而裹着围巾睡觉了。"

海蒂急切地想实现搁在心底的愿望，所以她激动地一口气把所有的话都说了出来。

"我最亲爱的孩子，"奶奶感动地回答，"你要告诉我的就是这件事！真是多亏了你的提醒。人在高兴的时候，总会轻易忘记我们本该最先想到的事情。当我们蒙上帝格外恩宠的时候，我们应该马上想到那些有困难的人！我马上就给法兰克福发电报！让罗特迈耶小姐今天就处理这件事，那么两天之后床就会被运到这儿。如果上帝让一切都顺利的话，彼得奶奶很快就能舒舒服服地睡在这张床上了！"

海蒂欢天喜地围着奶奶手舞足蹈，突然，她停住不再蹦跳了，急匆匆地说："我得赶快下山跟彼得奶奶说一声，这么长时间没去她那儿，奶奶会担心的。"海蒂迫不及待地想把这个好消息告诉彼得奶奶，她又猛然回忆起上次去奶奶那儿时她痛苦的神情。

"不，那不行，海蒂，你怎么能这样呢？"爷爷有点儿责备地说，"家里来客人的时候，主人不应该随便离开。"

奶奶却很支持海蒂。"奥姆大叔，孩子这样做没有什么不对的，"她说，"因为我们，那位可怜的奶奶好久没见到海蒂了。现在，我们就一起去看看她吧。我的马也在那儿等着，之后我再骑马下山，一到山下的德夫里村就立刻给法兰克福发电报。你认为我的安排怎么样，儿子？"

到目前为止，赛斯曼先生还没机会说出自己的旅行计划，所以他请求母亲好好坐下来，让他说说自己的打算。

赛斯曼先生早就准备和母亲一起进行一次短暂的瑞士之旅,并看看克拉拉的身体条件是否允许一同去。现在时机已经成熟,有女儿陪伴的愉快旅程即将实现,他不想错过夏末这些美好的时光,所以他打算立刻出发,好让这令人期待的旅程变成现实。他提议,今天晚上就在德夫里村住一宿,明早上山来接克拉拉,然后三个人一起去拉加兹温泉,再从那里出发。

听说马上就要离开高山牧场,克拉拉先是有些沮丧。不过,幸好旅行能带来许多乐趣,而对旅行的种种憧憬更让她没有时间去难过。

这时,奶奶已经牵起海蒂的手,准备带着一行人下山了。她忽然转过身来,问道:"克拉拉怎么办呢?"因为她忽然想到这段路对克拉拉来说未免太长了。不过,爷爷已经像往常那样抱起了克拉拉,踏着稳健的步伐跟在了奶奶身后。看到这些,奶奶十分满意地点了点头。赛斯曼先生走在最后,一行人就这样向山下走去。

一路上,海蒂欢呼雀跃地走在奶奶身边,奶奶则询问着有关彼得奶奶的一些情况,譬如她过得怎么样,特别是到了寒冷的冬天,她是怎么熬过来的。海蒂把一切都详详细细地告诉了奶奶，因为她对这一切是再清楚不过的了，她知道彼得奶奶怎样缩成一团坐在屋子的一角，冻得瑟瑟发抖。她也十分清楚，彼得奶奶能吃到什么东西，吃不到什么东西。去小屋的路上，奶奶一直聚精会神地听着海蒂的描述，心里充满同情。

布丽奇特正把彼得的另一件衬衫晒到太阳下，好让彼得在身上那件衬衫穿脏之后，能换上这一件。她一看见这群人，就连忙跑进屋。

"那一大群人就要走了，妈妈，一看就知道他们要回去了，"布丽奇特对彼得奶奶说，"大叔在陪着他们，手里还抱着那个生病的孩子。"

"哎呀，这难道都是真的吗？"奶奶叹息着说，"你看见海蒂跟他们一起了吗？他们要把她带走了？要是我能再握握她的小手，再听听她的声音，那该多好啊！"

这时，大门猛地被推开了，海蒂跑了进来，来到屋角紧紧地抱住了奶奶。

"奶奶！奶奶！我那张床马上就要从法兰克福被运过来了，还有三个大枕头和厚厚的被子。这位奶奶说，只要两天就能送到这里。"海蒂急不可待地把这个消息说了出来，急

切地想看到彼得奶奶高兴的样子。彼得奶奶微笑着,却又带着几许忧伤说:

"她肯定是位好心肠的夫人,这么好的人把你带走,我应该高兴才对。可是,那样我就活不了多久了。"

"您说什么?是谁对这位善良的奶奶这么说的?"此时,响起了一个和蔼可亲的声音,同时有一双手紧紧握住了彼得奶奶的手,非常热烈。原来,赛斯曼夫人已经跟在海蒂后面进来了,并听到了这一切,"不是的,根本就没有那回事!海蒂会留在您身边,并一直给您带来快乐。我们也想再看见这个孩子,但是我们会到这里来。我们希望以后每年都到这里来,因为我们有理由到这儿向我们的上帝献上特别的感谢,这儿给我们的孩子带来了巨大的奇迹。"这时,彼得奶奶的脸上才露出开心的笑容,她激动得无以言表,只是一个劲儿地紧握着赛斯曼夫人的手,两行泪珠从她那布满皱纹的脸上扑簌簌地滚落下来。海蒂看到奶奶脸上的表情变得快乐无比,自己也完全沉浸在幸福之中。

海蒂偎依在奶奶身边说:"这不正像我上次给您朗读的诗歌吗,奶奶?从法兰克福运来的床,也会让您好起来的吧?"

"是呀,海蒂,上帝为我做了这么多美好的事情!"奶奶被深深地感动了,她继续说,"我做梦也想不到,会有这么多好心人,关心我这个可怜的老太婆,还为我做了这么多好事。我们只有全心全意地相信我们慈爱的上帝,除此之外再也没有别的办法了。他从来没有忘记他所创造的人,就算是最卑微的人也没有忘记,还有这些充满善良和仁慈的人,也在关心像我这样毫无用处的可怜人。"

"我善良的奶奶,"赛斯曼夫人插话道,"在上帝眼里,我们大家同样都是卑微无助的人,同样需要上帝不忘记我们每一个人。现在,我们该向您告辞了,但是我们还会再见的,因为我们明年还会再来高山牧场,那时我们肯定会过来探望您的。我们一定不会忘记您。"说完,赛斯曼夫人再次拉住了奶奶的手,握手告别。

而奶奶并没有马上就让赛斯曼夫人离开,她不住地道谢,祝她万事如意,并祈祷上帝保佑这位慈善的夫人和她的家人。

赛斯曼先生和母亲终于可以启程继续下山了。爷爷抱着克拉拉,还有身边满心欢喜的海蒂,一起往山上的小屋走去。海蒂一想到奶奶今后能过上更好的生活,就忍不住地一步一跳。

第二天早晨,即将告别的克拉拉不禁热泪盈眶。她就要离开这美丽的高山牧场了,在这里她度过了有生以来最美好的一段时光。海蒂尽力地安慰她。"明年夏天一晃就到了,"她说,"到时你又可以过来,这里肯定会比现在更美丽。那时,你一过来就可以四处走走,我们每天都能和山羊们一起上牧场,去开满花儿的地方看看,这样我们又能尽情地玩耍了。"

赛斯曼先生按照约好的时间来接女儿,现在正站在爷爷身边,两人在商量着什么。因为海蒂这些安慰的话,克拉拉感觉好多了,她不断擦去脸上的泪水。

"一定代我问候彼得,还有所有的山羊,特别是'小天鹅'。要是我能送点什么礼物给'小天鹅'就好了,我能恢复健康它可是帮了大忙。"

"这还不简单,"海蒂答道,"你可以送点盐给它。你知道,它每天晚上有多喜欢舔爷爷手里的盐。"

克拉拉立刻赞成这个主意。"太好了,我要从法兰克福给它寄来一百磅[1]食盐,那样它也会常常想起我了。"

---

[1] 磅,英美制质量或重量单位。1磅≈0.4536千克。

这时，赛斯曼先生冲孩子们招了招手，表示是时候出发了。奶奶骑过的那匹白马这次要驮上克拉拉，她现在可以骑马下山，不用再坐轿子了。

海蒂跑到斜坡的最外面，不停地朝克拉拉挥手，直到她和她的马完全从自己的视野里消失。

后来，那张床运到了。现在，彼得奶奶每天晚上都能睡得又香又甜，身体也渐渐好起来。

赛斯曼夫人没有忘记高山牧场上严寒的冬季，她把一个大包裹寄到了牧羊人彼得家里，里面装了好多保暖的衣服，奶奶可以一件又一件地穿上，再也不用缩在角落里冻得直发抖了。

德夫里村开始了一项规模浩大的修建工程。医生来到了这里，他暂时住在原先待过的地方。后来，他听从朋友的建议，买下了爷爷和海蒂冬天时住过的那幢老房子。从它规模宏大的布局、精美华丽的大壁炉和颇具艺术性的瓷砖画，人们能轻易看出它肯定曾经是某位大人物的豪华宅第。医生让人将一部分改建成自己的住所，并为爷爷和海蒂修建了另外一部分，因为医生非常了解爷爷喜欢独立生活的个性，他必须拥有自己单独的住处。在屋子的最里头，还有一座非常温暖的四面围着墙的羊圈,"小天鹅"和"小熊"可以在那里舒舒服服地度过寒冷的冬天。

医生与奥姆大叔之间的友情与日俱增,他们常在老房子那儿走来走去,查看工程的进度。他们的想法大都围绕着海蒂,因为他们两在这幢房子里最大的快乐,就在于能带着这个无忧无虑的小女孩住进来。

"亲爱的朋友,"一天,两人一起看房子的时候,医生说,"我相信,在这件事上您会和我持一样的态度。从这个孩子身上,我们彼此分享着幸福,我似乎成了除您以外她最亲的人了,但我也想分担一些责任和义务,并竭尽全力照顾好这个孩子。那样我才能有资格拥有她,才能期盼她在我年老的时候陪伴在我身边,照顾我,这就是我心底最大的愿望。海蒂也应该在我这儿获得作为我的孩子的全部权利,而我应该为她提供这一切,那样我们也可以无牵无挂地把她留在这个世界上,如果有一天您和我不得不离开这个世界的话。"

爷爷久久地沉默着,他的手却紧紧地握住了医生的手。他的好朋友从这位老人的眼里读出了他是何等感动、喜悦,还有感激。

此时，海蒂和彼得正坐在奶奶身旁，海蒂滔滔不绝地讲得起劲儿，其他人则津津有味地听着。三个人越来越投入，身体也越靠越近，他们不愿意错过任何一个字，都紧张得几乎透不过气来。

在过去的这个夏天里发生的一桩桩事情，不知道他们到底跟奶奶讲述了多少，因为从那以后，他们几乎很少有机会能够这么坐在一起了。

回忆着曾经发生的所有奇妙的事情，围在一起的三个人看上去都乐不可支，一个比一个幸福。其实，笑得最高兴的要数彼得的母亲布丽奇特，借助海蒂的解释，她第一次清清楚楚地了解到彼得这辈子每周都能得到一便士这件事情的始末。

最后，奶奶说："海蒂，念一首赞美诗给我听吧！在我剩下的日子里，我想只有感谢上帝赐予我们的一切恩典了！"

图书在版编目（CIP）数据

海蒂 / （瑞士）约翰娜·斯比丽著；朱碧恒译. —成都：天地出版社，2025.1. —（可以不用长大）.
ISBN 978-7-5455-8558-2

Ⅰ. I522.84

中国国家版本馆CIP数据核字第2024XD5411号

HAIDI
海 蒂

出 品 人	杨 政
作 者	［瑞士］约翰娜·斯比丽
译 者	朱碧恒
责任编辑	袁静梅
责任校对	梁续红
封面设计	刘 洋
内文排版	谢 彬
责任印制	王学锋

出版发行	天地出版社
	（成都市锦江区三色路238号 邮政编码：610023）
	（北京市方庄芳群园3区3号 邮政编码：100078）
网 址	http://www.tiandiph.com
电子邮箱	tianditg@163.com
经 销	新华文轩出版传媒股份有限公司

印 刷	北京旺都印务有限公司
版 次	2025年1月第1版
印 次	2025年1月第1次印刷
开 本	787mm×1092mm 1/32
印 张	12
字 数	200千字
定 价	45.00元
书 号	ISBN 978-7-5455-8558-2

版权所有◆违者必究

咨询电话：（028）86361282（总编室）
购书热线：（010）67693207（营销中心）

如有印装错误，请与本社联系调换